Caution

おことわり

本書には時折、印刷やデザインのミスに見えるページが存在しますが、あらかじめ意図された仕様です。ご了承ください。

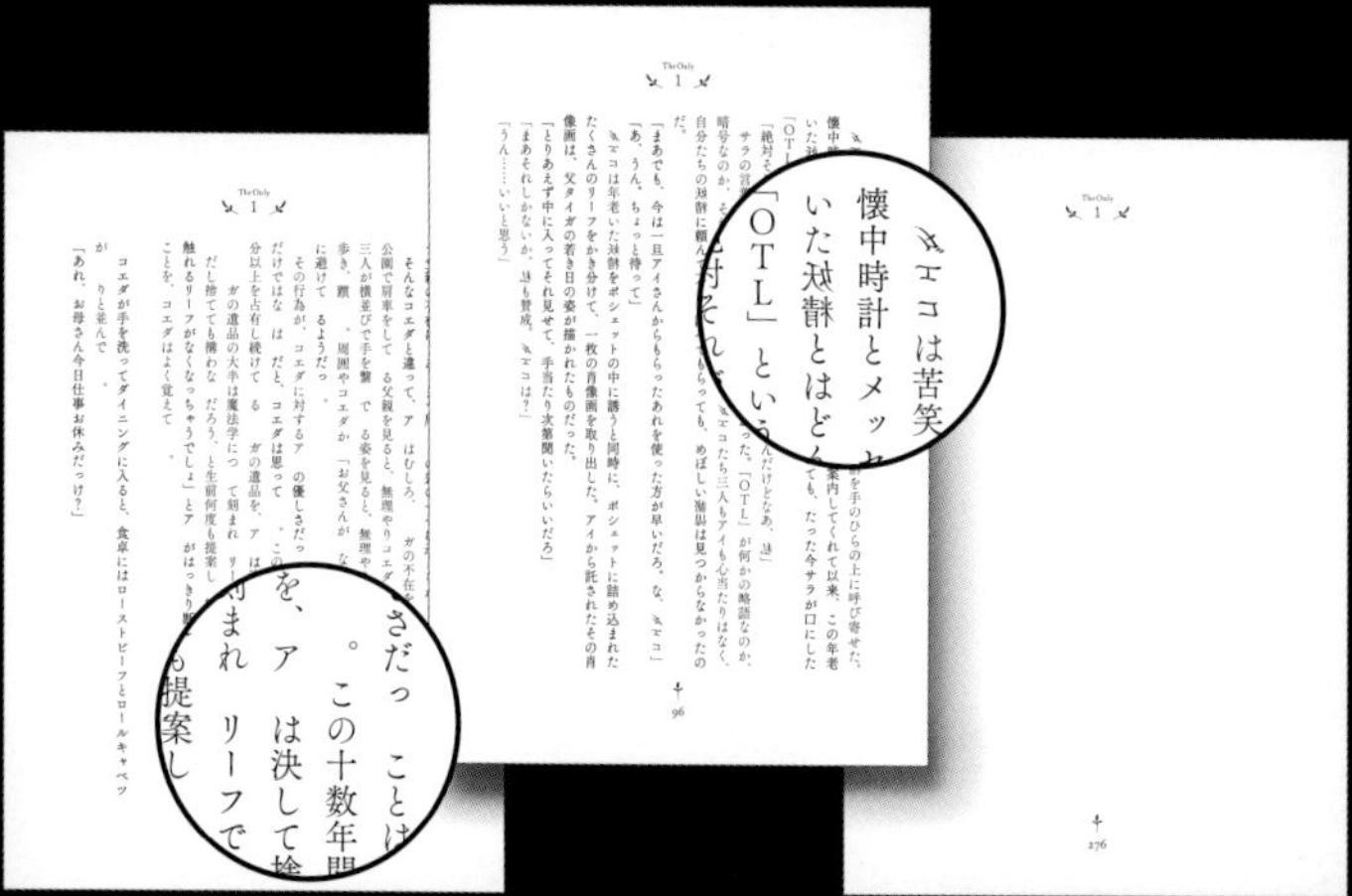

- 一部の文字が欠落または反転している
- ページ全体が天地逆になっている
- 白紙になっている

など

Real Escape Game Novel

The Only 1

SCRAP出版

リアル脱出ゲームノベル

Real Escape Game Novel

Inamura Yuta

稲村祐汰

The Only 1

SCRAP出版

CLONE

世界の行方は、あなたにかかっています。
この物語の主人公は、あなたです。

序章

1

かつて、大きな戦があった。
それは、水に恵まれた蒼の世界全土を巻き込んだ熾烈な争いだった。

エルフ、ドワーフ、小人、人間。
本来憎しみ合う必要のない者たちが、互いに殺し合った。
目の前にいる者は、自らとは別の種族であるという理由だけで。

憎しみが憎しみを呼び、戦いが戦いを招く。
そんな悲劇の連鎖の中で、誰もが武器を取った。

人々は剣や弓のような腕っぷし頼りの武器では飽き足らず、
魔法すら武器として用いはじめた。
魔法の効果で手軽に強大な破壊力を得られる、
攻撃系魔法道具を生み出したのだ。

序章

戦の果て、世界のすべてを滅ぼしうる威力を持つ究極の攻撃系魔法道具、トリニティが誕生した。
破壊の魔法を応用したそれはエルフの手によって、人間の暮らす島、ナパージュ諸島へと放たれた。

稲妻のような眩い光を伴った二つの火球が、ナパージュ諸島の街を燃やし尽くした。
まもなくして人間は降伏し、エルフが世界の覇権を握った。

この戦いでは、蒼の世界に棲まう全種族のうち約三パーセント弱が命を落としたと記録されていた。

これが、世に言う「魔法大戦」である。

1

季節は巡り、魔法大戦から数十年の月日が経った現代。壮絶な魔法大戦の爪痕などどこにも見えないほどに、ナパージュ諸島は再び豊かな国となっていた。皮肉なことに、諸島に華麗なる復活をもたらしたのもまた魔法だった。魔法道具の飛躍的な進歩が、復興を加速させたのだ。

そんなナパージュ諸島の首都、イストクイントに暮らすアイが三十路の歩き心地にも慣れた頃。彼女の体に新たな命が宿った。気づいた時、アイは夫のタイガに「やっとよ」と告げた。

それから数ヶ月経った、四月二日。アイはタイガとともに、都の北の外れにあるレッドウィング教会にいた。教会は大きくはなかったが、祈祷が丁寧であるという評判通り、つつがなく生誕の祈祷を進行した。そして、夫妻の娘は無事、この世に産声を上げた。

この日生まれたての赤ん坊は、自らの存在を世界中に知らしめんとばかりに泣いた。たくさんの窓から降り注ぐ太陽の光に満ちた教会で、アイは腕の中にいる乳児の明るく健やかな未来に想いを馳せた。どんな綺麗事も、その時のアイには綺麗に見えた。

この数ヶ月で何度も通っていたため、教会にはアイの顔見知りが多くいた。同じようにお腹を大きくした、芯の強そうな若い女性。神父と一緒に祈りを捧げてくれた丸顔のシスターに、母の仕事場に遊びに来ていたシスターの息子。少なくとも両手では数え切れない人々から、夫妻は祝福を受けた。

だからこそアイたちは、想像すらしていなかった。それから数時間後の日暮れとともに、悲劇の幕が開くことなど。

2

十字架が燃えていた。巨大な松明のように真っ赤に染まった教会はどこか神秘的で、ずっと見ていたくなる魅力を纏っていると、アイは思った。しかし同時に、その恍惚はエスカレートする炎によってすぐ飲み込まれてしまうものに過ぎないのだとも、アイは知っていた。眼前に広がる惨状が、幅広の刷毛をさっと一振りしたみたいにアイの認識を塗り替えるのだ。

屋外に立つアイが教会の入口に顔を向けると、神父が必死の形相で腕を振っているのが見えた。生後間もない娘を抱えたアイが立っていたのは、神父から数メートル離れた場所だった。神父はおそらく、礼拝者たちを教会の外に誘導して炎から守ろうとしてくれているのだろうと、アイは思った。

アイがタイガの行方を尋ねるために神父に近づこうとした瞬間、アイの立っていた一帯に突如として大きな影が落ちた。まだ夜は始まったばかりなのに、アイの周囲だけが真夜中になったかのようだった。月明かりが、何か大きなものによって遮られてしまったのだ。

そうして空を見上げたアイはついに、夜空に浮かぶ赤黒い鱗で覆われた体を直視した。巨大なその生物がこの悲劇の仕掛け人であることは、誰の目にも明らかだった。炎を放ちすべてを焼き尽くす、ファイアドラゴン。人々に害をなすモンスターたちの中でも最も凶悪なものの一つで、場合によっては人を死に至らしめることもあるドラゴン族の一種が、教会を襲っていた。

モンスターは森の奥深くから都の中心部まで、どこにでも突然現れた。だから目の前で今起きていることも、ありえないことではなかった。しかしその日、幸せの絶頂にすっかり浸っていたアイにとっては、青天の霹靂以外の何物でもなかった。

混乱の最中でタイガと離れてしまったアイは、教会を背に一人走っていた。肌を焼くピリピリとした痛みが、この惨劇が悪い夢ではないとアイに痛感させた。

頬に炎の熱気を感じながら、アイは自らの腕の中で眠る生まれてまだ一日と経っていない我が子を強く抱きしめた。産後間もないアイの体を前に進める動力源は、このほんの四千グラム程度の塊だけだった。どこに向かうべきかなど分からなかったが、アイの本能はただ、炎を避けるために教会から離れて進めと告げていた。

やがてアイは生い茂る草に足を取られ、前につんのめった。すぐに手をつけば、転ばなくて済んだ。それでもアイは、あえて転ぶ方を選んだ。腕に抱いているものから手を離す選択肢は、アイの中にそもそも存在していなかった。

地面に転がったアイが立ち上がろうと足を動かした刹那、背後で野太い咆哮が響いた。まとわりつくような熱気と、むせかえるような匂い。それが一体何なのか、考えるまでもなかった。ファイアドラゴンは、アイのすぐ後ろにまで迫っていた。

ドラゴンの口から炎が放たれるまで、時間にしてわずか数秒にも満たなかった。その間、アイは振り返らなかった。代わりに前傾姿勢をとって、腕に抱えているものをその体で覆った。ほどなくして、アイの全身を痛みが包み込んだ。アイはもはや、熱いとも感じなかった。ただただ、痛かった。

3

ドラゴンの炎を受けてから先の記憶は、アイにはなかった。だからここからは、アイにとっても聞いた話だった。

アイたちがドラゴンから攻撃を受けたのとほぼ同じ頃、モンスター討伐を専門とする騎士団、聖騎士隊が教会に到着した。国直属の精鋭集団である聖騎士隊の尽力により、ファイアドラゴンは教会から逃亡。アイたちは急ぎ付近の別の教会へと運び込まれた。

炎によるダメージの影響で、アイとその娘は共に生死の境を彷徨っていた。目覚めない可能性の方が高い状況下で、神父とシスターは懸命に祈り続けた。

それから季節が何巡かするほどの長い眠りの末、アイは教会で目を覚ました。意識を取り戻したアイの前に現れたのは、あのレッドウィング教会の丸顔のシスターだった。軽傷だったシスターはすぐに回復してこちらの教会に移り、アイの面倒を見てくれていたのだ。

しかしそんな説明は、ほとんどアイの耳に入っていなかった。アイの意識は、ただシスターの腕に抱かれたものにだけ向けられていた。暗い森の中で抱きしめたあの時と比べると、別人のように大きくなっている幼児がそこにいた。

我が子を受け取ってその腕に抱くと、アイの頬に一筋の涙が流れた。かなり前に目覚め、アイが眠っている間にも着実に成長を遂げたというが、それでも同年齢の子と比べると小さいようだった。

やがてアイにつられたのか、シスターの目からも大粒の涙が溢れた。二人の泣き声が響く教会で、幼児だけは何も知らずに笑っていた。

あの日、希望と絶望の狭間の数時間で、アイとタイガは娘の名前について話し合っていた。いずれ立派な大木へと成長していく、可能性に満ちた小枝のように育ってほしい。そんな思いから、夫妻の娘はコエダと名づけられた。

4

アイが目覚めた時、教会にタイガの姿はなかった。

独り身となったアイは、まもなくしてコエダを連れて故郷へと戻った。アイの故郷は都から遠く離れた諸島南西部に位置する港町、ロンケープだった。

それからロンケープで育ったコエダには、当然生まれた日の記憶などなかった。だからコエダは物心がついた頃「お父さんはどうしたの？」とよくアイに尋ねた。その度に、アイは少し目線を逸らして「分からないの。あの日から行方知れずで、何の手がかりもない。ドラゴンの攻撃を受けたって思うようにしてるわ」と答えた。

そのうちにコエダは、普段は感情豊かな母がその時だけ決まって機械のようになるということを学んだ。だからコエダは歳を重ねるにつれて、自然とその質問をしなくなっていった。そうして、あの日の惨劇と今を繋ぐものはアイの背中に大きく残る火傷だけになった。

それからさらに時は流れて現在。コエダが十八歳を迎えた夏。魔法使いを目指すコエダは、今日も町の中央にある学び舎、ウエストロンケープ・スコレーへと向かっていた。今晩起きる事件と、そこから始まる冒険のことなど露ほども知らずに。

さあ、そろそろ長い前置きは終わりだ。コエダの話を、始めるとしよう。

ここからしばし、
あなたには少女の冒険譚におつき合いいただきます。
しかし、くれぐれもお忘れなきように。
この物語の主人公が、誰なのかということを。

第一章

旅立ち

1

馬鹿みたいに晴れていた。呆れるくらいにからりと、燦燦（さんさん）と。

いつだったか、コエダは文学の授業で「物語の中に天気の描写が出てきたら注目しなさい。それは主人公の内面を表しているから」と聞いたことがあった。その言葉が心に残っていたから、コエダは痛感した。どうやら私はこの世界の主人公ではないのだ、と。もし私が主人公なら、もっとじめじめしていて、べたついていて、誰もが外を歩くのに嫌気がさす天気になるはずだった。

ぼんやりと空を見上げて歩いていたコエダは、その丸くて大きな瞳を地面へと落とした。眼前に広がる灰色のアスファルトは、コエダにどこか落ち着きを感じさせる。コエダにとって、慣れ親しんだ景色は青空ではなくアスファルトの方だった。

コエダが編んで左右に垂らした黒髪を揺らしながら歩いていると、やがて背後から二人の少女の甲高い話し声が響いた。

「魔法学の実技、何が出るかな」

「炎の魔法でしょ。専門だもん、エマ先生」

「えーやだ、自信ない。リーフに触れてもよく分かんなかったし」

眉間に皺を寄せた少女の手には、一枚の木の葉が握られていた。炎の魔法に関する文章や図形がびっしりと刻まれたそれは、ただの葉っぱではなくこの蒼の世界に欠かせない魔法道具の一つで、リーフと呼ばれていた。様々な記憶や知識が魔法の力で葉状に凝縮されたリーフに触れることで、人々はそこに刻まれた情報を入手できるのだ。

「手順通りやるだけだって。教えよっか？」

「え、本当？　やった！」

賑やかな二人は、コエダのすぐ後ろまで来ていた。同じ黒いケープをまとった三人は、傍目から見るとほとんど変わらなかった。コエダだけ少し背が低くて、リーフをたくさん握っていること以外は。

「きゃ！」

横を通る二人の体が肩にぶつかったのと同時に、コエダの手からいくつものリーフが地面へと舞い落ちた。

「わ、ごめん」

「気づかなかった」

The Only 1

　二人は振り向きもせずに言い放つと、さも当然のように前へと歩き続けた。

　コエダは不運な事故だと自分に言い聞かせながら、地面へとしゃがみ込んでリーフを拾った。そんなコエダの横を、幾人もの同じケープ姿の男女が通り過ぎていった。全員が一瞥（いちべつ）だけをくれて、しゃがんではくれなかった。

　リーフをすべて拾い終えると、コエダは黄色い肩掛けポシェットの中にそれを詰め込んだ。膨らんだポシェットはまるで、もらったばかりの風船のように膨らんでいた。

　ポシェットから顔を上げると、鮮やかに生い茂った大きな木が視界に入った。根元に人が通れるほどの穴が開いていて、その中に黒いケープの人々が吸い込まれていくあの大木こそが、コエダの通う学び舎ウエストロンケープ・スコレー、通称ＷＬＳだった。

　文学、数学、社会学、魔法学、その他ありとあらゆる分野の教育機関であるスコレーには、十五歳から十八歳の少年少女たちが通っていた。そして先ほど女子生徒たちが話していた通り、コエダたち最高学年は今日、魔法学の実技試験を控えていた。

　正面に聳（そび）え立つ大木をまっすぐ見据えて、コエダは「今日こそは上手くいきますように」と呟いた。試験に向けた練習は、十分したはずだった。

　コエダは両手を固く握りしめると、大木の根元へと向かって歩き出した。

　魔法の力で大木をくり抜いて作られたスコレーの内部には、両手では数えきれないほどの教室が存在していた。そして、その中の一つである魔法学教室こそが、コエダたちの実技試験の会場だった。コエダの席は、横に五席、縦に八席の計四十席が並ぶ教室内の、中央列の最後方。後ろにいる理由は出席番号であり、間違っても成績順ではなかった。

生徒たちの予想通り、今回の試験課題は炎の魔法に関するものだった。そう発表された際には、生徒の幾人から安堵のため息が漏れた。炎を起こすまでの工程が、たったの二つだからだ。ユイルドランと呼ばれる魔法素材を選び出して布に注ぎ、火炎扇と呼ばれる大きな団扇状の魔法道具で熱風を送る。仕組みの理解には複雑な魔法の知識が必要だが、やるべきことは単純な魔法だった。

各自の机の上に並んだ五本の小瓶の中から、コエダは左端の一本を手に取った。試験の第一段階は、炎の魔法に必要な魔法素材、ユイルドランを見分けること。そもそも魔法素材とは魔法を使うために必要な材料のことで、その一つであるユイルドランは、やや黄味がかった色と若干の生臭さが特徴的な植物由来のオイルだった。

瓶自体の色に紛れて少し分かりづらかったが、コエダはなるべく黄色っぽい液体の入った小瓶を選んで手に取った。選んだ小瓶の蓋を開けると、嗅ぎ慣れた独特の香りがコエダの鼻をついた。ユイルドランが入っているのは、この小瓶で間違いなさそうだった。

コエダは小瓶を横に傾け、わずかに粘性のある液体を布の上に注いだ。炎の大きさは、ユイルドランの量によって決まる。コエダは傾けた小瓶をすぐ縦に戻すと、机の上に置いた。

そのまま瓶の代わりに火炎扇を手に取ると、コエダはゆっくりと息を吐いてから手を縦に振り動かした。

コエダは自らの体が、徐々に熱を帯びていくのを感じた。火炎扇から放たれる熱風によって、周りの空気自体も温められているのだ。

「よっしゃ！」

右隣に座る男子生徒の歓声に驚いたコエダは、体をわずかに震わせた。前後して、男子生徒の目の前で赤く燃える炎が、コエダの視界の端に入った。

「合格。危ないのですぐに水煙(みずけむり)で消火を」

男子生徒を見た担任のエマ先生は、小気味いい音を響かせて羽ペンを動かした。ほぼ同時に、今度は女子生徒と思しき「やった！」という声が、遠くから聞こえた。生徒の歓声、燃える炎、「合格」の声、羽ペンの音。その四つはひとかたまりとなって、教室の至る所で増殖を続けていた。そしてコエダを取り囲み、徐々にその包囲を狭めていた。

コエダは自らの手に若干の湿り気を感じながら、火炎扇を動かし続けた。燃えろ、燃えろ、燃えろ。それだけを考えていたコエダは、周囲の変化に気がつかなかった。コエダの周りの生徒はみな、火炎扇を机の上に置き、ボタンのついた小さな筒状の魔法道具に持ち替えていたのだ。その筒は消火用の魔法道具、水煙だった。

「少し怖がりすぎたかもね。もういいわ」

布に黒い影が落ち、コエダはようやく手を止めた。顔を上げると、エマ先生がこちらを見ていた。

「魔法素材の量が足りないと、こうやって火がつかなかったり、時間がかかったりするので注意すること。まあ、無駄に大きな炎を出されて、火喰い虫たちが騒ぎ出すよりはマシだけどね」

エマ先生は「ふふっ」と鼻で笑った。和ませる以外の意図はないと分かっていた。それでもコエダには、胸の奥にある水風船を針でつつかれたような感覚があった。

「あ、コエダさんは一応、友達に適量を教えてもらうこと。これで試験は以上。各自解散していいわ。お疲れさま」

エマ先生に続き、生徒たちが連れ立って教室の外へと出ていった。しかし、コエダは立ち上がらなかった。いや、立ち上がれなかった。

そうして教室には、コエダだけが残った。

2

雲間から顔を出す夕日に染まった大木が、揺らめく蝋燭(ろうそく)の炎のように風にそよいでいた。新緑に輝いていた朝とは百八十度違う風景の中でも、コエダの目の前にあるものは変わらなかった。肩を落とすコエダの視界には、灰色のアスファルトが戻ってきていたのだ。

「このままだと、魔法使いになるのは難しいわよ」

下校前、エマ先生はコエダに言った。考えたくない。でも、考えなければならない。エマ先生の言葉は、まるで寄せては返す波のようにアスファルトの上に浮かんでは消えた。

コエダは幼い頃から決して成績優秀ではなく、むしろ覚えが悪い方だった。しかし、書斎を探検していた時に、魔法使いだった亡き父の遺品である魔法学のリーフに触れたのをきっかけに、魔法だけは好きになり、詳しくなっていった。

周りの子よりも発育が遅く病気がちだったコエダは、外で遊ぶよりも家の中にいる方が多かった。そんな時コエダはいつも書斎に行って、保管されていた父のリーフに順番に触れていった。想像し尽せないほどの深さと広さを持つ魔法の世界は、コエダにはとても刺激的で、魅力的だった。

そうして手に入れた魔法の知識を糧に、コエダはウエストロンケープ・スコレー（WLS）の入学試験に挑んだ。その結果は、補欠合格だった。ナパージュ諸島全域に四千五百以上ある中でもかなりの上位、港町ロンケープの中ではトップレベルのスコレーに滑り込んだのだ。

合格した時こそ、コエダは神様に感謝した。でもまもなくして、恨むようになった。片時もサボらずにみんなより多くリーフに触れても、みんなより多く魔法の練習をしても、周りとの差はどんどん広がった。大好きな魔法学は幾分かましだったが、それ以外は目も当てられなかった。

別に、いじめられたりはしなかった。WLSにいる優秀な彼らは、そんな無益なことはしなかった。ただ少し、コエダが周りとズレただけだった。

一緒に勉強することがなくなって、一緒に登下校することがなくなって。一つずつなくなっていって、最後には「一緒」がどこにもなくなった。そんな中でコエダは、**私は仲間外れのさらに四隅**にいる、と感じるようになっていた。

　同時にコエダは、ひょっとしたら自分にはそもそも生まれた時から何かが足りないんじゃないか、と思うようにもなっていた。周りより劣った人間になる運命を神様から定められているのかもしれないと考えはじめると、きりがなかった。背の順に並んだらいつも一番前だったし、試験をしたらいつもクラスメイトの誰よりも成績が悪かったのだ。

　頭では、筋違いだと分かっていた。きっと体格の件は偶然で、勉強の件は努力不足なのだ。得体のしれない何かに責任転嫁するのは、ただの逃げだった。分かっていても、コエダは幻想に縋(すが)りたかった。

　響く波音を聞いて、コエダは顔を上げた。いつの間にかコエダはスコレー近くの市街地を抜け、自宅付近の海辺まで辿り着いていた。

　家までは歩いてあと数分程度なので、いつ雨が降り出すとも分からぬ曇り空を見れば帰らない理由はなかった。それでもコエダは海辺に腰かけ、ぶらりと足を投げ出した。

　海を見ていると、コエダは少しだけ救われた気持ちになった。きっとそれはこの海が自分の知らないどこか遠くまで繋がっているからなのだと、コエダは思っていた。

　コエダたちの住むナパージュ諸島は蒼の世界のちょうど中央あたりに位置しているが、面積は世界全体に対してたったの一パーセントにも満たなかった。蒼の世界には、ナパージュ諸島以外にも二百近い国や地域が存在しているのだ。

諸島から海を超えてすぐ北にあるアイロック、世界最大の人口を誇るエイニーク、魔法の最先端をいくアキレマといった国々や、すべてが凍った氷の草原、砂で覆い尽くされた湖など、蒼の世界はコエダが生涯をかけても知り尽くせないほどに広大だった。

海の外へ出れば、諸島内のように人間ばかりではなかった。むしろ蒼の世界全体では、人間はわずかに存在する程度だった。骨格こそ人間とそう変わらないが、ブロンドの髪に青い眼をした長身のエルフや、力強くがっしりとした体つきのドワーフなど、国の数と同じくらい様々な種族が各地で生活を営んでいるのだ。

コエダはそうやって水平線の向こうに旅立っていた意識を、今ここにある自らの身体に引き戻した。遠くに想いを馳せるのもまた、ただの逃げだと分かっていた。

やがてコエダの口から、何度目かのため息が海へと落ちた。特に音もしなければ、波紋が立つこともなかった。さざなみは、ただコエダの胸の中だけにあった。それはエマ先生の言葉が巻き起こした、とめどないさざなみだった。

魔法使いになるためには、スコレー卒業後にさらに学問を修めんとする者たちの学び舎、アカデミアへの進級試験に合格せねばならなかった。アカデミアで魔法使いの卵として学びを続けることで、ようやく一人前の魔法使いとして認められるのだ。

エマ先生の「このままだと魔法使いになるのは難しい」という発言は、今のコエダの成績では志望しているロンケープ・アカデミアへの進級試験に合格できないだろう、という意味だった。

諸島全域で約八百程度あるアカデミアの中で最も優秀なのは、都にあるイストクイント・アカデミアだった。カエデの大木の中にあることから「紅樹」とも呼ばれるこの最高峰のエリート校に比べれば、コエダの目標は決して高くなかった。とはいえ、コエダが進級を目指しているロンケープ・アカデミアもまた、この近辺では最も難しい進級試験を実施していた。

だからコエダも、エマ先生の助言に分があると気づいていた。それでも心のどこかで、何かが必死に反抗を続けていた。その正体はおそらく、この十八年間で培ってきた魔法の知識だった。

例えば試験の時に炎を消すのに使った魔法道具、水煙。あの筒状の魔法道具の内部で空気の魔法がどのように応用されているのか、コエダはきちんと理解していた。ボタンを押すと放たれる煙がどんな仕組みで小さな炎を消すことができるのか、説明することだってできた。

その他にもエマ先生が言及した魔法生物、火喰い虫についても詳しかった。天井に張りついた彼らは一見すると蜘蛛と変わらない見た目だが、体温が上がると奇声を上げるように魔法の力で育てられている。彼らを自宅や施設内に飼っておくことで、ドラゴンの火炎攻撃などのような万が一の場合に、住人や門番がすぐ気づけるのだ。このような魔法生物は魔法使いが人々の利益のために育て上げた生物であり、自然発生して人々に害をなすモンスターとは対極をなす存在だった。

こうやって、コエダは魔法のことなら何でも知っていた。当然、火炎扇を使ったあの炎の魔法の仕組みだって理解していた。でもいざ試験となると、実技も筆記も上手くいかなかった。その原因は、コエダ自身何となく分かっていた。全部、自分が臆病なせいなのだ。

先ほどの試験の際にユイルドランの量が少なかったのも、炎が大きくなるのが怖くてすぐに小瓶を傾けるのを止めてしまったからだ。分かっていても、コエダは自分の臆病さに勝てなかった。それは文字通り病のように、コエダの体を蝕んでいた。

「お、コエダじゃん！」

背中をとんと叩かれる感触で、コエダは暗く深い思考の海から抜け出した。

「わ、サラ……」

コエダの肩を揉むようにしながら断りもなく横に腰掛けてきたその女は、コエダの幼馴染のサラだった。

「何？　また失敗したの？」

サラが両手足を大きく伸ばすと、健康的に焼けた肌が海面で映えた。小さな顔にパーツが整然と並んだサラの容姿は、間違いなく美人の部類にあるとコエダは思っていた。

「いつものことじゃん。くよくよするだけ損だよ?」

「私はサラみたいに強くない」

顔を覗き込むようにするサラに、コエダは背を向けた。サラは良く言えば前向きな、悪く言えば大雑把な女だった。

「すぐそういうこと言うんだから。私もあんたもおんなじ人間。違う⁉」

「そういう話をしてるんじゃないもん」

「じゃあどういう話よ」

「それは、えっと、だからその……」

「はい、私の勝ち! くよくよするだけ損ってことで、いいね?」

コエダが振り向くと、腕を組んでやけに勝ち誇っているサラの姿が目に入った。思わず小さく吹き出したコエダを見て、サラもすぐに顔を綻ばせた。

サラの頬に浮かんだ小さなえくぼを見るのは、もう何百回目だろうかとコエダは思った。サラはいつだって笑顔で、コエダにも分け隔てなく接してくれていた。

改めて見ると、サラの服装は胸下あたりまでしかない真っ赤なタンクトップに、南国風の柄の入ったミニスカートだった。それはコエダの基準では、もはや水着の範疇(はんちゅう)だった。

「恥ずかしくないの？」

「何のこと？」

鳩が豆鉄砲を食らったようなサラの顔を見ているうちに、コエダは本当に豆鉄砲の一つでも当てたくなっていった。

「いや、その服……」

「え、これの何が恥ずかしいわけ？　私が好きで着てるんだから、それでいいじゃん」

今度は反対に、コエダが鳩になる番だった。

「これ動きやすいから、踊りの練習するのにも便利なんだよね。何か問題ある？」

「あ、いや、別に……」

サラはひょいと立ち上がると、軟体動物のように全身をしなやかに動かしはじめた。

アカデミアに進学する気がないというサラは、コエダが通っているＷＬＳよりもレベルの低いスコレーで学びながら、卒業後すぐ踊り子となれるように日々修行を積んでいた。

自分の身一つで稼ぎを上げる踊り子は人々の憧れの職業で狭き門だが、サラは「十年後には蒼の世界一の踊り子になっちゃうから、サインをもらうなら今のうちだよ」としばしば口にするほど自らの実力に自信があるようだった。

「そろそろ舞踏大会なんだっけ」

「来月に都でね。本番前に一回行って慣れておきたいけど、無理かも」

大きな四つの島といくつかの小島からなるナパージュ諸島は、それ全体で一つの国家を形成していた。そして、その中心となっているのが東島にある首都、イストクイントであった。

イストクイントは、二千平方キロメートル強の土地に千四百万人以上が暮らす政治経済の中心地であり、地理的にもナパージュ諸島の中央に位置していた。

単に「都」とも呼ばれるイストクイントからコエダたちの暮らすロンケープまでは、千キロメートル以上の距離があった。西島のさらに西の端に位置するロンケープは、都から見れば田舎の港町なのだ。

「っていうか、私の話はいいのよ」

踊りを止めると、サラはコエダの横にしゃがみ込んだ。

「この前も言ったけどさ、別にいいんじゃないの？　魔法使いになんかならなくて。意味ないじゃん」

コエダの頬の筋肉の強張りに、サラは気づかなかった。サラは分け隔てがないだけではなく、遠慮もなかったのだ。

「大丈夫だよ。魔法の仕組みなんて知らなくてもさ、魔法道具があれば楽しく生きていけるじゃん。事実、私は何にも分かんないけど毎日ハッピーなわけだし？」

サラの言う通り、蒼の世界の大半を占める魔法使い以外の人々が、魔法をことさらに意識せずとも快適な生活を送っていることは間違いなかった。発酵の仕組みを知らずとも日々パンでお腹を膨らませているのと同じように、一般の人々は魔法を応用して作られた誰にでも使える道具と生物、いわゆる魔法道具と魔法生物の恩恵を受け取って日々を暮らしていた。

「それはそうだけど……その魔法道具を作ってるのは、魔法使いだよ」

魔法使いは日々魔法を研究して魔法道具を改良し、新たな魔法を創造していた。時間旅行、瞬間移動、不老不死など、人々が願う魔法のいくつかは今もまだ彼らの創造の途上にあるのだ。

「それもそうか。っていうか、それだけ言い返せるならさっさと元気出す！　ほら！」

サラが差し出した手を握って、コエダは立ち上がった。

それから二人は、海辺の道を並んで歩いた。

「それで、コエダはどんな魔法道具を作りたいわけ？」

「私は……まだ誰も見たことがない新しい魔法の探究がしたい。魔法道具じゃなくて」

「ふーん。でもさ、その新しい魔法ってのは何の役に立つわけ？」

コエダの視線が、上下左右を忙しなく動き回った。

「まだ分からない……かな。今ある魔法道具を改良するためのものじゃないし」

「なんか、それ無駄な努力じゃない？　どうせ魔法使いになるならさ、もっと役に立つ魔法道具とか作った方がいいよ！」

サラはそう言って無邪気に笑った。その悪意のない本音は、たとえ魔法道具作りには役立たなくとも新しい魔法の探究がしたいと思っていたコエダの胸に、深く刺さった。

「そうすればあんたのこと馬鹿にしてる奴らも見返せるし！　いや、なかなかいいアイデアじゃない？」

「そう……かな……」

サラはそれからも、役に立ってすごい魔法道具とはどんなものかについて語り続けた。そこには、コエダを励ます意図しかなかった。しかし、サラは気づいてもよかった。コエダの手が、痛々しいほどにポシェットの紐を強く握りしめているということには。

3

やがてサラと別れたコエダは、そのまま自宅に帰りついた。コエダが住んでいたのは、母方の祖母から受け継いだ小さな一軒家だった。数十年前、魔法大戦によってロンケープが焼け野原となった後に復興計画の一環として建てられた家なのだと、コエダは祖母から聞いていた。

コエダが玄関のドアを開けると、コンソメの優しい香りがした。

「おかえり、遅かったわね。冷めちゃうから早く手洗っておいで」

コエダの母、アイはそう言って廊下の突き当たりにあるダイニングから顔を出した。白いエプロンを身に纏（まと）ったアイは、いつも通りの穏やかな顔つきに軽く微笑みを浮かべると、すぐにダイニングへと戻っていった。数年前に祖母が亡くなって以来、この家に住んでいるのはアイとコエダの二人だけだった。


コエダには、父親の記憶がなかった。父親の名はタイガ。十八年前のコエダが生まれた日に、ドラゴンに襲われて行方不明になったと聞かされていた。

コエダは、父親がいないことをあまり寂しいとは思わなかった。もちろん、周りの子を見て羨ましいと思うことはあった。休日の公園、授業参観、運動会と、いつだって周りの子を見れば、当たり前のように父親がいた。その姿はコエダにとって、間違いなく羨ましかった。

一方でそれは、自分と「普通の子」の差の一つでしかなかった。周りの子よりも体が小さいのと同じように、周りの子よりも成績が悪いのと同じように、自分には父親がいない。自分が普通ではない原因が努力不足であれ、神様の意地悪であれ、コエダにとっ

て父親の不在は、あくまで周りとの差の一つに過ぎなかっ　。

　そんなコエダと違って、ア　はむしろ、　ガの不在を強く意識して　は　だっ　。公園で肩車をして　る父親を見ると、無理やりコエダを肩に乗せて、腰を痛め　。親子三人が横並びで手を繋　で　る姿を見ると、無理やりコエダと両手を繋　で後ろ向きに歩き、躓　。周囲やコエダに「お父さんが　な　せ　で」と言われることを徹底的に避けて　るようだっ　。

　その行為が、コエダに対するア　の優しさだっ　ことは間違　なかっ　。だ、それだけではな　は　だと、コエダは思って　。この十数年間、決して広くな　書斎の半分以上を占有し続けて　る　ガの遺品を、ア　は決して捨てようとしなかっ　のだ。

　ガの遺品の大半は魔法学につ　て刻まれ　リーフであり、貴重なものではな　はだし捨てても構わな　だろう、と生前何度も提案し　祖母に対して、「帰ってき　時、触れるリーフがなくなっちゃうでしょ」とア　がはっきり断って　っと処分しなかっことを、コエダはよく覚えて　。

　コエダが手を洗ってダ　ニングに入ると、食卓にはローストビーフとロールキャベツが　りと並んで　。

「あれ、お母さん今日仕事お休みだっけ？」

「　や。普通に行ってき　わよ」
ア　は女手一つでコエダを育てる　め、市場の露店で野菜を売って生計を立てて　。朝早くか　日暮れまで　っと露店に出て　るア　にとって、晩御飯の準備に充て　れる時間はそう多くな　は　だっ　。
「じゃあ、　つこんなに?」

「朝。何か目が覚めちゃって、せっかくだし仕込もうかなって。早く座りなさ　よ」

「あ、うん……」

コエダがテーブルにつくと、ア　はエプロンを外しつつその向か　に座っ　。

「私、別に誕生日じゃな　よ、今日」
ア　は小さく鼻を鳴　し　。
「分かってるわよ。あな　のこと産んだの誰だと思ってるの?」

「そうだけど、でもこのメニュー……」

食卓に並んで　るものは、すべてコエダの好物ばかりだっ　。

「　じゃな　の、毎日頑張ってるんだし。美味し　ものく　食べ　って、罰あ　んな　わよ」
ア　が「頑張ってる」にわ　かに加え　アクセントが気になって、コエダは食卓脇に掛けてあるカレンダーに目をやっ　。カレンダーの今日、七月二十九日の欄には、ア

の筆跡で小さく「試験」と書かれていた。アイは今日コエダが試験だと分かっていて、この好物だらけのメニューを用意してくれたのだ。

「嫌なら食べなくてもいいのよ？」

年齢にしては若く見えるアイの顔に、悪戯っぽい笑みが浮かんだ。

「……いただきます」

「素直でよろしい。あったかいうちに食べな」

コエダは小さく頷くと、一口サイズに切られたロールキャベツにフォークを突き刺した。母の優しさに対して気の利いた返しの一つもできない自分に、少し腹が立った。でも数秒後には、噛みしめたロールキャベツから放たれたコンソメと肉汁の旨味が、そんな感情さえもすぐに上書きしてしまった。


それから数十分後、食卓にはほとんど空になったお皿が並んでいた。今日という日がこのまま終わっていくことを、コエダは疑っていなかった。悲劇とはまるで明るい光に群がる蛾のようなものだということを、コエダは知らなかったのだ。食卓に鈍い金属音が鳴り響いた、この時までは。

「お母さん？」

それは、アイの持っていたスプーンが床に落ちた音だった。食器を落とした程度のことで怯える必要などないはずなのに、コエダの本能は不穏な何かを悟っていた。

「あ、ごめんごめ……」

スプーンを拾おうと傾けたアイの体が、そのままごろりと床に転がった。一瞬の出来事だったのに、まるでスローモーションのようにコエダには見えた。

「え、お母さん⁉」

コエダが走って駆け寄ると、アイは胸のあたりを押さえてうずくまっていた。

「大……丈夫……大丈夫だから……心配……」

「お母さん⁉　ねえ、お母さん‼」

アイは失いつつある意識の狭間で、じっとコエダを見据えた。

「あなたは……そのままで……」

「何言ってるの、お母さん」

コエダの腕に抱かれていたアイの頭が、だらりと垂れた。早鐘を打つ自らの鼓動が、コエダには嫌というほど聞こえた。呼吸は乱れ、頭は真っ白になった。何が起きているのか、全く分からなかった。

アイの体を揺すり続けているうちに、コエダはあることに気づいた。アイの体が、まるで岩石のようにゴツゴツと固くなっていたのだ。

慌ててアイの袖を捲(まく)ると、色褪せて灰色になった皮膚がコエダの目の前に現れた。一瞬にしてコエダの脳裏に浮かんだのは、「石化の呪い」という最悪の可能性だった。

石化の呪いとは、五年から十年程度をかけてゆっくりと体の節々が岩に変化していき、最終的には呼吸すらできない、まるで石像のような状態に至るという呪いだった。そしてこの呪いは、多くの魔法使いの尽力にも関わらず未だにその原因や解呪方法が発見されていないことから、蒼の世界でも最も恐ろしい呪いの一つとされていた。

皮膚の変色と硬化の状態を見るに、アイは間違いなく自らの異変に気づいていたはずだった。おそらくその上で、コエダが気づきもしないほど普段通りに過ごしていたのだ。

コエダの頭の片隅で辛うじて生き残った理性は、母を教会に連れて行かなくては、と必死に叫んでいた。心身を蝕む呪いから逃れて健康を取り戻すためには、教会で祈祷をしてもらうしかなかった。もちろん、もし本当に石化の呪いなのであれば教会に行っても解呪はできない。それでも教会に行けば呪いを緩和するために、少なくとも意識を取り戻すために祈祷を行ってくれるはずだった。

コエダは妖精を呼び出して伝言を授けると、教会へと向かわせた。豊富な知識を持ち、情報収集から道案内、伝言の配達や物事の記録など一匹で何役もこなす妖精は、今や使用していない人の方が少ない魔法生物だった。

やがてコエダのもとに戻ってきた妖精は、教会の神父が迎えに来てくれる旨を告げた。

神父は高速移動が可能な魔法生物、ユニコーンに乗ってここに駆けつけてくれるようだった。

コエダは「罰が当たったんだ」と思った。今日も失敗したのに、お母さんの言葉に甘えて美味しいものを食べたせいだと、意味もなく自らに刃を向けた。さもなくば、コエダはこの状況をやり過ごすことができなかった。

そのうちに、アイの口からわずかに漏れ出る空気の音がコエダの耳にまで届いた。アイは意識がなくとも、息をしているようだった。

神父を乗せたユニコーンが到着するまでの間に少しでも呼吸を楽にできないかと、コエダはアイの体を床に横たえた。その最中、アイの首元にある大きな火傷の跡がコエダの目に入った。それは十八年前、アイがその身を挺して生まれたばかりのコエダを庇った証だった。あの日アイがドラゴンの炎から守ってくれなければコエダは今ここにはいないのだと、祖母から何度も聞かされていた。

事件当時のことは、当然コエダの記憶にはなかった。母や祖母によれば、コエダが生まれた日に起きたあの事件は世間でレッドウィング教会襲撃事件と呼ばれているようだった。事件の被害規模としては直接ドラゴンの炎を受けたアイとコエダが一番の重傷者で、死者は出ていないらしい。

1

あの日ファイアドラゴンを教会に召喚した者、すなわち事件を引き起こした首謀者については有力な候補が上がっていた。事件から数年後、聖騎士のもとに「レイリという女がファイアドラゴンを手引きしているのを見た」という匿名の情報提供が届いたのだ。

これを受けた聖騎士は、レイリを意図的にモンスターを手引きした「魔女」と認定して追跡を開始したが、今現在まで確保には至っていなかった。その原因としては、魔女レイリは聖騎士の追跡に気づいていたからだとも、追跡を避けてナパージュ諸島の外に逃亡したからだとも噂されていた。

確保されていない以上、結局のところ本当に魔女レイリがファイアドラゴンを召喚したのか、もしそうだとしてなぜそんなことをしたのかは何も分かっていなかった。

そのように曖昧な状況に起因するのか、母や祖母はコエダに対して魔女レイリに関する言及を避けている節があった。コエダが知っている情報の大半は、数年前に祖母の遺品を整理している時に、あの日の出来事を記録したリーフに触れて得たものだった。

そうやってコエダが意識を過去に彷徨わせているうちに、ユニコーンの駆ける音が聞こえはじめた。目を逸らすことのできない現実は、コエダのすぐ近くまで迫っていた。

4

ユニコーンに乗って駆けつけた神父の手によって、アイは意識を失ったまま教会へと運び込まれた。神父は教会の中に入ると、礼拝堂内で待機していたシスターたちの協力を得て祭壇の上にアイを寝かせた。教会までつき添ってきたコエダは、礼拝堂内の椅子に座ってその様子をただ眺めていることしかできなかった。

やがて祈祷の準備が整うと、シスターたちは祭壇の周りを目隠し布で囲った。コエダには、もう眺めていることさえも許されなかった。「最善を尽くします」と言いながら布で囲まれた空間の中へと入っていく神父の背中に、コエダは深く頭を下げた。

祈祷はそれから夜を徹して続けられた。神父の厳かな祈りの声が聞こえはじめた当初、コエダは祈祷が早く終わることを願っていた。しかしいざ祈りの声が止まると、それが回復の正反対を意味する可能性に気づいてしまった。祈りの声が止まってからの時間は、ぴったりでないとふりだしに戻されてしまうすごろくの、最後の一振りをしているような気分だった。

　三十人程度が入れそうな礼拝堂の前方、祭壇に一番近い席に座っていたコエダは、目隠し布が開かれるのをじっと待ち続けた。そのうち、天井のステンドグラスから差し込む朝の日差しがコエダの膝をほのかに色づかせた。普段なら頬を緩ませるに足るはずのそれも、今のコエダには効果がなかった。昨晩母が倒れて以来、コエダの瞳に映る世界はまったくの無色透明だった。

「おい、アイさんは無事か！」

　太く力強い声が背後から響いて、コエダは後ろを振り返った。礼拝堂後方の扉が大きな音を立てて開くとともに、聖堂の静寂を切り裂いた張本人が礼拝堂内へ入ってきた。全身につけた防具をがちゃがちゃと鳴らしながら歩くその男は、コエダと親交のある聖騎士、ケントだった。

「どうなんだよ、コエダ！」

　ケントは怒鳴るような勢いでそう尋ねると、大股でコエダのもとへと近づいて来た。ケントの背にはためくマントは、ただでさえ長身で大柄な彼の体格をさらに大きく見せていた。

「ケントさん、静かに。教会だから……」

「ああ悪い、焦っちまってな」

コエダの忠告で、礼拝堂内には静けさが戻った。ケントはコエダの横まで来ると、腰に携えた剣をずらしながら、どかりと椅子に腰掛けた。

「ったく、何でよりにもよってアイさんが……」

眉間に深く刻まれた皺が、何よりも雄弁にケントの心中を物語っていた。耳にかからない程度に短く切り揃えられた黒髪に、凛々しい瞳。均整が取れていながらも、どこかあどけなさの残るケントの顔をぼんやりと眺めていたコエダは、教会に来てから初めて目隠し布以外のものを見た気がした。ほぼ同時に、コエダは自分の膝がステンドグラスからの光に照らされていることに気づいた。横に座るケントの体温を感じながら見たそれは、少なくとも無色ではなかった。


五年前にロンケープに着任して以来、ケントはこの街を守る聖騎士としての職務と並行して、男手がないコエダたちのことを何かと気にかけてくれていた。そのきっかけは、ケントの着任当日の出来事だった。ケントは着任早々、聖騎士の詰所からお世辞にも近いとは言い難いコエダの家にまでわざわざ挨拶に来てくれたのだ。

ケントが挨拶に来たまさにその時、コエダたち一家は開かないジャムの瓶と格闘していた。その様子を見たケントは「試してみてもいいですか？」と瓶を手に取ると、コエダとアイと祖母の三人がかりでもびくともしなかった蓋をあっさりと開けてしまった。

感謝するコエダたちとの別れ際にケントは「これくらいなら、いつでも頼ってくださいね」と言い残した。その言葉を社交辞令と取らなかった祖母は、それから高所での作業や力仕事があるたびにケントに協力を求めた。最初こそ厚顔無恥だと祖母を非難していたコエダとアイも、あまりにも屈託なく協力してくれるケントの姿を見て徐々に考えを改めていった。

祖母が亡くなった際も、ケントは当然のように手伝いに来てくれた。そして葬儀の後「お二人もおばあちゃんみたいにガンガン頼ってくださいね」と言った。

アイが黙って頭を下げる横で、コエダは「どうしてそんなに親身になってくれるんですか？」と尋ねた。慌ただしい葬儀を終えたばかりだったからか、普段なら胸に留め置くはずの疑問がぽろりとこぼれてしまったのだ。

ケントは少し考えるようにしてから、「俺も親父と二人暮らしだったから」と答えた。そして、いつも腕に巻いている水色のスカーフはケントの母親の遺品なのだと教えてくれた。

スカーフを撫でるケントの表情は、今までに見たことのないほど柔らかかった。コエダは到底土足で踏み込んでいい話だとは思えず、それ以上何も聞かなかった。「これからもよろしくお願いします」とだけ頭を下げて、ケントを見送った。コエダがケントの両親について聞いたのは、後にも先にもその一回きりだった。

それからコエダたちは、ケントの言葉に甘えて「ガンガン頼って」いくようになった。そうして数年が経った今では、コエダは五歳年上のケントにほとんど敬語を使わずに話すまでになっていた。きっとお兄ちゃんがいたらこんな感じなのだろうと、コエダは何度も思った。だからこそコエダは今日も誰よりも先にケントに妖精を飛ばして、アイが倒れたことを報告したのだ。

コエダの横に座るケントの肩は、今も小刻みに上下を繰り返していた。昨晩コエダが妖精に伝言を託した際には徹夜の警備任務中だったケントは、任務を終えた今朝になって慌てて教会に駆けつけてくれたのだった。

「働きすぎは体に悪いって、あんだけ言ったのに」

「それもあると思うけど……」

「けど、何だよ?」

口の中に現実を閉じ込めるかのように、コエダは黙り込んで俯いた。

「やめろよ、何だってんだよ」

「その……硬くなってたの、お母さんの体。石みたいに」

「どういうことだよ」

「この前スコレーで習った。石化の呪い。体がだんだん固まって、最後には……」

「はあ？　ふざけんな！　そんなん、そんなんなあ……」

ケントが振り下ろした拳は、教会の椅子に小さな亀裂を走らせた。

「乱暴はダメよ」

コエダは一瞬、幻聴が聞こえるようになってしまったのかと思った。しかしほぼ同時に祭壇の目隠し布が外されているのが見えて、その疑いはすぐに晴れた。人生で一番よく耳にしている声を、聞き間違えるはずがなかった。布が取り去られた祭壇の前に立っていたのは、アイだった。

数時間ぶりの母の姿を見ながら、コエダはふと幼い頃のことを思い出した。針の動く瞬間が見たくて時計を見つめていたあの日。そういえばあの時も、結局針が動いたのは瞬きしている間だった。

「お母さん！」

コエダが立ち上がると、アイは微笑みを返した。それだけで、いつも使っているベッドに潜り込んだみたいな感じがした。

「心配かけてごめんね。さ、帰ろっか」

「え、帰れるの？」

「うん。神父さんも、できることはしたから帰っていいって。ですよね？」

アイの後ろから現れた神父は、ぎこちなく首を縦に振った。その表情に刻まれた苦悶ても陽気な声を出した。
を見逃すことのできる者は、今この礼拝堂内にはいなかった。それなのにケントは、と
「お、じゃあこれで万事解決ってわけか！」
ケントは大仰に立ち上がると、アイに近づいた。
「そういうこと。ケントくん、わざわざ来てくれてありがとね」
「お安い御用ですよ！　困った時は何でもするって言ってるじゃないですか」
ケントとアイはそのまま話を続けながら、礼拝堂後方の出口へと歩みを進めた。目の
前で繰り広げられている三文芝居が、優しさであるとコエダは分かっていた。分かって
いても、見逃せなかった。アイの歩き方がぎこちないことも、ケントがいつでもアイを
支えられる位置に手を置いていることも、見ないふりはできなかった。
「ほら、コエダも行くよ？」
少し歩くと、アイはコエダの方を振り返った。腹が立つほどにいつもと変わらない笑
顔を浮かべている母を、コエダは黙って見つめ返した。
それから息が詰まるほどの沈黙が流れた後、アイの顔から微笑みがゆっくりと消えて
いき、やがて小さなため息が漏れた。
「通用しないか、コエダには」
母の頬にきらりと光るものを見つけた時、コエダの心の中で何かがガラガラと崩れる

音がした。言わなければいけないことが、あるはずだった。でも何も言えなくて、そんな自分に耐えきれなくなって、コエダは駆け出した。

「お母さん！」

コエダはアイに抱きつくと、その胸に顔を埋めた。全身を通じて伝わってくる母の体の硬さが、コエダに現実を容赦なく突きつけた。

「まったく……強いんだか弱いんだか」

礼拝堂の中央で、コエダとアイはしっかりと抱き合った。「私は一人でも大丈夫だよ、安心して」と言いたかったのに、コエダから出てくるのは涙ばかりだった。

5

翌朝、コエダは自宅のキッチンに立っていた。普段朝食など作らないコエダがボウルの縁で卵を叩き割ると、殻は想定よりも無様に砕けた。

「あっ」

ボウルに入り込んでしまった殻の欠片を、コエダはそっとつまみ取った。そのままべとついた手を水で流していると、コエダの背後から欠伸(あくび)とセットになった足音が響いた。

「おはよう、早いのね。朝ごはん何食べ……」

キッチンに置かれた卵液とフライパンを見て、アイは言葉を飲み込んだ。手を拭き終わったコエダと目が合うと、アイの顔にぎこちない微笑が浮かんだ。

「いいのに」

コエダが黙ったまま卵液を掻き混ぜていると、アイは小さくため息をついた。それからアイは「ありがとう」と呟いて、キッチンの外へと踵(きびす)を返した。

その数十分後、食卓から放たれる香りはいつもと少し違っていた。普段お皿の上に並んでいるオムレツを夜空の半月と形容するなら、今あるそれには見るからに黒雲がかかっていた。

「いただきます」

アイは卓上に手を伸ばすと、明らかに焦げたオムレツを大きく切り取って口に運んだ。

「おいしい」

次の一口に手を伸ばそうとするアイの手を、コエダはじっと見つめた。その気配を感じたアイは手を止めると、コエダを見つめ返した。

「何よ、その目は。美味(おい)しいわよ？」

「本当……？」

「うん。まあ、私が作るやつには勝ってないけど」

アイは大袈裟に腕を組むと、下唇を少し突き出した。

「じゃあ食べなくていい」

コエダがお皿に向かって伸ばした手は、アイによって遮られた。

「ごめんって。冗談に決まってるでしょ」

アイは大きく息を吐いた。

「でもまあ、明日からは私が作るわ」

「いや、今日はダメだったけど練習して……」

「ああ違う違う。私が作りたいの。いつまで作れるか分かんないし」

その言葉を聞いたコエダは、自らの腕を掴むアイの手を見つめた。そして、このちょっとだけ痛くて温かい母の手の感触は、やがて消えゆくものなのだということを改めて意識した。

コエダの予想通り、アイは石化の呪いにかかっていた。昨日神父とアイから聞いた説明によれば、アイはまだ呪いの初期状態のようだった。石化の呪いにかかった者が完全に石像のような状態になるまでの期間は、平均三、四年程度。個人差が大きいため、一年以内に急激に石化が進む者もいれば、十年以上普段通りの生活を送ることのできる者もいるという。アイがどのケースに該当するのかは分からないが、今は安静に暮らして呪いの経過を観察するしかないというのが神父の見解だった。

「ああもう、しんみりしない。とにかく明日からは作るから、ね？」

コエダが頷くと、アイは再びオムレツを頬張りはじめた。

「ほら、さっさと食べないと冷めちゃうよ」

母の感触が残ったままの腕を動かして、コエダはオムレツを口に運んだ。アイにかけられた呪いのことばかり考えていたから、どうせ味なんて分からないだろうと思っていた。でも、それは間違いだった。このオムレツは苦くて、美味しくない。それだけは、コエダにもはっきりと分かった。


それからアイは自分の分とコエダが食べ残した分、ほぼ二人前のオムレツをすべて平らげた。空の皿が並んだ食卓を見つめるアイの顔は、とても満足げだった。

「ふう……お腹いっぱい。ごちそうさま」

「……ありがとう」

「ん、何が？　こちらこそ、作ってくれてありがとね」

そう言いながら立ち上がったアイは、食器を重ねて片づけを始めた。分かっているくせに、とコエダは思った。

コエダが「ごちそうさまでした」と呟いて立ち上がった時、先にキッチンへと向かっていたアイが食卓の方を振り向いた。

「あ、ねえコエダ。今日って何か予定ある？」

母の問いかけに、コエダは首を横に振った。魔法学の試験があった一昨日が今学期の最終日で、スコレーは昨日からもう夏休みだった。

「じゃあこれ片づけたら、ちょっと話せないかな」

「いいけど……」

食器を洗いながら話すアイの背中を眺めていたコエダは、自らの胸のざわつきを強く意識した。石化の呪いの話をようやく受け止めたばかりなのに、これ以上何があるというのだろうか。

そうやって戸惑うコエダの沈黙が、やがてアイの食器を洗う手を止めさせた。振り向いたアイはコエダに近づくと、その頭をぽんと撫でた。

「言い方が悪かった？　ごめんごめん。そんなに悪い話じゃないわよ」

コエダは心の中にある台風がどこかへと過ぎ去っていくのを感じた。

「私の部屋にある木箱と手紙、取ってきてくれない？　その間にこれ片づけとくから」

テーブルに残ったお皿を集めると、アイはキッチンへと戻っていった。母は心を透視できるんじゃないかと、コエダは思った。

コエダが指示通りに木箱と手紙を取って戻ってくると、食卓はすっかり片づいていた。先に席についていたアイと向き合う形で椅子に座ってから、コエダは小さな木箱と手紙を卓上に置いた。木箱と手紙はどちらも少し黄味がかっていて、古いものであることは間違いなさそうだった。

「えっと……まず、謝らなくちゃいけないのよね」

心配をかけまいと呪いのことを隠して、今まで元気なふりをしていた件以上に謝ってほしいことなどないと、コエダは思った。

「私、あなたに嘘ついてたことがあるの。お父さんのこと」

「え?」

予想外の「お父さん」という単語の登場で、コエダは話の先が見えなくなった。

「お父さんはファイアドラゴンに襲われて行方知れずで、何の手がかりもない。そう言ったよね。あれ嘘なの、ごめんなさい」

それからしばらくの間、アイは頭を下げた。

「ふう……やっと言えた。ごめんね、何が何だかって感じよね」

「まあ、うん……」

自分が驚いているのかどうかすら、コエダにはよく分からなかった。

「ちゃんと説明する。お父さんが行方知れずなのは本当。でもいなくなったのは、教会が襲われたあの日じゃない。それからしばらく経ってからなの」

「どういうこと？」

コエダの体は、少しずつ前のめりになっていた。

「本当『どういうこと？』って話よね。私も目覚めてから聞いたんだけどね、お父さんはあの襲撃事件の日、無事に聖騎士に保護されたらしいの」

「生きてるってことだよね」

「そう。教会で眠り続けている私たちのところにも、何度も足を運んでたんだって」

その話が本当なら、どうして父は今この場にいないのだろうか。コエダの疑問を見透かしたかのように、すぐにアイから答えが返ってきた。

「事件の数年後にコエダが目覚めて少ししてから、ぱたっと姿を見せなくなったんだって。で、教会にそれが残された」

アイが指さしたのは、テーブルの上の木箱と手紙だった。

「失踪……ってこと？」

「うーん、どうなんだろう。とりあえずその手紙、読んでごらん」

四隅が茶色くなりかけた白い封筒の中には、二つ折りの便箋が入っていた。コエダが便箋を開くと、羽ペンで書かれたと思しき行儀正しい文字たちが罫線の上に整列していた。便箋に書かれた文章は三つだけで、その少なさが逆に何か強い意志のようなものをコエダに感じさせた。

「悪魔が私に取り憑いた。
君たちと一緒にはいられない。
許されようとは思わないが、本当にすまなかった」

父は一体何を謝っていて、なぜ一緒にいられないのか。コエダには皆目見当もつかなかった。

「お母さんはこの意味分かるの?」
「いや、さっぱりよ」

アイの大きなため息を聞きながら、コエダはもう一度手紙の文章に目を落とした。気になったのは、「悪魔」という冒頭の二文字だった。

悪魔は言葉巧みに人々に近づき、魔法使いに取り憑けばその魔力、騎士に取り憑けばその武力を暴走させると言われる伝承上の存在だった。その存在や被害は古今東西多くの人々によって語られており、コエダもスコレーの講義で「悪魔は数十年前の魔法大戦の折に数多く現れ、大きな被害を残した」という話を聞いたことがあった。とはいえ、それが自分の父と結びつくことを想像するのはどうにも難しかった。

「勝手にいなくなって、手紙もよく分からなくて……本当、腹立つ」

コエダの手に握られた便箋を見つめるアイは、腹立たしいというよりもむしろ寂しそうだった。

「嘘ついてごめんね。上手く説明できる自信なくてさ。私が分かってないんだもん」

「ううん。驚いてはいるけど、何かが変わるわけじゃないし。それはいいの、それは……」

コエダの心が粟立っている原因は、父が謎めいた失踪を遂げていたことでも、母がそれを隠していたことでもなかった。今日このタイミングで母が嘘をついていたと告白したこと自体が、まるで生前の遺品整理のように思えてしまったのだ。

「もう、また考えすぎてるでしょ。違うわよ?」

やっぱり母は透視ができるのだと、コエダは思った。

「こっちの箱、見てごらん」

アイが指さした木箱の表面には「娘が大きくなったら渡してほしい」と刻まれていた。

「あなたも、もう十八歳でしょ。ちゃんと全部話して渡さなきゃって、今年に入ってから思ってたのよ」

コエダが箱を手に取ると、その重さは朝食に使ったマグカップと同じくらいだった。

「何が入ってるの？」

「開けてないわよ。あなた宛なんだから」

母の言葉にほんの少しだけ宿った嫉妬の色に、コエダはハッとした。父はコエダにだけ木箱を残して、母には何も託さなかったのだ。

「別に捨ててもいいわよ。何か物騒だし、悪魔とか」

「開ける」

思ったよりも大きな声が出たことに、コエダは自分でも驚いた。それはどうやら、アイも同じようだった。

「どうしたの？　別にそんな、無理する必要ないのよ」

「ううん、開ける。私、見つけたい」

鈍行に乗ったコエダの心を、快速に乗った言葉が追い越していった。

「ひっぱたくの」

「え？」

「箱の中に書いてあるかもしれないから、居場所。会いに行くんじゃなくて、怒りに行くの。何でちゃんと説明しないの、何で帰ってこないのって」

コエダの手の中で、小さな木箱がミシミシと音を立てた。十五年以上母を悲しませ続けていることについて、コエダは父を許せなかった。

「……そっか。ありがとう、コエダ」

アイの両手が、箱を握りしめたコエダの右手を包み込んだ。コエダの手元から響いていたミシミシという音は、ゆっくりとどこかにいなくなっていった。

「見てていい？　私も」

「うん、ここで開ける」

コエダは木箱をテーブルの上に置くと、ゆっくりと上蓋を動かした。箱の中に入っていたのは、仮死状態で眠る年老いた妖精だった。

「妖精……だよね？」

「これ、お父さんがいなくなった時に飼ってた妖精だ。あげてみようか、餌」

アイは戸棚から取り出した餌を年老いた妖精に与えた。妖精はほどなくして瞼を開くと、ゆっくりと空中に浮かびはじめた。

「道案内しようとしてるわね、この妖精」

年老いた妖精は窓の方へと少し進んではこちらを振り返り、また少し進むという動きを繰り返していた。アイの予想は間違っていないだろうと、コエダも思った。

「私、ついて行ってみる」

「うん、気をつけて。遠くに行きそうなら、ちゃんとあなたの妖精に伝言託してね」

コエダは「分かってる」と言いながら立ち上がると、年老いた妖精の後を追って家を出た。コエダの飼っている若い妖精と比べると、年老いた妖精の歩みはまるでスローモーションのようだった。

年老いた妖精に誘われるままに、コエダは自宅から十分ほど街を歩き続けた。そのうちに妖精は、海辺の灯台近くの空き地で足を止めた。どうやらこの空き地が妖精の目的地のようだった。しかし妖精は到着して以来ただの置物のようになってしまい、次に何をしたらいいのかも、父から何を託されているのかも教えてくれなかった。

一体何があるのだろうかとあたりを見回していて、コエダはふとあることに気づいた。妖精の浮かんでいる場所の真下は周囲の中で唯一、舗装されていない剥き出しの地面だったのだ。そう気づいた瞬間、コエダの脳内で何かがぴたりとはまる音がした。コエダは空き地の裏手にある工場からシャベルを借りてくると、妖精が浮かんでいる真下の地面を掘りはじめた。

掘り進めていくと、やがて鈍い金属音が鳴った。そして同時に、シャベルが腕を押し返すような力を感じた。

シャベルを置いて手のひらで丁寧に土を除けていくと、コエダの指の隙間から銀色の物体が覗いた。土の中に埋まっていたのは、小さな銀色の缶だった。

コエダが缶を持ち上げてみると、中で何か金属がぶつかるような音がした。缶のサイズは手のひらに収まるほどで、そこまで重くもなかった。コエダは顔に滴る汗を手の甲で拭ってから、上蓋を握って力を込めた。

表面に土が付着してざらついていた蓋は、小気味よい音を立ててあっさりと開いた。缶の中に入っていたのは、鎖のついた懐中時計と一枚のカードだった。先ほど便箋で見かけたばかりの行儀正しい文字が目に入り、コエダは思わずカードに手を伸ばした。

「娘へ。

大人になった君に話したいことがある。会いに来てほしい。

向かうべき場所は裏に記した。難解な書き方で申し訳ない。

しかしすべては、悪魔から人々を守るためなのだ」

カードに書かれた文章は、どう見てもコエダへのメッセージだった。否が応にも、コエダの胸の鼓動は早まった。冒険の始まりは、もうすぐそこまで来ていた。

6

コエダが銀色の缶を見つけたのとちょうど同じ頃、聖騎士の任務の一環として街を見回っていたケントは、コエダのいる空き地からそう遠くない港のあたりを訪れていた。この付近から正体不明の物音が聞こえると、つい先ほど住民から報告が届いたのだ。モンスターの中には、人の集まる場所で悪さをする個体も、ひとけのない場所で悪さをする個体も存在していた。周囲に誰も見当たらないこの日曜の港でケントが警戒しているのは、当然後者の方だった。

しばらく歩き回っていると、やがてケントの耳にも奇妙な物音が聞こえてきた。出所を探すと、その音は巨大な木製のコンテナの中から響いていた。

縦横約三メートル、奥行き約五メートルほどの直方体で、人の背丈をゆうに超えるこの木製コンテナは、海上における物資輸送に使われるものだった。海を渡ることのできる大型の魔法生物、リヴァイアサンがこのようなコンテナをいくつも牽引し、諸島の内外に荷物を運搬しているのだ。

ケントの記憶が正しければ、この付近にあるコンテナは荷物の入っていない予備として置かれているはずのものだった。つまるところ、中から音が聞こえてくるのは明らかな異常事態なのだ。

耳をすますと、木製の壁と床を打ちつける音の隙間に、餌を求める大型犬のような激しい息遣いが聞こえた。このコンテナの中には間違いなく、何かがいるようだった。

ケントが木製コンテナの表面を手で叩くと、コンコンと軽い音が響いた。少し待ってみても物音に変化はなく、ケントはごくりと唾を飲んだ。中にいるのが人なら、何かしら反応があったはずだ。

ケントは右手で剣を抜くと、もう片方の手でコンテナの取手を握った。自分の手がゆらゆらと二重に見えるのは震えではなく、陽炎のせいだと思い込んだ。

ケントが取手を握る左腕に軽く力を込めてみると、どうやらコンテナに鍵はかかっていないようだった。ゆっくりと息を吐いてから、ケントは叫び声とともにコンテナの中へ踏み込んだ。

「おりゃあああ！」

「え！　何!?」

聞き覚えのある声を耳にしたケントは、無意識に瞑っていた瞳を開き、振りかぶっていた剣を下ろした。ケントの予想に反して、ランタンで明るく照らされたコンテナの中にいたのは人間、しかもケントもよく知る人物だった。

「サラ？」

「わ、ケントさんじゃん」

ばつの悪そうな顔をしながら、サラは額の汗をぬぐった。

「何してるんだ、こんなところで」

「えっと、その……何て言ったらいいのかな。まあ簡単に言うと、修行っていうか」

元気なメダカのように泳ぐサラの瞳を見て、ケントは事の次第を理解した。おそらく、サラはここで踊りの練習をしていたのだ。ノックに反応しなかったのは、きっと練習に集中していて聞こえなかったからだろう。

「まったく。他人様のコンテナの中でそんなこと、許されるわけないだろう⁉」

「分かってるって、ごめん。誰にも練習の邪魔されない、ちょうど良い場所なくてさ。もうしないから許して！　お願い！」

勢いよく頭を下げるサラを見つめながら、ケントは大きなため息をついた。それがサラの身勝手さと自分自身の甘さのどちらに向けたものなのかは、ケントにも分からなかった。

「今回だけだからな。二度とすんなよ。ほら、行くぞ」

「ありがとう！」

ケントはサラをコンテナの外に連れ出すと、そのまま街の方へと海沿いの道を進んだ。

「っていうかそもそもな、敬語を使え、敬語を。俺の方が五つも歳上だぞ？」

「細かっ。いいじゃない別に。コエダだって敬語じゃないんだから」

「アイツは特別なんだよ」

「え、うわ何それ。特別な人ってこと？　恋じゃん恋！」

ケントの顔が茹蛸（ゆでだこ）のようになっていることを、見逃すサラではなかった。

「そういうことじゃない！　アイツは守ってやらないといけないから、信頼してほしくて、それで……」

「ふーん。守ってやらないと、ね。あ、いいこと思いついた！」

サラは口角を器用に片方だけ上げて、にやりと笑った。

「ケントさんのかわいいところを教えてあげるの」

「はあ？」

「私のことモンスターだと思って、ビビりながらコンテナに突っ込んできて、目瞑って剣を振り回してたよ、って」

サラがそう言うと、ケントの足がぴたりと止まった。

「振り回してなんかない！」

少し前を歩いていたサラは、ケントの方を振り向いて言った。

「ダメだなあケントさん。そこは嘘でも全部否定しなきゃ」

子猫でも見るような表情で、サラはくすくすと笑った。ケントは文字通り、ぐうの音も出なかった。

「その……内緒にしといてくれ」

「しといて……くれ？」

「お前なあ！　アイツが今どんだけ大変か分かってんだろ。万が一にも俺が頼りないって思われたら……」

「え、ちょっと待って。急に何のこと？　大変って？」

サラの顔から、にわかに笑みが消えた。

「コエダから聞いてないのか？」

「一昨日の夕方から会ってない」

「そうか。いや、いずれ分かることだとは思うが……」

続きを話すべきか迷っていたケントは、サラの背後に当のコエダ本人らしき人物の姿が見えることに気づいた。目を凝らしてみた限り、コエダはケントたちが立っている場所から数百メートルほど離れたT字路を横切っているところだった。

「ちょうどいいところに。おい、コエダ！」

「あ、本当だ。コエダー！」

ケントの視線を追うようにして、サラもコエダの姿を発見した。

「あれ、聞こえてねえのかな。おい！　コエダ！」

二人の声に気づかなかったのか、コエダは脇目もふらず足早に歩き去ってしまった。

「何か変じゃなかったか、アイツ」

「急いでたのかな？　小走りだったし」

結論から言えば、サラの考えは正しかった。空き地で父からのメッセージを見つけたコエダは、早くこれを母に見せねばと家路を急いでいたのだ。しかし当然ながら、この時のケントたちにはそんなこと知る由もなかった。

「アイツが歩いてったの、家の方向だよな」

「追いかける？」

「まあ一応、様子見にな。どっちにしろ、アイさんのとこに顔出そうと思ってたんだ」

「それなら私も行く。さっきの話の続きも聞きたいし」

「いや、俺が勝手に話すってのは」

「もう遅いでしょ。気になるから、お願い」

サラの瞳に好奇の色はなかった。ただ一途にコエダを気にかけているのだということは、ケントにも痛いほど分かった。

「分かったよ、歩きながらな」

「ありがとう」

「でもまあ、詳しい話はちゃんと本人に会ってからだからな」

こくりと頷いたサラに、ケントはここ数日の出来事を説明した。ケントが話せば話すほど、サラの顔には苦悶の表情が浮かんだ。そんなサラを見る度に、ケントの眉間にも皺が寄った。それでも二人は、コエダの家へと向かって歩き続けた。

そして家の近くに着くと、二人とも唐突に明るい表情を浮かべて陽気な会話を始めた。特段打ち合わせをしたわけではなかったけれど、お互い自然にそうなっていた。自分たちよりもよほどつらいはずのコエダに会うのに適した表情に、切り替えたのだ。

7

一方その頃、コエダはケントとサラに目撃されたことなど全く気づかずに自宅まで帰り着いていた。家に入ったコエダは手洗いうがいもそこそこに、空き地で見つけたカードを食卓で待つアイに渡した。

コエダは出発前と同じようにアイの向かいに腰かけると、黙ってアイが読み終わるのを待った。カード越しに見えるアイの眉間には、元に戻るかどうか心配になるほどの皺が刻まれていた。それは、コエダが今まで見たことのない母の顔だった。

「つまり……お父さんはコエダに会いに来てほしくて、どこにいるのかは、この裏側の変な文章を解読すれば分かる、ってこと？」

「そうだと思う、たぶん」

「何それ。さっさと帰ってこいって話よね。コエダはここにいるんだから」

母の言い分は正しいとコエダは思った。その一方で、アイ宛の手紙に続いてまたも登場した「悪魔」という言葉が何か関連しているのではないかとも思っていた。カードに記された父、タイガからのメッセージによれば、居場所を暗号めいた文章で書いていることも含めて「すべては、悪魔から人々を守るため」なのだ。

「時を闇で覆え。君の生まれた日が、向かうべき場所に対峙する」

裏面に書かれた文章を読み上げたアイは、カードをテーブルの上に置いた。

「君の生まれた日ってコエダの誕生日よね？　四月二日。だから何？」

小首を傾げるコエダを見て、アイは小さくため息をついた。

「まったく何言ってるんだか……それで、入ってたのはこれだけ？」

「ううん。これも入ってた」

コエダがポシェットから黄金色の懐中時計を取り出すと、アイの眉がぴくりと動いた。

「それ……燃えちゃったのかと思ってた」

「え、見たことあるの？」

「たぶん、お父さんがあなたにあげようとしてたやつだと思う。ちょっと見せて」

コエダが手渡すと、アイは鑑定士のような手つきで懐中時計を眺めまわした。

「やっぱりそうだ。あの人、ロマンチストなところがあってね」

遠くを見つめるように話すアイの顔には、柔らかな微笑みが浮かんでいた。今日は初めて見るものだらけだとコエダは思った。

「生まれた瞬間に動かしはじめて、大きくなったら渡すって言ってたの。『成長とともに時を刻む時計』だったっけ」

懐中時計が父からの贈り物だと知ったコエダは、心の中でずっと空っぽのままだった「父親」という名の倉庫に、ぽんと荷物が一つ置かれたような気持ちになった。

「でも、壊れてるみたいね。たぶん、あの時……」

懐中時計のねじを触っていたアイは、手を止めて文字盤を見つめた。文字盤に表示されていたのは、十八年前にレッドウィング教会襲撃事件が起きた時刻だった。

「まあでも、他は特におかしなところは……いや、ちょっと待って」

「どうしたの？」

アイが見つめていたのは、文字盤を守る蓋の裏側だった。

「この刻印、前はなかった気がする。ほら、これよ」

コエダが覗き込むと、たしかにアイが指さした場所に丸く文字が刻まれていた。

「この『庭の東の裏にある大樹は紅』ってやつ？」

「そう、この不思議な文章。見覚えがないのよね。意味もよく分からないし」

「別に赤くないもんね、うちの庭の樹」

アイの記憶が正しければ、この文章は事件の後に刻まれたものだということになる。わざわざ追加で刻まれたのだとすれば、この文章がタイガの居場所に関係している可能性が高そうだった。

「うーん、さっぱりね」

懐中時計を手で弄びはじめたアイを尻目に、コエダは再びカードに目を落とした。「時を闇で覆え。君の生まれた日が、行くべき場所に対峙する」というこの文章は一体何を意味していて、「行くべき場所」とは一体どこのことなのだろうか。

時を闇で覆え。
君の生まれた日が
行くべき場所に対峙する。

暗号の答えは、ここまでの情報で導き出すことが可能です。
立ち止まって考えても、そのまま読み進めても構いません。
お好きな方をお選びください。

8

謎めいた文章に立ち向かうコエダの思考は、定期的にカチカチと響く金属音に邪魔されていた。その正体は、手持ち無沙汰になったアイが手のひらで懐中時計の蓋を開けたり閉めたりしている音だった。

「お母さん、ちょっとその音……」

アイに抗議をしようと顔を上げた瞬間、コエダの脳内で何かが爆(は)ぜた。体内を血が勢いよく巡るのを感じながら、コエダはアイの手元の懐中時計をじっと見つめた。

「ん、どうしたの?」

「分かったかもしれない……ちょっと借りてもいい?」

コエダはアイから懐中時計を受け取ると、蓋を何度か開け閉めして「やっぱりそうだ」と呟いた。

「どういうこと? 教えてよ」

「えっと、まず最初の『時を闇で覆え』は、文字盤の部分を暗い状態にしろってことじゃないかなって」

「つまり……蓋を閉めろってことね」

「そう。それで次の『君の生まれた日』は私の誕生日だから……」

「四月二日よね。そうしたらあの文章は、蓋を閉めた時に『四月二日』が向かうべき場所に対峙するって意味になるから……。あ、私も分かったかも。四と二の向かいに来る文字ってことね」

アイはそこまで言うと、まるで数十秒前のコエダを再現するかのように懐中時計を何度か開け閉めした。

懐中時計の文字盤の数字は、よく見ると蓋の裏に刻まれた文字列と配置や間隔が一致していた。そのため懐中時計の蓋を閉めると、一の向かいに「大」、二の向かいに「樹」と、ちょうどそれぞれの数字が各文字の対面に当たるようになっていた。これらの数字と文字が対応していると考えるのは、決して見当外れではないはずだった。

「紅……樹……かな？」

四と二に対応する文字を導き出したアイの言葉に、コエダはしっかりと頷いた。紅樹とは諸島随一の魔法の学び舎、イストクイント・アカデミアの略称だった。

「うん。私もそうかなって」

「絶対そうだよ。前に話したの、覚えてるよね」

アイの問いかけに、コエダはもう一度首を縦に振った。あんなにも誇らしげな母の顔を忘れるはずがなかった。

「私が生まれた時、紅樹で魔法を教えてたんだよね」

「そう。あの頃は毎日のように紅樹に通ってたの、お父さん」

タイガが紅樹に通っていたという話は、アイが父の優秀さについてコエダに語る際に枕詞のように何度も繰り返したエピソードだった。紅樹に一発合格して修行を積んだタイガは、無事に魔法使いとなった後もそのまま紅樹に残り、魔法研究と後進の育成に励んだのだ。

「家よりも長くあっちにいたわ。まったく、魔法馬鹿っていうか……」

アイの口から今にも氾濫しそうな思い出の濁流を、コエダは慌てて堰き止めた。

「でもたしか、お母さん一回行ったんだよね、紅樹」

「ん？　あ、そうそう。目覚めてすぐ紅樹に行ったけど、もういなくなった後で。周りの人に聞いても、家族の都合で去らねばならないって聞いてましたけど、ご存じないんですか、って言われてね」

「じゃあ、やっぱり違うのかな？　もし戻ってきてるなら、さすがに紅樹の人たちからお母さんに連絡があるはずだもんね」

「うーん。でも、あの暗号みたいな文章の解読方法は、コエダの考えで間違いないと思うけどなあ」

コエダが黙っていると、アイはぽつりと「どうしたものかね」と呟いた。これからどうしたいのか、コエダの心に迷いはなかった。どんな獣道であろうと、その先に父がいるかもしれないいなら前に進んで、アイの分もひっぱたきに行くのだと決めていた。

「行ってみる」

コエダがそう言うとアイは小さく唇を開き、まるで初めて崖から落ちた小鳥を見ているかのような表情を浮かべた。

「紅樹。私、探しに行く」

アイはそれからしばらく黙っていたが、やがて「分かった」と頷いた。

「毒霧（どくぎり）の呪いには気をつけるのよ」

アイが心配した「毒霧の呪い」もまた、近年の蒼の世界を悩ませる正体不明の呪いの一つだった。近づくと体に悪影響を及ぼし、最悪の場合は死に至ることもある毒霧は、このナパージュ諸島を含めた世界各地の空に突如として広がって人々を蝕んでいたのだ。

「霧払いのお守りもあるし、たぶん大丈夫だよ」

コエダは首にかかった紐を手繰って、胸元から白く小さな長方形を取り出した。身につけているだけで毒霧の効果が和らぐとされている霧払いのお守りは、人々の身を守るために生命の魔法を駆使して作り上げられた魔法道具だった。

1

「油断しちゃダメよ。お守りがあっても、濃い霧に遭遇したら危ないんだから。この辺では最近滅多に見ないけど、都の方ではまだ結構あるらしいし……」

アイの言葉を遮ったのは、玄関から聞こえてくる鈍いノックの音だった。

「ん、誰だろう」

「いいよお母さん。私が見てくる」

立ち上がったコエダは、玄関へと向かった。

そのうち耳に飛び込んできたのは、耳馴染みのある話し声だった。

「どうして最初っからそんなに強く叩くのよ」

「聞こえなかったら困るだろ」

覗き窓を見る必要はなさそうだなとコエダは思った。声音からして、扉の外にいるのは間違いなくサラとケントだった。

「そうかもしれないけど、様子を見ながら強くしたらいいじゃないのよ」

「ったく。どうだっていいだろ、そんなの」

コエダが扉を開けたことを休戦の合図に、サラとケントの口が同じ形に変わった。

「コエダ！」

「コエダ！」

コエダには、サラとケントの声がいつもよりやけに元気なように思えた。

「どうしたの、二人とも……？」

「どうしたのじゃないわよ、あんた水臭いわね。何で言ってくれないのよ、アイさんのこと」

コエダがちらりと目をやると、ケントは上目遣いで頬をかいていた。

「いやその、すまんコエダ。さっきちょうどサラと会って、てっきり知ってると思って口が滑って、その……」

「ケントさんは悪くないわよ。私が無理やり聞き出したんだから。で、何で言わなかったの、コエダ」

「ご、ごめん……次に会う機会があったら話そうって思ってたよ」

「はあ？　機会は待つもんじゃなくて作るもんでしょ？」

サラは口を尖らせながら、コエダの右肩を小さく突いた。責め立てる口調とは裏腹に、サラの拳は温かいなとコエダは思った。

「うん……ありがとう、心配してくれて」

「いいわよ、もう。でもこれからはちゃんと言う！　いいね？」

コエダが頷くと、サラはにっこりと笑った。

「まあ、その話は一旦それくらいで。それよりお前、さっき灯台前の空き地の方にいなかったか？」

「え……どうして知ってるの？　ケントさん」

「いや、ちょうどサラと一緒に近くを歩いてたんだよ。んで、お前の様子が何か変だったから気になって」

「私たちが声かけても、全然振り向いてくれなかったしね」

「そっか……ごめん、気づけなくて。ちょっと急いでて」

「別にいいけどよ、何をそんなに急いでたんだよ」

「あ、えっと。その……」

コエダのわずかな躊躇いを吹き飛ばす風は、家の中から吹いてきた。

「話していいんじゃない？　二人になら」

コエダが振り向くと、廊下にはアイが立っていた。長々と戻ってこないコエダが気になって、ダイニングから出てきたのだろう。

「お母さん……」

アイはコエダの方へと近づくと、玄関前に立つサラとケントに呼びかけた。

「とりあえず上がって。暑いでしょ、ここ」

アイの手招きで、ケントとサラは家の中へと入った。

それからコエダは、数時間をかけて二人に事の次第を説明した。最後まで聞き終えたケントは「コエダだけだとアイさんも心配でしょうし、俺も休みを取って一緒に都まで行きますよ」と言った。するとサラが競うように「私も行く！　舞踏大会前に都に慣れておきたかったし！」と続いた。

タイガを探す旅人は、こうして三人になった。

9

それから二日後。コエダが玄関に腰を下ろしたのは、まだニワトリが鳴きはじめる前のことだった。

コエダは靴箱の扉を開けると、まるで爆発物でも運んでいるかのような慎重さで靴を取り出して地面に置いた。そのまま片方ずつゆっくりと足を入れ、紐を結んで立ち上がったその時、背後からアイの声が響いた。

「忘れ物ない？」

コエダが振り向くと、寝巻き姿のアイと目が合った。コエダが必死に音を立てまいとしたこの数分は、どうやら水泡に帰したようだった。

「あ、ごめん。起こしちゃったよね」

1

「いいのよ。どうせ早起きしようと思ってたし」

欠伸を噛み殺すアイに倣って、コエダも母の優しい嘘を飲み込むことにした。

「気をつけるのよ」

コエダが小さく頷くと、アイは両手をぽんと叩いた。

「ねえ、三日後の晩御飯、何がいい？」

「え、今決めるの？」

「せっかく都にいる時に、妖精に伝言を託すの面倒でしょ。ほら、どうする？」

「うーん……じゃあ、ロールキャベツ」

「好きねえ、まったく。分かった。作って待っとく」

アイの最後の四文字にいつもより力が入っていたことには、コエダは気づかなかった。

「ありがとう。じゃあ、いってきます」

「いってらっしゃい」

手を振るアイに背を向けると、コエダはドアを開けて家を出た。早朝のロンケープの街は、コエダが思っていたよりも明るかった。

「ごめん。お待たせ」

家を出てすぐの道端に立っていたサラとケントのもとへ、コエダは小走りで近づいた。

「いや、俺たちも今来たとこだ」

「あ、嘘つき。ケントさん私よりずっと前からいたじゃん」

「おい！　それは言うなって……！」

相変わらず布面積の小さな服を着たサラと、長距離移動用の簡素な鎧や剣を携えたケントは、いつも通りに口喧嘩をしていた。いつもと違う朝に見るそれは、山頂で食べる即席麵のように染みわたるものがあるとコエダは思った。

「来てくれてありがとう」

コエダが頭を下げると、二人は鼻で笑った。

「いいって、そんなの」

「そうだよ。私は元々行きたかったたし、都。ほら行くよ」

顔を上げたコエダの頬を、水平線から出てきたばかりの太陽が容赦なく照りつけた。これから広い空をぐるりと回るであろうその姿が、コエダには何だか自分に似ているように思えた。

「うん、行こう」

この三日間くらいは、私が主人公でもいいのかもしれない。そう思いながらコエダは、足を一歩前に踏み出した。

物語は、主人公が一歩踏み出した時に幕を開けます。
古今東西あまねく物語に通ずる原則は、
この物語においても同じです。
それはどうやら、もうしばらく先になりそうですが。

第二章

再会

1

　都を目指すコエダたち一行は、陸を駆ける大型の魔法生物、ケンタウロスの牽引するキャビンを交通手段に選んだ。一軒家ほどの大きさのケンタウロスが、乗り合い馬車の客車を二回りほど大きくしたキャビンを最高時速三百キロ程度で走らせるこの交通手段は、ナパージュ諸島での長距離移動に欠かせないものだった。

　キャビンは西の島の西端にあるロンケープを出発すると、西の島の北東部にあるダブルゲートブリッジを通って東の島へ上陸し、諸島一陽気な都市ビグスロップ、諸島最大の霊峰リッチジジェントを横目にひたすら東へと進んだ。

　そのままキャビンに揺られ続けて出発から八時間以上が経った頃、一行はついにナパージュ諸島の都、イストクイントへと到着した。その時にはもう、太陽は少しずつ西に傾きはじめていた。

　レンガ造りの大きな倉庫のような都の発着所は、数多くのケンタウロスと彼らの牽引するキャビンで賑わっていた。発着所に到着するとサラは我先にキャビンから降りて、組んだ両手を頭上に突き上げた。

「痛てて。狭くて体固まっちゃった。やっぱりフェニックスが良かったなあ」

サラの後を追ってキャビンを降りたコエダの心に、その言葉は小さな棘となって刺さった。ロンケープからイストクイントまでの距離は千キロメートル以上とかなり遠いため、空を舞う大型の魔法生物、フェニックスの背に取りつけられた宙船に乗り込んで移動する方が楽で一般的だった。運賃こそ高価だが、宙船を使えば二時間もかからずに都に到着できるのだ。

「何かごめん。うち、そんなにお金なくて……」

「え、どうしたの。何で謝ってんの？」

発着所の出口へと歩きはじめた無防備なサラの脇腹を、ケントの肘が突いた。

「痛っ！　ちょっと何よ!?」

「少しは考えて喋れって。責めてるように聞こえるだろうが」

「そんなつもりないし。ってかそれだけ？　口で言ってよ」

サラは脇腹をさすりながら眉間に皺を寄せた。

「悪かったよ。でもお前が」

「はいはい。ごめんねコエダ」

「あ、ううん……いいの、別に間違ってないし」

コエダはそう言うと意識して口角を上げた。それでもサラとケントの小競り合いは続いていた。

「あの……さ。それ、何？」

コエダは二人の口論にピリオドを打とうと、サラの左腕を指さした。サラの二の腕の中央あたりには、今朝ロンケープにいた時は着けていなかったはずの白いスカーフが巻かれていた。

「え？　あ、言ってなかったっけ。さっきキャビンの中でもらったのよ」

サラは歩きながら白いスカーフを片手で器用にほどくと、二人の前に広げた。

コエダには一瞬、スカーフに描かれているものが水玉模様に見えた。しかしよく見ると、それは水玉ではなかった。

「ド……ドワーフ語？」

スカーフを見つめながら、コエダは目を丸くした。白いスカーフの上を点々と埋め尽くしているものは、ドワーフたちの使う文字だった。

「何だよ、その抽象画みたいなの」

不思議そうに言い放ったケントの言葉に、コエダは心の中で頷いた。人間文字を使うコエダたちにとって、ドワーフ文字はまったく馴染みのないものだった。四角や丸、四方八方に伸びる角ばった線で構成されているドワーフ文字はとても記号的で、まるで踊っている棒人間のようにすら見えるのだ。

「もらったのよ。ドワーフのお爺さんの荷物運んであげたら、お礼にあげるって。こっちに暮らす息子に会いに、北の大陸から海を越えて来たらしくてね」

ドワーフの好々爺との交流話を続けながら、サラは再びスカーフを腕に巻いた。さっきまで奇妙な物体に見えていたそれが、今ではもう輝かしい勲章にしか見えないとコエダは思った。

「かっこいいね」

「え、せっかくだから着けてただけだよ？　欲しいならあげよっか？」

「いや、そういうことじゃなくて……」

コエダとサラが掛け違えたボタンを力づくで弾き飛ばすように、ケントは大きなため息をついた。コエダはその時ふと、いつも通り左腕に水色のスカーフを巻きつけているケントの姿と、もらったばかりのスカーフを腕に巻いたサラの姿がお揃いに見えることに気づいた。茶化してみようかとも思ったが、結局コエダがそれを口に出すことはなかった。「出口だ」というケントの言葉に遮られて、言う機会を失ったのだ。

「ほら見ろよ。あれがバブルパレスだ」

発着所の出口から外に出て少し進むと、ケントは自らの上空を顎で示した。そこに鎮座しているものを見てコエダは息を呑み、サラは驚嘆の声を漏らした。三人の頭上には、

1

外敵の侵入を防ぐシャボンにまるごと包まれた、広さ約百十五万平方メートルの大きな宮殿が浮かんでいた。

「さすが王様のお家だわ」

「うん……すごいね」

約六百年の歴史を誇るこの宮殿はバブルパレスと呼ばれ、諸島を治める歴代の王の住処にして、首都イストクイントの中心地だった。

「え、ねえねえ。泡の中って入れるんだっけ？」

「城壁の手前までならな」

「行きたい！」

「やめとけって。梯子登るだけで身体検査されるし、時間もかかっちまう」

「つまんないの」

サラとケントの会話を聞いていたコエダの頭に、小さな疑問が生まれた。

「詳しいね、ケントさん」

「まあ、子供の頃は都に住んでたからな」

コエダよりも先に、サラが声を上げた。

「え、マジ？」

「言ってなかったか？」

コエダとサラは、まるで双子のように首を縦に振った。そんな話は二人とも聞いたことがなかった。

「じゃあさ、ここから紅樹への道も分かるわけ？」

「北にまっすぐだったかな。ただまあ、ややこしいから妖精の力を借りた方が確実だぞ」

バブルパレスを取り囲むようにして作られたイストクイントの街は、諸島の全人口の十パーセント程度が暮らす巨大都市だった。溢れかえる人々、競うように立ち並ぶ家屋や露店、入り組んだ道路。田舎で暮らしてきたコエダたちにとって、都はダンジョンと相違なかった。

「なるほどね。じゃあまあ、おとなしく案内してもらった方がいっか」

サラは妖精を呼び出すと、紅樹への道を教えてほしいと伝えた。瞬く間にサラの手から飛び立った妖精は、北の方角へと続く道をゆっくりと進みはじめた。そうして紅樹への道案内を開始した妖精に導かれるままに、三人はイストクイントの街へと入っていった。

2

コエダたち三人が妖精の道案内に従って賑やかな都の街並みを十五分ほど進むと、それは突然現れた。天まで届いていると言われても信じてしまいそうな、カエデの大木。先ほどまでの喧騒とは一転して、静かで見通しの良い広場に鎮座するその巨大樹こそ、「紅樹」の名で知られるイストクイント・アカデミアだった。

近くからでは丸まった城壁のようにしか見えない太い幹に、それぞれを木と言っても差し支えない立派な枝。そして、ペンキでもぶちまけたかのように空を赤く染める大量の葉。そのすべてを兼ね備えたイストクイント・アカデミアは、夏の西日に照らされて、「紅樹」という自らの愛称にふさわしい鮮やかさをコエダたちに見せつけていた。

「うわ、すっごい。本物だ！」

目を輝かせるサラの横で、コエダは視線を地面に落とした。コエダの足元では、見覚えのある灰色のアスファルトが手ぐすねを引いて待ち構えていた。千キロメートル以上離れても私の景色は変わらないのかと、コエダは思った。

三年間通ってきたWLSの約二十五倍の大きさを誇り、エルフやドワーフなど他種族の優秀な魔法使いたちも出入りしているこの場所の中から、会った記憶もないたった一人の父親を探し出すことは、コエダには到底不可能に思えた。少なくとも、数日前に大失敗した炎の魔法の試験より難しいことは間違いなかった。

俯いたコエダの口から「私には……」とこぼれかけた時、コエダの背中に強い衝撃が走った。

「痛っ！　え、何⁉」

コエダの背を叩いたのはケントだった。

「すまん、強すぎたか。でもそんな顔するなって。見つかるから、タイガさん」

「そうそう。手がかりなしってわけでもないし」

ケントとサラは、覗き込むようにしてコエダを見つめた。微笑みを湛えた二人の瞳に吸い込まれるようにして、コエダの視界からアスファルトが消えていった。お母さんだけじゃなくて全員が心を透視できるのだろうかと、コエダは思った。

「……ありがとう」

「それで結局さ、コエダはやっぱり知らないんだよね？『ＯＴＬ』のこと」

「うん……ごめん」

「謝る必要ねえよ。あの老いぼれ妖精が悪いんだから」

ダエコは苦笑いを浮かべながら、タイガが残した妖精を手のひらの上に呼び寄せた。懐中時計とメッセージカードが埋まっていた空き地に案内してくれて以来、この年老いた妖精とはどんな会話も成立しなかった。何を尋ねても、たった今サラが口にした「ＯＴＬ」という単語を口にするばかりなのだ。

「絶対それが、タイガさんを探す手がかりだと思うんだけどなあ、私」

サラの言葉に、ダエコは心の底からは頷けなかった。「ＯＴＬ」が何かの略語なのか、暗号なのか、それとも実は意味がないのか。ダエコたち三人もアイも心当たりはなく、自分たちの妖精に頼んで方々を調べてもらっても、めぼしい情報は見つからなかったのだ。

「まあでも、今は一旦アイさんからもらったあれを使った方が早いだろ。な、ダエコ」

「あ、うん。ちょっと待って」

ダエコは年老いた妖精をポシェットの中に誘うと同時に、ポシェットに詰め込まれたたくさんのリーフを掻き分けて一枚の肖像画を取り出した。アイから託されたその肖像画は、父タイガの若き日の姿が描かれたものだった。

「とりあえず中に入ってそれ見せて、手当たり次第聞いたらいいだろ」

「まあそれしかないか。私も賛成。ダエコは？」

「うん……いいと思う」

たとえ二十年以上前の肖像画だとしても、謎の単語を使うよりは情報が集まる可能性が高そうだった。

「よし、じゃあ行くか」

先頭で号令を発したケント、サラ、コエダの順で、三人は幹の根元にある入口の門へと歩き出した。先行する二人に続いてコエダが入口に右足をかけたちょうどその時、脇に立っていた髭面の門番が口を開いた。

「夏休みなのに偉いねえ」

五十代前後と思しきがっしりとした体格の門番は、半袖に短パンというラフな出で立ちでコエダを見つめていた。少々耳慣れないイントネーションが気になってよく見ると、門番は人間ではなくドワーフのようだった。人間語の上手さからして、この諸島での生活が長いのだろうとコエダは思った。

「諸島一のアカデミアともなると、夏休みなんて関係ねえんだろうなあ。すげえや」

門番は明らかに、コエダが紅樹に通う魔法使いだと勘違いしていた。

「あの、違います……私、ここの生徒じゃなくて、その」

しどろもどろになるコエダの様子を見た門番は「ありゃ、そうか。じゃあ見学か」と額を叩いた。

「ってことは、魔法使いでもないのにその量のリーフかい!? こりゃあ将来有望だ」

1

目を丸くした門番の視線は、大きく膨らんだコエダのポシェットに注がれていた。夏休み中の宿題に使うものから移動中の暇潰しまで、たしかにポシェットの中には沢山のリーフが入っていた。しかしコエダにとってそれは、特に驚くべくもない日常でしかなかった。

「いや、これはその……魔法が好きってだけで。将来有望とかじゃなくて、えっと……」

口籠るコエダに助けを出したのは、門の内側から身を乗り出したケントだった。

「どうした、コエダ」

「あ、その……」

ケントの視線はコエダから門番の方へと向けられた。

「入っちゃまずかったですかね。何かその、手続きとか？」

「ああ、いや。悪い悪い。つい声かけちまっただけで、問題ないよ。ぜひゆっくり見ていってくれ」

「よかった。ありがとうございます。ほら行こう、コエダ」

「うん。待たせてごめん」

手招きするケントに連れられて、コエダは紅樹の中へと足を踏み入れた。その背後で門番が「コエダ」という名前にどこかで聞き覚えがあると首を傾げていたことは、この時のコエダたちには知る由もなかった。

3

空の主役が太陽から月に変わった頃。紅樹での聞き込みを終えたコエダたち三人は、付近に確保してあった今回の旅の宿へと到着していた。

十室前後の客室を備えた宿は木造の二階建てで、三人の部屋は二階の東端だった。

「ふう、やっと着いた」

サラは客室の扉を開けると、そのままベッドに倒れ込んだ。コエダの後ろに立っていたケントはその様子を見て、ため息とともに肩を落とした。

「汚い体で横になるなよ、まったく」

「いいじゃんちょっとぐらい！　今日一番働いたの誰だと思ってんの⁉」

サラの問いかけに、コエダとケントは二人とも同じ角度で俯いた。緊張から紅樹の魔法使いたちに上手く話しかけられなかったコエダと、聞き方が尋問のようで怖がられ続けたケント。そのどちらにも、サラの働きを否定する権利はなかった。

「ったく。人に話を聞くってだけで何をそんなに困ることがあるんだか」

コエダは思わず「いっぱいあるよ」と反論しそうになったが、すんでのところで飲み込んだ。

「悪かったよ。でも、みんながお前と同じだと思うなよ？　それぞれ得意分野ってのがあるんだよ」

ケントが言うが早いか、サラは髪を触っていた手をぴたりと止めてベッドから立ち上がった。

「ねえコエダ、お腹すいてない？」

にやついた表情で問いかけてくるサラの意図が、コエダにはまだ分からなかった。

「すいてる……けど？」

「だよね、私もぺこぺこでさ。とはいえまだ働いてるわけでもないし、お金もないから……」

サラの上目遣いの視線は、間違いなくケントに向かっていた。その瞳はどんな言葉よりも雄弁に「あなたの得意分野は何？」とケントに語りかけていた。

「ああもう、分かったよ。奢ってやるから、飯食いながら話そうぜ」

「さすが大人の得意分野！　ありがとう、ケントさん」

「ったく、調子いいんだから」

はしゃぐサラの横で、コエダは「ありがとうございます」と頭を下げた。頬をかくケントの表情がちらりと目に入った時に、何だか嬉しそうにも見えたことは、コエダの胸の中に留め置くことにした。

それから三人は妖精に道案内を頼んで、宿から一番近くにある食堂へと向かった。十卓ほどの丸テーブルが点在した店内は決して広くはないが居心地が良さそうで、誰の目から見ても賑わっていた。

中央付近のテーブルに案内されたコエダたち三人は黒エプロンの主人を呼んで注文を済ませると、すぐにタイガの話を始めた。

「それにしてもびっくりだよね、コエダのお父さん」

常日頃から唄と踊りの修行をしているサラの声は、食堂の喧騒の中でもよく通った。

「俺には想像もつかねえ。あのアキレマに冒険の旅だろ？」

「すごいよね……知らなかった、私も」

タイガはこの蒼の世界随一の魔法大国、アキレマに冒険の旅に出たことがある。この事実は、今日の数時間の聞き込みによって三人が得られた唯一にして最大の情報だった。

情報源は紅樹に所属する五十代の中堅魔法使い、レオ。若き日のタイガの肖像画を見せられたレオは「かつて一緒に冒険した仲間かもしれない」と三人に教えてくれたのだ。

「ねえ、アイさんから聞いたことなかったの？　コエダ」

「うん……お母さんと出会うよりもだいぶ前の話だったし」

レオによれば今から遡ること約三十年前、レオやタイガが紅樹に入ったばかりの頃に、所属する魔法使いの卵の中から特に優秀な数人が選抜された。そしてレオやタイガを含むその選抜者たちはパーティを組み、諸島から海を越えて一万キロメートル以上離れたエルフの国、アキレマへと冒険に向かった。

この冒険の旅の目的は、アキレマの東部に位置する魔法ギルド、イアスにて最先端の魔法を習得して諸島へと持ち帰ることだった。魔法ギルドとは魔法使いたちが自らの魔術を研鑽して互いに高め合うための研究機関のことで、諸島内外に何百ヶ所も存在していた。その中でも今から約百年前にエルフの魔法使いエイブラハムによって設立されたイアスは、この蒼の世界で最も優秀な魔法ギルドの一つだった。

「コエダはイアスって魔法ギルドも聞いたことねえのか？」

「えっと……イアス自体は知ってた。魔法学のリーフに触れてると、たまに出てくる」

「例えば？」

「有名なのは……アルバートが所属していた、とか？」

コエダの言葉に、サラがぴくりと反応した。

「え！　ねえ、それってあの、時の魔法のアルバート？」

コエダが頷くと、サラは「マジか」と呟いた。今から百年ほど前に時間旅行の実現への第一歩を踏み出したことで有名な、蒼の世界の誰もが知るエルフの偉大なる魔法使い、アルバート。彼が晩年イアスに所属していたことは、魔法使いの中ではよく知られていることだった。

「あ、でもね。イアス自体は知ってるけど……」

申し訳なさそうな表情を浮かべたコエダの次の句は、ケントに先回りされた。

「タイガさんがそこに冒険の旅に出ていたとは知らなかった、か？」

コエダが頷くと、ケントは「そうか」とだけ言った。残念さを一切感じさせないその無色の三文字が、コエダにはむしろ少し心苦しかった。

コエダの口がそのまま「ごめん」と動きかけたのを知ってか知らずか、サラがすぐに口を開いた。

「レオさんがコエダのお父さんともっと仲良しだったら良かったのになあ。ねえ、そう思わない？」

「分かるけど仕方ねえだろ。魔法の分野が違うんだから」

タイガが生命の魔法を専門としていたのに対して、レオは力の魔法を研究していた。専門分野が異なるレオとタイガは「イアスへの旅」という冒険の仲間でこそあれ、決して親しくはなかったのだ。当然ながら、レオは紅樹を去ってからのタイガの消息にも、タイガの妖精が口にしている謎の単語「ＯＴＬ」の意味にも、まったく心当たりがないとのことだった。

「まあ次は、タイガさんと面識のありそうな、生命の魔法を専門にしている魔法使いを探す、だな」

ケントが話を総括したのとほぼ同時に、注文していた食事がテーブルに届き、三人の会話は一時中断された。タイガに関する話が再開したきっかけは、テーブル上に並んだ料理が半分以上なくなった頃のサラの一言だった。

「でもさ、よかったじゃんコエダ。お父さんが優秀で」

「どういうこと？」

「だって、超優秀な魔法使いの血がコエダに流れてるわけでしょ。だからほら、今はダメでも……」

獲物を射殺すようなケントの視線に気づき、骨つき肉を豪快に頬張りながら喋っていたサラの言葉が止まった。さすがのサラでも、自らの失言に気づいたようだった。

「えーっと、そうね。うん、間違えた。今は……努力中でも？　そう、努力中でも！　もうすぐ花開くわよ」

サラが口を閉じてから、テーブルの上には三人の咀嚼音だけが響いた。その間もサラの言葉は、猛毒のようにコエダの体を駆け巡っていた。優秀な魔法使いの父親と、箇単な炎の魔法すら上手く操れない自分の差は、誰よりもコエダ自身が感じていた。

タイガの優秀さについて、知らなかったわけではなかった。何度も何度もアイから聞いていた。でも不思議と、その時はあまり傷つかなかった。きっと、愛する人のことは誰しもよく見えるものだとか、今の自分よりも歳を重ねた時の話だからだとか、そんな無意識のバリアで自分を守っていたのだ。

でも、今日はそうはいかなかった。自分とほとんど変わらない年齢でイアスへ冒険の旅に出たという事実を突きつけられて、何も感じずにいられるコエダではなかった。まるで子供の頃に虹のつけ根を探した時のように、近づけば近づくほど父が遠ざかっていくような気がしていた。

それでもコエダは何とか自分との差を考えないように、事実だけを受け止めるように努力していた。それなのに、サラの言葉がとどめを刺した。

「まあとにかく。俺たちがやるべきことは変わらねえ」

ケントが力強くテーブルの上に置いたグラスの音が、コエダの肩を震わせた。コエダを自己嫌悪の底なし沼から救い出そうとしてくれていることは、ケントの気遣わしげな瞳を見れば明らかだった。

「さっきも言ったが、引き続きタイガさんをよく知ってそうな人を探し続ける。それでいいよな？」

「うん……ありがとう、ケントさん」

　ケントとコエダの顔を交互に見つめながら、ばつが悪そうにしていたサラの口から出てきた声は、まるで調律の狂った楽器のような音色をしていた。

「あーいや、そうね、そうよね。うん、やろう。知り合い探し。明日も頑張ろう、うん」

　サラの言葉は音色だけではなく、その内容すらも思いもよらない方向に進んでいった。

「えーっと。誰と仲良かったのかな、タイガさん。あ、じゃあほら。アルバートは？　ひょっとしたらイアスで会ってそれから連絡取ってたとか、可能性あるんじゃない？」

　あまりにも素っ頓狂なサラの発言に、ケントとコエダは思わず顔を見合わせた。

「はあ？　何言ってんだおまえ。アルバートが生きてた頃と、タイガさんがイアスに行った頃じゃ、時代が全然違うだろ。俺だって分かるぞ」

　鼻で笑うケントの横で、コエダも自分の頬がゆるむのを感じた。時の魔法で名を馳せた偉大なる魔法使い、アルバートの全盛期は今から約百年ほど昔。魔法大戦よりも前のことだった。アルバートは魔法大戦終結から十年後、つまり今から六十年以上前には亡くなっているため、約三十年前にイアスを訪れたタイガが遭遇していた可能性などあるわけがないのだ。

「何よ、コエダまで笑っちゃって」

「ごめん……でも、さすがにそれはないかなって」

張り詰めていたテーブル上の空気が、一気に緩みはじめた。厄介なのは場の空気を変えた当の本人にまったくその意図がないことで、案の定サラの口は次第にとがりはじめた。

「はいはい、ごめんなさい。でもそんなに笑わなくたっていいじゃん。別に魔法使いのことなんて知らなくても生きていけるし。時の魔法だって、魔法使いじゃない私たちには関係ないでしょ」

不貞腐れたサラに反論する声は、コエダの背後から聞こえてきた。

「いや、そうとも限らないですよ？」

三人の視線は一斉に、コエダの背後に立つ声の主へと向けられた。そこにいたのは、五十代前半と思しき長身の紳士だった。

「ああいや、失礼。通りがかりに聞こえてつい気になりまして。あ、決して盗み聞きをしたかったわけではないんですが」

凛々しいまなざしで滑らかに話す紳士は、丁寧に整えられた顎髭(あごひげ)を触りながら軽く頭を下げた。オールバックに固められた茶髪に光沢のあるジャケットがよく似合うその姿を見て思わず「カッコいい」と呟いたサラに、コエダは心の中で同意した。

「みなさん飼ってますよね、妖精。彼らが道に迷わないのは、時の魔法のおかげなんですよ」

親しみやすい大人を絵に描いたような紳士の姿を見ていると、最初から四人で話していたような気さえしてしまうとコエダは思った。

「ん？　それってどういうこと？」

「つまりですね……」

紳士がサラの問いに答えようとしたちょうどその時、テーブルから十数メートル離れた店の入口付近で女性の声が響いた。

「何してるんですか、先生。お急ぎください」

店の入口付近に立つ小柄な女性の呼びかけに、紳士は「ああ、今行く」と軽く手を挙げて応じた。コエダたちの座っている位置からでは分かりづらかったが、女性はおそらく二十代前半、ケントと同じくらいの年のように見えた。

「こちらから声をかけたのに申し訳ありません。もし興味があれば、ぜひ調べてみてください」

紳士はコエダたち三人に軽く会釈をしてから体の向きを変えると、そのまま女性の待つ入口の方へと歩き去った。

女性と合流した紳士は一度コエダたちの方を振り返ってお辞儀をすると、そのまま女性と二人で店の外へと出ていった。

「何だったんだ、ありゃ」

「悪い人じゃなさそうだったけど。イケメンだったたし！」

「それとこれとは関係ないだろ」

ケントとサラが軽口を叩きながら食事を再開してからも、コエダはまだ店の入口を見つめていた。あの紳士の顔にどこかで見覚えがあるような気がしたのだ。

「え、どうしたの？　コエダ」

「ううん……たぶん勘違い」

「何だよ、言ってみろよ」

「いや、その……見たことある気がして、さっきの人」

「え？　ないでしょ。知り合いならあんな態度取らないし」

元々確固たる自信などなかったコエダは、サラに否定されると途端に自分が間違っているような気持ちになってしまった。

「いや、そうだよね……ごめん。忘れて」

コエダが話を終わらせようと食器を手にした瞬間、テーブルにケントの大声が響いた。

「いや待て！　合ってるぞ、コエダ」

「ちょっと、声大きいって」

眉をひそめるサラに目もくれず、ケントは興奮気味に続けた。

「悪い。でもコエダが合ってる。ポスターだよ、紅樹にあったポスター！」

The Only

1

ケントの言葉を聞いた瞬間、コエダの頭の中で数時間前の記憶が蘇った。紅樹に足を踏み入れてすぐ、アカデミア内で行われる数々の行事の宣伝が貼られた掲示板の前を通った時に、先ほどの紳士が描かれているポスターを見かけていたのだ。

「そうだ、勉強会のポスター……すごい、ケントさん」

心の中の靄(もや)が晴れたことで、コエダの声は自ずと明るくなっていた。コエダの記憶が正しければ、紳士が描かれていたポスターは生命の魔法に関連する勉強会の開催を知らせるものだった。おそらくあの紳士は、生命の魔法を専門とする魔法使いだったのだろう。

「え、そんなのあったっけ？　まあそうだとして、そんなに騒ぐことじゃないでしょ」

わざわざ水を差さなくても、とコエダが反論しようとした瞬間、ケントが真剣な表情で言った。

「いや、大間違いだサラ。とんでもないぞ、これ」

ケントの手のひらの上には、妖精の姿があった。少し肩を震わせている様子を見るに、妖精はきっとケントの指示で急ぎ紅樹までポスターを見に行って帰ってきたところなのだろう。

「妖精の話だとな、さっきの人はタイガさんの知り合いだぞ。多分」

コエダとサラの口から、同時に「え」という声が漏れた。

「ほら、もう一回話してくれ」

ケントが促すと、妖精はコエダとサラに向かって話し出した。妖精によれば、紅樹の掲示板には生命の魔法に関連する勉強会のポスターが何種類か貼られていた。そして、その中でも、「復活の呪文の未来」について語ることをテーマにした勉強会のポスターに、あの紳士の姿が描かれていたようだった。

「あんたたちの記憶が正しかったのは分かったけど、何でタイガさんが出てくるのよ？」

「落ち着け、サラ。まずは全部話を聞け」

小さく頬を膨らませるサラの横で、妖精は話を続けた。

妖精曰く、勉強会のポスターにはあの紳士の名前と経歴が書かれていた。その記載によれば、紳士の名前はジョージ。紅樹にて学んで魔法使いとなった後、諸島内随一の魔法ギルド、イムサットに所属して魔法研究を続けている生命の魔法のスペシャリストだった。

「紅樹出身の生命の魔法使い……って、もしかして」

「そう、そうなんだよ。コエダ」

視線を交わすケントとコエダの横で、サラが首を傾げた。

「え、どういうこと？」

「ったく、さっきの俺の話聞いてたか？　今、俺たちが探しているのは？」

「えーっと、タイガさんと面識がありそうな、生命の魔法を専門にしている……あ、そっか！」

　ぱんと手を叩いたサラに向かって、ケントは力強く頷いた。同じ紅樹出身で同じ生命の魔法が専門の魔法使いならタイガとも面識があるだろうと、コエダも思っていた。

「それにな、もう一個あるんだ」

　熱のこもった声で続きの説明を促すケントとは対照的に、妖精は今まで通りの静かな口調で再び話し出した。どうやら妖精が見たところによれば、ポスターに書かれたジョージの経歴の中には「三十年前の紅樹在籍中に大国アキレマの魔法ギルド、イアスへと冒険の旅に出たことがある」という記載があったのだという。

「え、マジ？　じゃあその人は、タイガさんと一緒に冒険の旅に出てるってこと？」

　上ずった声で尋ねるサラに、ケントは頷きを返した。

「その可能性が限りなく高いだろうな」

「え、追いかけようよ。紅樹に行けば会えるかも！　ね、コエダ！」

「あ……うん」

　立ち上がりかけたサラとコエダをケントが制した。

「自宅に帰ったかもしれないだろ。それにこの時間だぞ？　さすがに迷惑だ」

「いや、でも！　早く見つけたいじゃん、コエダのお父さん！」

頭ではケントに賛同し、心ではサラを応援していたコエダは何も言えなくなった。

「とはいえ、だろ。勉強会の日程は明日の昼だった。明日の朝、準備中に紅樹に行く方が確実だ」

サラはしばらく不満げな表情を浮かべていたが、やがて「まあ、コエダがそれでいいなら」と呟いた。

「うん……大丈夫、だと思う」

コエダがそう言うと、サラは「分かった」と呟いた。そのまま三人は食事を終えて宿に戻り、旅の初日を終えた。その晩に紅樹の中で重大な事件が起きていたことなど、露ほども知らずに。

4

翌朝、コエダたち三人は午前中に宿を出発して紅樹へと向かった。紅樹の入口に到着すると、昨日と同じようにドワーフの門番が立っていた。三人が入口を通る際に「おや、今日もかい」と声をかけてくれたドワーフの門番に会釈してから、コエダたちは紅樹の中へと入っていった。

　妖精に道を確認しながら、コエダたち三人は紅樹の中心部にある大講堂、セーフィールドホールへと向かった。収容人数千人以上を誇り、紅樹を象徴する場所の一つでもあるこのホールこそが、今日の午後にジョージが勉強会を行う会場だったのだ。

「ああ、これのことね。たしかに見たことあるわ」

　入口から五分ほど歩いて三人の前に現れたセーフィールドホールの扉を見て、サラはそう呟いた。直線をベースにシンプルながらも力強い彫刻が施されたその扉は高さ三メートルほどで、コエダにはとても分厚そうに見えた。

「でも何か、思ってたよりは案外ボロっちいわね」

　サラの言う通り扉の周囲の壁はかなり年季が入っていて、お世辞にも綺麗とは言えなかった。

「こんなもんだろ。完成してからかなり経つらしいし」

　扉の横に立っていたケントは上半身を屈めると、壁に取りつけられたセーフィールドホールの案内板を読みはじめた。案内板によれば、ホールの完成は今から約百年前。ホールの名は建築に尽力した貴族、セーフィールド氏に由来するらしい。

「まあ何でもいいけど。とりあえず行こうよ。ジョージって人、中にいないかもしれないんでしょ？」

ジョージが午後の勉強会に向けてホール内で準備をしているだろうというのは、コエダたちの推測に過ぎなかった。もしホール内に姿がなかった場合、広大な紅樹の中からジョージを探し出さなければならないのだ。

「そうだな。入ろう」

ケントが手で押すと、両開きの扉が奥へとゆっくり動いていった。そして同時に扉の間に生じた隙間から、何百もの座席が扇状に配置されている半円形のホール内部の様子が見えた。どうやらコエダたちのいる出入口の扉はホールの最後方、ちょうど半円のてっぺんあたりに位置しているようだった。

「あ、あれ」

サラが指さしたのはホールの一番奥、半円の中心部にある演台の近くだった。誰もいないホールの中でそこにだけ、一組の男女が立っていたのだ。

「予想的中、みたいだ」

ケントの言葉に、コエダとサラは小さく頷いた。演台の近くでコエダたちに背を向けて立っている長身の紳士と小柄な女性は、間違いなく昨日食堂で遭遇した二人だった。

ケントを先頭に三人が演台へと近づくと、紳士と女性が「復活の呪文の未来」と大きく書かれた横断幕を手にしているのが見えた。書かれている言葉が今日の勉強会の論題であることを踏まえると、きっとこの横断幕を演台の上に掲示するつもりなのだろうとコエダは思った。

「あの、すみません。ちょっとよろしいですかね」

ケントが声をかけると、まず女性の方が振り返った。

「どちらさまですか？　勉強会の開始まではまだ時間が……」

小柄な女性の怪訝な様子を察してか、紳士の方もコエダたちに顔を向けた。口元に微笑みをたたえ、丁寧に切り揃えられた顎髭を触るその紳士は、やはり勉強会のポスターに描かれていたジョージその人だった。

「あなたたちは……あ、昨日の。ひょっとして、紅樹の魔法使いの卵だったんですか？」

「いえ、違います。俺たちはその、人探しをしていて。会いに来たんです、ジョージさんに」

ジョージは眉を八の字にすると「ほう」と呟いた。

「こいつの父親を探してるんです。タイガさん、っていう魔法使いなんですけど」

両肩を掴むケントの手に押され、コエダは前へと進み出た。そのままコエダがポシェットからタイガの肖像画を取り出して見せると、柔らかく微笑んでいたジョージの頬がぴくりと動いた。

「ご……ご存じですか？」

恐る恐る尋ねるコエダの横で、サラが口を開いた。

「三十年前、イアスへ冒険の旅に出てますよね！　一緒にいたと思うんです、タイガさんも！」

ジョージは先ほどまでと一転して険しい表情で黙り込み、じっとコエダを見据えていた。一体何を悩んでいるのだろうかとコエダが戸惑っているうちに、ジョージは小さく息を吐いてから咳払いをし、口を開いた。コエダには、その仕草がどこかわざとらしくも思えた。

「いかにも、タイガくんはかつての旅の仲間です」

コエダの胸の中で、期待という名の風船が一気に膨らんだ。

「しかし申し訳ありませんが、私にお役に立てることはないかと。えっと、お嬢さん。お名前は？」

「え、あ……コエダです」

すっかり険しい表情をやめたジョージは、最初に振り向いた時と同じ微笑みを見せながら続けた。

「コエダさん。あなたもご存じかと思いますが、タイガくんは今から十五年以上前にこの紅樹の地を去りました。家族の都合だと言ってね。それ以来、私は一度も彼の姿を見ていない。話せることは何もないんですよ」

「そう……ですか……」

コエダは自らの心の中で期待の風船が音を立てて盛大に割れるのを感じた。膨らんだ分だけ、割れた時の痛みも大きかった。

「何でもいいんです。当時の話とか、思い出とか。分かること全部教えてほしいんです」

俯くコエダの前に進み出たケントは、まるで獲物に食らいつく番犬のように問いかけた。微笑を崩さないままのジョージは「そうだな……」と言いながら軽く眉間に皺を寄せると、横に立つ女性の方へと顔を傾けた。耳を覆い隠す程度のミディアムボブの黒髪に、くりっとした瞳が特徴的なその女性は、きっとジョージの弟子なのだろうとコエダは思った。

「アンナくん、コエダさんたちに私の魔法研究室にあるリーフを見せてあげてもらえないかな。彼らの役に立つものは、特段ないような気がするが……万に一つ、タイガくんに関連するものがあるかもしれない。こちらの準備は、私がやっておくから」

「あ、はい。かしこまりました。これも……？」

アンナと呼ばれた女性は、自らの手に持っていた横断幕にちらりと目をやった。

「もちろん。これくらいなら私にもできるさ。コエダさんたちがリーフを見終わったら、今日はもうそのまま帰ってもらって構わないから。申し訳ないけど、よろしく頼むよ」

言い終わるとすぐに横断幕を壁に取りつけはじめたジョージの意図は、誰の目にも明らかだった。アンナはそんなジョージと入れ替わるようにして三人の方へ近寄ってくると、「よろしくお願いします」と頭を下げた。

ジョージのすげない態度に戸惑うコエダたち三人をよそに、アンナは「こちらです」とホールの出入口に向かって歩き出した。アンナの後を追うためには、コエダたち三人もジョージに背を向けざるを得なかった。

「ジョージ先生の魔法研究室までは、五分ほど歩けば着きますので」

アンナは三人をホールの出入口へと先導しながら、自己紹介を交えて挨拶をしてくれた。アンナはコエダとサラの三歳年上で、今年二十一歳。紅樹に通う魔法使いの卵であり、学業の傍らジョージの弟子として魔法研究の手伝いをしているとのことだった。

アンナの挨拶も終わり、まもなくホールの出入口に到着するという時、ケントが「何だよ、アイツ」と小声で呟いた。明らかにジョージのことを言っていると、コエダにもサラにも分かった。

「ね、もうちょっと優しくしてくれたっていいじゃんね」

サラが同じく小声でケントに賛同している後ろで、コエダは一人足を止めた。ケントやサラのように、どうして親身になってくれないのかと思う気持ちはコエダにもあった。でも一方で、きっと自分たちが悪いのだろうとも思っていた。十五年以上前に失踪した知人の娘が突然訪ねてくるなんて、きっと引越しの途中で友達から借りたままのレコードを見つけるのと同じくらい面倒なことなのだ。

　そうやって諦めようとしてもなお、コエダの心はまだ何かを求めていた。そして文字通り後ろ髪を引かれるようにして、コエダは演台を振り返った。父と共に長い時間を過ごしたであろうジョージの顔を、もう一度見たいと思っただけだった。それなのに、コエダの目に飛び込んできたのは想像とかけ離れた光景だった。横断幕の取りつけを中断したジョージが、まるで怯えた狼のような眼差しでコエダたち三人の方を見ていたのだ。

　コエダが振り向いたことに気づくと、ジョージはすぐに目を逸らしてしまった。そのためコエダが見たのはほんの一瞬だったが、間違いなくジョージはこちらを見つめていた。それなのに今は、ジョージはまるでそんなことなどなかったかのようにコエダたちに背を向けて黙々と横断幕の設置を再開していた。

「どうした、コエダ？　行くよ？」

　サラにそう呼びかけられ、コエダは再びジョージに背を向けた。視線をホールの出入口の方に戻すと、一足先に扉まで到着していたサラとケント、そしてアンナの三人が、一人立ち止まるコエダを不思議そうに見つめていた。

「あ……うん、ごめん」

　戸惑いを振り切るようにして、コエダは小走りで三人のもとへと向かった。ジョージのあの怯えた狼のような眼差しの意味を理解できる時が来るのか、この時のコエダにはまだ分からなかった。

第二章 再会

セーフィールドホールを出たコエダたち一行は、アンナの言う通り五分ほど紅樹の中を歩いてジョージの魔法研究室に到着した。

コエダたちが室内に入ってすぐ目に飛び込んできたのは、扉以外の三面を埋め尽くす大きな棚と、その中に入った貴重な魔法素材や錬成道具、古めかしい魔法学のリーフたちだった。魔法研究用のたくさんの道具に囲まれた室内は、憧れていた魔法使いの居室そのものだとコエダは思った。

「すみません、汚くて」

アンナが申し訳なさそうに頭を下げたのも、あながち大袈裟ではなかった。室内には本来なら八人程度は入りそうだったが、雑然と棚からはみ出したリーフや魔法素材が床を占領しているせいで、アンナとコエダたちの合計四人ですら少し手狭だった。

「あ、いや……」

コエダの煮え切らない返答に苦笑いを見せたアンナは、室内中央の作業机につくように三人を誘った。横長の作業机には長辺にそれぞれ三つずつ、合計六つの椅子が置かれており、コエダたちはアンナに軽く会釈をしてから片側三つの椅子に横並びで腰掛けた。

「いいんですよ、正直に言って。ジョージ先生もほとんど物置として使ってますし」

アンナは室内を片づけながら、ジョージの魔法研究の本拠地は彼が所属する魔法ギルド、イムサット内にある研究室の方なのだと続けた。アンナ曰く、紅樹にあるこちらの研究室はジョージにとって出張所のようなもので、今日のように勉強会があったり、魔法使いの卵たちへの講義があったりする際に準備の拠点として使われるだけのようだった。

「私たち弟子にとっては、便利でありがたい話です」

紅樹に通いながらジョージの弟子をしている魔法使いの卵は、アンナを含めて全部で五人。弟子たちはこの研究室にいつでも入室可能で、リーフなどにも自由に触れていいと言われているのだという。

そんな説明の通り室内の配置を熟知していると思しきアンナは、てきぱきと棚からリーフを取り出しはじめた。会話と並行しながら、ある程度リーフを集めてはコエダたちの目の前の作業机の上に置くという動きを繰り返すアンナの姿は、コエダにはとても優秀そうに見えた。

アンナはそのまま動き続け、コエダたちの眼前にリーフの山をうずたかく積み上げていった。生命の魔法を中心とした魔法学の資料から、蒼の世界各地の魔法ギルドの情報、紅樹から出発した歴代の冒険の旅の記録まで。この多種多様で大量なリーフの中からタイガの情報を探し出すのは、まるで広大な砂漠から一粒のダイヤモンドを見つけるようなものだとコエダは思った。

「私は自分の作業をしていますので、ごゆっくり」

今日は夏休み中で自分以外の弟子は研究室を訪れないだろうし、時間は気にしなくて大丈夫だとつけ加えてから、アンナはようやく作業机についた。リーフの山を挟んでコエダたちの反対側に座ったアンナは、やがて羽ペンを取り出して何かを書きはじめ、宣言通り自らの作業に没頭していった。

静寂に包まれた研究室内で、コエダたち三人はお互いに顔を見合わせた。そして、ケントが「とりあえず、進めていくか」と呟いたのを合図に、目の前のリーフの山を分担して内容に触れはじめた。

コエダたち三人は一つ一つのリーフに地道に触れていき、目を皿のようにしてタイガの情報を探した。

そのまま数時間が経過してリーフの山の高さが当初の半分になっても、特にめぼしい情報は見つからなかった。そして同じ頃、サラのお腹の虫が大きな鳴き声を上げた。

「あ、ごめん」

「いや、まあ時間も時間だしな。昼飯がてら一旦休憩するか」

ケントの提案に大きく頷いたサラは、我先にと椅子から立ち上がった。

「コエダも、ほら」

サラに肩を叩かれたコエダは、返事に迷って黙り込んだ。紅樹を訪れる前に朝食をとってから何も口にしていなかったので、たしかにお腹は空いていた。しかしその一方で、今目の前にあるリーフの山を早く片づけてしまいたいという思いが空腹を上回っていた。タイガに関する情報が見つかるにせよ見つからないにせよ、このリーフの山を片づけないことには先に進めないのだ。

「私……このまま続けておくよ。だからほら、何かお土産買ってきてもらっていい？」

コエダがあえてリーフに目線を落としたままそう口にすると、ケントとサラは顔をしかめてお互いに視線を交わした。そして無言のうちに、まるで椅子に根を生やしたかのように頑ななコエダを休憩に連れ出すことは不可能だという合意に至った。

「いいけど、無理だけはすんなよ」

ケントの声かけに、コエダは「うん、いってらっしゃい」と答えた。ケントとサラはその後もしばらくコエダを見つめていたが、やがて後ろ髪を引かれながらも二人だけで研究室を離れた。そうして研究室には、黙々とそれぞれの作業を続けるアンナとコエダだけが残った。

5

色とりどりの露店が左右に立ち並ぶ緩やかな下り坂は、まるで幸せへの滑走路のようだとサラは思った。都でも有数の人気を誇る市場、プレノテルマーケット。その象徴とされる目抜き通りを、サラはケントと二人で歩いていた。

「やっぱりすごいね、都って」

最新の流行着や人気の美食、可愛いお菓子があちらこちらで売られている様子を見て、サラは感嘆の声を漏らした。都の若者たちが集うこの市場は、サラにとって憧れの場所だった。だからこそ紅樹から片道三十分ほどかかると渋るケントを無理矢理説得し、昼休憩にかこつけて訪れたのだ。

「まあでも、思ったよりは混んでないな」

人間だけでなくドワーフやエルフたちも当たり前のように往来している通りは賑わってはいたが、通行が難しいほどではなかった。

「休みの日はすごいんでしょ、たぶん」

毒霧の呪いを恐れた人々が外出を控えているため、都の各地で最近少々活気が失われているという噂もあったが、そもそも今日初めてここを訪れるサラにその真偽は分からなかった。

「っていうか、さっき買ってたそれ何なんだよ」

ケントは眉根を寄せながら、サラの目の前に浮かぶ小さな雲を指さした。ちょうどサラの顔を覆い隠すほどの大きさのその雲は、虹色の輝きを放ちながら空中を漂っていた。

「うわ、知らないんだケントさん。クラウディート、最近流行ってるのに」

サラは雲の一部をちぎり取ると、自らの口の中へと飛ばした。都の若者の間で人気を集めているというそのお菓子の味は、サラにはただ甘いだけのように思えた。

「うん、やっぱり味はたいしたことないわね」

「そんなもん美味いわけないだろ。無駄遣いしやがって」

「いいの、食べてみたかったんだから！　それにほら、見た目がかわいい」

空中を漂う虹色の雲の横に、サラの満面の笑みが浮かんだ。雷雲よりも厄介そうなその笑顔を横目で見て、ケントはこれ以上サラと目を合わすまいと誓った。

「それじゃあもう、食べ物じゃなくて『見る物』じゃねえか」

「上手いこと言うね。うん、いいなそれ」

そう言って再び雲をちぎりはじめたサラは、ケントの頬にほんの少し赤みが差したことには気づかなかった。

「ってか、あれだな。やっぱりほら、あいつも連れてきたかったな」

「本当にそれ。ちょっとは気分転換しないとやってられないって。せっかくの都なんだし」

「真面目ってことなんだろうけどな。頑張りたいんだろ、あいつなりに」

「でもさあ……」

反論の代わりに、サラの口から小さなため息が漏れた。

「まあともかく、土産を買っていってやろうぜ」

「クラウディートは買ったけど、他に何か……って、うわ！」

腕にかけた土産袋を触っていたサラは、小さく舌打ちしてからタンクトップの胸の辺りをつまんだ。タンクトップの白い布の上に描き出された虹色の斑点を見て、ケントにもサラの舌打ちの意味が分かった。クラウディートの欠片が、サラの服についてしまったのだ。

「やっちゃった。ねえ、何か拭くものない？」

「そんなもん、俺が持ってると思うか」

「だよね。えーっと。あ、これでいいや」

サラは腕に巻いてあったスカーフをほどくと、シミになっているあたりを押さえつけた。

「こすっても広がるだけだろ。何かいい魔法道具でも探すか？」

「申し訳ないけど、そうさせてもらっちゃおうか……」

サラの突然の沈黙に、近所の露店を調べてもらおうと妖精を呼び出していたケントの手が止まった。

「どうした」

ケントが問いかけても、サラは黙ったままスカーフを握りしめた自身の手元をじっと見つめていた。

「いや、ちょっと待って。分かっちゃったかも、私。ＯＴＬの意味」

サラは言い終わるが早いか、近くの露店に向かって駆け出した。そしてケントの呼び声などお構いなしに、サラはそのまま店主と話しはじめた。そんなサラの態度に「まったく」と呟いたケントは、その言葉通りまったく思ってもいなかった。数分後に満面の笑みで戻ってくるサラが、本当に「ＯＴＬ」の謎を解いていたなどとは。

6

ちょうど同じ頃、紅樹の魔法研究室にいるコエダの目の前からリーフの山が消えた。より正確に言うなら、リーフの山は「未確認」から「確認済み」へとその名を変え、コエダの左斜め前に移動していた。高さも大きさも変わらずに、ただわずかな希望だけが失われたそれを見て、コエダは一つため息をついた。

数時間かけてジョージの研究室内のリーフをすべて確認しても、結局タイガの行方を示す手がかりは一つも得られなかった。無理矢理にでも成果を作り出すとするならば、タイガが冒険の旅に出た海の向こうの魔法ギルド、イアスについて刻まれたリーフを見つけた程度だった。

イアスはこの蒼の世界で最も優秀な魔法ギルドの一つであること、時の魔法で有名な偉大なる魔法使い、アルバートがかつて所属していたことなど、刻まれていた情報のほとんどはコエダも知っているものだった。唯一気になったのは、破壊の魔法に精通したエルフの天才魔法使い、ロバートもまたイアスに所属していたという事実だった。

ロバートは約七十年前の魔法大戦の際に究極の攻撃系魔法道具、トリニティを完成させたことで知られる魔法使いだった。コエダたち人間からすれば、トリニティは自らの暮らすナパージュ諸島を燃やし尽くした忌むべき魔法道具であり、ロバートに恨みを感じている者も多かった。しかしエルフや蒼の世界全体から見れば、トリニティは五年以上続いた魔法大戦を終結へと導くきっかけになった魔法道具でもあり、それを完成させたロバートの業績を評価する向きもあった。

単にロバートがイアスに所属していたというだけなら、コエダもそこまで気になることはなかった。コエダが目を止めたのは、ロバートの業績を紹介する部分に「ロバートはトリニティを完成させる際に悪魔の力を借りた」と刻まれていたからだった。タイガの手紙に書かれていた「悪魔が私に取り憑いた」という文章と共通する、「悪魔」という言葉が妙に気になったのだ。

ロバートが悪魔の力を借りていたから何なのかと問われたら、コエダは一瞬で口が縫いつけられてしまう自覚があった。コエダは「悪魔が私に取り憑いた」というタイガの手紙を見た時既に、「悪魔は数十年前の魔法大戦の折に数多く現れ、大きな被害を残した」という話をスコレーの講義で聞いたことを思い出していた。今回知ったロバートの話はそれが少し具体的になっただけで、あくまでもタイガの行方に関わるような情報を得たわけではないのだ。

コエダはもう一度ため息をついてから机上を見渡して、まだ触れていないリーフが残っていないかと目を凝らした。早く大人になりたいと言っていた人が、いざ大人になったら子供に戻りたいと言い出すのはこんな気持ちなのだろうかと、コエダは思った。

「あれ、もしかしてもう全部終わりました？」

横長机の対角に座っていたアンナが、羽ペンを動かす手を止めてコエダを見つめた。

「あ……はい。すみませんでした。おつき合いいただいて」

「いえ、ただ待っていたわけじゃないですから。明日がちょっと楽になりました」

この数時間の作業の成果をコエダに見せながら、アンナはにこりと笑った。その表情は我が家でよく見るアイの笑顔にどこか似ていると、コエダは思った。

「お役に立てそうなもの、ありました？」

アンナの問いかけに、コエダは首をゆっくりと斜め横に捻った。はっきりと否定せずに曖昧な返事をしたのは、この数時間の努力が無駄であったと認めたくないからだった。

コエダが首を傾げたのとほぼ同時に、研究室の入口の方から突如としてケントとサラの叫び声が響いた。

「分かったぞ、コエダ!!」

「そうなの！　見て！」

二人の声のあまりの大きさに、コエダは自らの曖昧さが何かの逆鱗にでも触れたのかと一瞬錯覚した。

「ど……どうしたの？」

二人とも怒っているのではなく興奮しているのだと理解した頃には、ケントたちはコエダの目の前まで来ていた。

「とりあえず、これを見てくれ」

「え……？　わ、ちょっとケントさん！　危ない！」

立ったまま作業机の上に何かを広げようとしたケントの腕が、机上に聳（そび）え立つリーフの山の中腹を貫いた。積み上げられた緑色のリーフはケントの腕に弾かれ、コエダの目の前で一瞬にして勢いよく四散していった。コエダたち三人の靴の上、足元に置いたコエダのポシェットの上、そして、研究室の床の上。あたり一面に広がった大量のリーフは、コエダにはまるで緑色の絨毯（じゅうたん）のようにも見えた。

「わ、悪い！」

ケントは即座にしゃがみ込むと、床に散らばったリーフを拾いはじめた。

「ちょっと！　まったく、何やってんのよ」

サラは口を尖らせながらも、リーフを拾うケントを手伝いはじめた。コエダは今にも協力せんと立ち上がってこちらを見ていたアンナを目で制してから、サラと同じように手伝いに加わった。

「何が……あったの？」

リーフを拾いながらコエダが問いかけると、ケントの声に先ほどまでの興奮が戻ってきた。

「分かったんだよ、ＯＴＬの意味が！」

「ちょっと。気づいたのは私でしょ？」

「あ、ああそう、そうだ。サラのおかげで解けたんだ」

ひとしきりリーフを集め終わると、コエダたち三人は再び横並びでテーブルについた。

「これを見てくれ」

ケントは改めてそう言うと、手に持っていたスカーフを机の上に広げた。一見水玉のようにも見えるが、実はドワーフ文字がちりばめられているという独特な模様が描かれたそのスカーフには、コエダも見覚えがあった。

「これって……」

「そう。私が昨日キャビンの中でドワーフのお爺さんからもらったやつ。これ見て気づいたの」

ドワーフ文字で埋めつくされたスカーフを指さしながら、サラは自慢げにコエダを見つめた。

「ね、ちょっと羽ペン貸して？」

コエダが羽ペンを渡すと、サラはスカーフの端に何かを書き込んだ。

「ＯＴＬってさ、こうやって書くと、ほら。ドワーフ文字にも見えない？」

角張ったＯに、背の低いＴ、横長のＬを縦に繋げたようなその図形は、たしかに布を埋め尽くすドワーフ文字たちと似ていた。

「でも私、ドワーフ語なんて読めな……」

「そんなの、分かる人に頼ればいい話でしょ。っていうか、市場の露店にいたドワーフの売り子さんにもう聞いたし」

コエダは「そっか」と呟きながら、頭の中のマニュアルに「困った時は、頼ればいい」という新たな一行を書き加えた。隣に座っているはずのサラが、何だか遥か遠くの場所に立っているような気がしてならなかった。

「それでね、やっぱりこの字はドワーフ文字として読めるんだって。意味は……『門』」

そこまで聞いて、コエダにもやっとサラたちの興奮の意味が理解できた。タイガが伝えたかったことが「ドワーフ」と「門」であるならば、コエダにも思い当たるものは一つしかなかった。年老いた妖精にはドワーフ語が喋れなかったため、タイガは苦肉の策としてこのような伝言を残したのだろう。

「だからほら、行こ。私たちが帰って来た時もいたから、門の横に。コエダも一緒がいいと思って先にこっちに来たの、ね？」

コエダはサラの言葉にしっかりと頷いてから、足元のポシェットを持って立ち上がった。ようやく掴んだかもしれないタイガの手がかりを、自分の身支度の遅さのせいで逃すわけにはいかなかった。

「何か分かったんですか？」

慌てて研究室の外に出ようとするコエダたち三人を見て、アンナが立ち上がった。

「あ……ちょっとまだ、何とも。ただ、話を聞いてみたい人がいて。すみません、ありがとうございました」

コエダが頭を下げると、アンナは両手を小さく振った。

「いや、私は何も。見つかるといいですね、お父さん」

アンナの柔らかい言葉に触れて、コエダはふと焦りを忘れて我に返った。研究室を出る前に、作業机の上に広がったリーフの山を片づけなければならなかった。

「片づけは私の方で。終わったら帰っちゃうので、気をつけてくださいね。忘れ物とか」

コエダの懸念を先回りするかのように、アンナがにこりと笑った。やっぱり家でよく見るアイの笑顔に似ていると、コエダは思った。

「ありがとうございます……本当に」

もう一度アンナに深く頭を下げてから、コエダはサラたちと一緒にジョージの研究室を後にした。そして一路、紅樹の入口を目指した。紅樹の入口にある「門」の横に立っていた「ドワーフ」の門番に会いに行くために。

7

コエダたち三人が紅樹の入口に到着すると、あのドワーフの門番は朝と同じように門の脇に立っていた。門番は自分の方へと近づいてくるコエダたちに気づくと、眉をぴくりと動かした。

「おお、どうした」

「その……一つ、お伺いしてもいいですか?」

コエダが恐る恐る問いかけると、門番はがっしりとした体を大きく揺らして笑った。

「おう、何でも聞いてくれ! まあ、小難しい魔法の話は勘弁だがな」

「ありがとうございます。えっと……タイガって魔法使い、知ってますか?」

豊かな髭を蓄えた門番の笑顔が、すっと真剣な表情に変わった。

「タイガ……か」

この人は間違いなく何かを知っていると、コエダは思った。それはサラたちも同じだったようで、二人はすぐに説明を重ねた。

「タイガさんの娘なんです、こいつ。んで、お父さんのこと探してて」

「そうそう！　何でもいいから、知ってること教えてもらえないかなって！」

門番は口をあんぐりと開けて「娘……か。どうりで」と呟くと、三人に背を向けながら言った。

「ここで話すのもなんだ。ついてこい」

門番はそのまま、すぐ近くの門番小屋に向かって歩きはじめた。門番の後を追いかけながら、コエダたち三人はとても晴れやかな表情でお互いの顔を見合わせた。

門から数メートルのところに位置している紅樹の門番小屋は、大木の根元のうろを掘り込んで作られた、まるで洞窟のような空間だった。門番たちの休憩室兼物置として使われているからなのか、小屋の中に置かれた備品棚や机などの最低限の家具はどれも古びていて、お世辞にも清潔そうではないとコエダは思った。

ドワーフの門番はコエダたち三人を中へ案内すると、中央にある丸テーブルの近くに粗末な椅子を三つ並べて座らせた。小屋までの道すがら、コエダたちは門番の名前を聞いていた。門番の名は、インソン。三十年以上この地で門番を務め上げてきたドワーフで、紅樹に通っていた当時のタイガを知っているようだった。

備品棚が並ぶ小屋の奥の方の空間に引っ込んでいたインソンは、やがて四つのカップを載せたお盆を手にコエダたちのもとへと帰ってきた。インソンがカップをテーブルの上に置きはじめる頃には、カップからたちのぼるココアの甘い香りが小屋中を満たしていた。

やがてインソンはココアを配り終えると、近くに転がっていた椅子をコエダたち三人の向かいに置いて、どかりと腰を下ろした。

「それにしても、アイツの娘ねえ……」

岩石のようにがっしりと大きな手で、インソンは若き日のタイガの肖像画をつまみ上げた。コエダが移動中に渡したその肖像画とコエダ本人を見比べるようにして、インソンの瞳は反復横跳びを繰り返していた。

「やっぱり、昨日つい声かけちまったのも当然ってことなんだな。うん」

インソンの言葉の意図が分からず、コエダは眉間に皺を寄せた。その小さな変化を、インソンは見逃さなかった。

「いや、そのな。そっくりだったんだよ、それ。アイツも毎日そんなんだった」

相変わらず具材の多すぎるサンドイッチのように膨らんだコエダのポシェットを、インソンはじっと見つめた。どこか遠い過去も同時に見据えているようなその視線は、この十八年間閉ざされていたコエダの心の扉をあっという間に開いた。ここ数日、近づけば近づくほど遠ざかっていくように思えたその扉から顔を出したのは、多くの人にとってはありふれた、コエダにとっては久しぶりの言葉だった。

「お父さんと……似てるんですね、私」

十数年ぶりに口にしたと自分でも気づかないほどには、その単語はコエダの口に馴染んでいた。

「ああ。なのに昨日は悪かったな。お嬢ちゃんの名前、何だか聞き覚えがあるとは思ったんだが……何せ、十五年以上前の話なもんでな」

「知ってたんですか、私のこと」

「頼まれたんだよ。いつか娘が自分を探しに来るかもしれない、って。アイツに」

コエダは自らの体がにわかに熱を帯びていくのを感じた。

「でもあの時は驚いたなあ。毎日挨拶してただけの奴から突然、何も言わずに頼まれてほしい、って言われたんだからな？」

「あ……お父さんと仲が良かったわけでは……」

「ないない。誰よりも早く来て遅く帰るから、他の奴らよりは喋ってたって程度さ。だから妙だと思ったけど、魔法使いには頼めないんだ、なるべく関係の浅い人がいいんだ、って切羽詰まってたからよ。むげにもできなくて、もらったんだよ」

コエダの口から「もらった？」と漏れるのとほぼ同時に、インソンは椅子から立ち上がった。

「ちょっと待ってな。えーっと、たしかこの辺に」

立ち上がったインソンは、再び備品棚の並ぶ小屋の奥の方の空間へと向かっていった。

「いや、どこ置いたっけな」

工具箱でもひっくり返したかのような騒がしい音を響かせながら、インソンは備品棚を漁り続けた。

備品棚にはモンスター討伐用の剣と盾など、門番の任に当たるために必要な魔法道具や装備が山のように置かれていた。あの中で探しものをするのは大変だろうなと、コエダは困り顔のインソンに少し同情した。

「ああ、ちげえ。これは火喰い虫の餌だ」

相変わらず目的のものが見つからない様子のインソンは、そう言いながら火喰い虫の餌を備品棚に戻していた。ドラゴンなどのモンスターの火炎攻撃の際、声を上げて危険を知らせてくれる火喰い虫の育成と管理も、門番であるインソンたちの仕事なのだろう。

それからしばらくの間インソンは備品棚と格闘を続けていたが、やがて嬉しそうに「あった」と呟いた。

「おお、これだ。よかった。にしても、まさか本当に来るとはなあ」

舞い落ちる埃の中を戻ってきたインソンの手に握られていたのは、小さな羊皮紙だった。

「娘が来たら、これを渡してくれって」

コエダは生まれたての雛でも抱くようにして、その羊皮紙を受け取った。横に座るサラに「何だって?」と聞かれるまで、コエダは息をすることさえ忘れていた。

「たぶん……お父さんの居場所」

コエダの手のひらの上に置かれた羊皮紙には、タイガの筆跡と思しき見覚えのある行儀正しい文字で、都の東部にあるリトルストン地区内の住所が書かれていた。

「え、やったじゃん! そこで会えるってこと!?」

「安心するのは早いだろ。タイガさんがそれを書いたのはかなり前だ。今もいるとは限らねえ」

「いや、いると思うぞ。なんせ昨日の夜も、ここでアイツを見かけたからな」

コエダたち三人のぽかんと開いた口に取り囲まれたインソンは、眉をへの字にして頭を掻きむしった。

「だから、昨日のうちに気づけなくて悪かったって言ったじゃねえか。気づけてりゃ、お嬢ちゃんたちが来てるぞって言えたんだがな」

「いや、でも。十五年以上前に紅樹を去ったんだよな、タイガさん」

同意を求めるケントの視線に、コエダは頷きで応じた。十五年以上前に紅樹を去ったはずのタイガが、一体どうして昨日になってこの紅樹で目撃されたのか。コエダにもさっぱり分からない疑問に答えを出したのは、インソンだった。

「ああ。十五年以上前、その紙をくれた数日後には見なくなって、それっきりだったよ。それなのに先月、久しぶりに突然やって来たんだよ」

「そうなんですか……？」

紅樹を訪れるくらいならどうして家に戻らないんだ、どうしてお母さんに会ってあげないんだという非難の言葉が、コエダの喉元までせり上がった。肝心のタイガ本人がいないここで言っても仕方のないその言葉たちをどうにか飲み込んで、コエダは続けた。

「戻ってきた理由、とかって……」

「聞いたけど教えてくれなかったよ。毎度夜遅くに来て、難しい顔で帰っていった。昨日でもう四、五回目だな、多分」

腕を組んで俯いていたケントの横で、サラが軽く手を叩いた。

「何にせよさ、その紙の場所に行けばよくない？　コエダと会ったら、色々教えてくれるかもだし」

「他の方法も思いつかねえし、俺は賛成だな」

「うん……私も」

「よし！　じゃあほら、陽が落ちる前に行っちゃおうよ」

立ち上がったケントとサラの間で、コエダは深く頭を下げた。

「ありがとうございました、インソンさん」

コエダが顔を上げると、インソンはまるで幽霊でも見たかのような顔をしていた。

「どうか……しましたか……？」

「ああ、いや。気づかなかったのが馬鹿みたいだなあ、ってな」

インソンが肩を揺らしながら「昔、その紙を受け取ってやった時にそっくりだ」と続けるのを見て、コエダは信じてみてもいいかもしれないと思った。近づけば近づくほど、タイガとの距離はちゃんと縮まっているのだということを。

8

羊皮紙に書かれた住所を目指すコエダたち三人は、妖精の道案内に従って紅樹から五十分ほど移動を続けた。タイガが羊皮紙に書き残した場所は、安価な食堂の立ち並ぶ庶民の歓楽街、リトルストン地区のはずれにある寂れた河原沿いの小屋だった。

「間違いないな、ここだ」

1

目の前に立つ質素な煉瓦造りの小屋と羊皮紙の住所を見比べながら、ケントがそう呟いた。ひとけのない河原にぽつりと建つその小屋は、まるで廊下に立たされた子供のようだとコエダは思った。タイガは一体何の罰で、誰に罰せられてこんな場所に居を構えていたのだろうかという取り留めもないことを考えてしまうほどには、コエダの心は穏やかではなかった。

サラとケントが両脇からこちらの様子をじっと窺っているのを、コエダは肌で感じていた。他でもない自分が足を踏み出さなくてはいけないことを、コエダはよく分かっていた。

やがてコエダがゆっくりと小屋の方へと近づくと、二人はその後ろをついてきた。

簡素な木戸の前についたコエダが息を吸うと、河川敷特有の香りの隙間に雨の匂いを感じた。そういえば少し前から太陽の顔を見ていないなと、コエダはあえてよしなしごとに思いを馳せた。そうやって心と体を繋ぐ糸を切ってようやく、コエダの右手はドアノブまで辿り着いた。

コエダは肺をすべて空にしてから、ゆっくりと右手を横に捻った。ドアノブを引くと、立てつけの悪い扉の奏でる音に、せっかちな心臓が伴奏を加えていった。転調を繰り返すその曲の最後が長調で終わりますようにと祈りながら、コエダは扉を開け放った。

「おとうさ……ん……？」

開ききった扉の奥に見える人影が、コエダの方を振り返った。三秒もないはずのその時間が、コエダにはまるで永遠のように感じられた。

「コエダ……なのか……？」

室内に立つ瓜実顔の男は、切れ長の瞳を大きく見開いた。ああ、お父さんの瞳はこうやって動くんだなと、コエダは思った。肖像画でしか見たことのなかったタイガが動いている様子を目の当たりにして、コエダは十八年間続いた一時停止がようやく終わりを迎えるのを感じた。千キロメートルを超える旅の果て、父娘の間を隔てるものは今もう何もなかった。ない、はずだった。

「ねえ、何か変な音しない？　ガタガタって」

背後に立つサラの言う通り、扉の前にいるコエダにも何かが軋むような音が聞こえた。そのまま周囲を見回すサラの横で、ケントは肩をぴくりと動かした。小屋の中に佇むタイガの背後にある煉瓦の壁がわずかに揺れるのを、ケントの瞳だけが捉えていた。

「危ない！　伏せろ！」

弾かれたピンボール玉のような勢いで動き出したケントは、コエダとサラを抱えて前方に倒れ込んだ。ほぼ同時に、三人の頭上で轟音が鳴り響いた。その音が再会の祝砲ではないことだけは、床にうずくまるコエダにも理解できた。

「何だお前は!?」

The Only

1

タイガの声から滲み出した恐怖が、地面に伏せるコエダの心に波を立てた。やがてコエダは外敵の様子を伺う亀のようにして、ケントの腕の隙間から顔を出した。しかし小屋中に崩れ落ちた煉瓦から立ちのぼる土煙のせいで視界が白くぼやけていて、周囲の様子はよく見えなかった。

「やめろ！」

コエダが叫び声のする方に目を凝らすと、小屋の奥で黒い何かを振り払おうとするタイガの姿が見えた。コエダはタイガの痛切な叫びに応えようと口を開いたが、そのまま言葉を発することなく凍りついた。視界を埋めつくす土埃に慣れたコエダの瞳は、タイガの背後に立つ黒い何かの正体を見てしまったのだ。

「ドラ……ゴン……」

鈍く光る大きな目玉、漆黒の鱗に覆われた肌に、鋭く尖った無数の牙。崩れ落ちた小屋の壁から器用に顔を出すその生物は、この蒼の世界で最も凶悪で人を死に至らしめることもあるドラゴン族の一種、ダークドラゴンだった。

「うわああ」

ダークドラゴンの大きな口は、ほんの一瞬でタイガの体をまるごと包み込んだ。コエダは全身を震わせながら、その様子をただ見ていることしかできなかった。

「この野郎！」

床を蹴るようにして立ち上がったケントは、小屋の奥の瓦礫から顔を出すダークドラゴンへと勢いのままに切りかかった。しかし、ケントの両手に握られた剣の切っ先が届く寸前、ダークドラゴンの顔はぬるりと後ろに動き出した。

「くそっ！」

何度も突き出される刃を避けながら、ダークドラゴンは自らが作り出した壁の穴をすり抜けていった。恐怖に瞼を閉ざしたまま闇雲に振り回しているだけのケントの剣先など、ダークドラゴンは歯牙にもかけていなかった。

「おい、何のつもりだ！　ここから出せ！」

閉ざされたダークドラゴンの牙の内側から、くぐもったタイガの声が響いた。ダークドラゴンの口の中で、タイガはまだ生きていた。ダークドラゴンはタイガを喰らったのではなく、どこかに運ぼうとしているのだとコエダは思った。

タイガが中からこじ開けようとしているのか、ダークドラゴンの牙はかすかに揺れていた。今ならまだ間に合うかもしれないと、コエダは震える足を必死に動かした。

「お父さん……！」

コエダが走り出した時には、ダークドラゴンはその体躯をすべて小屋の外に出していた。そしてコエダが駆け寄るのも虚しく、ダークドラゴンは二枚の巨大な翼を広げて自らの体を宙へと浮かせた。その瞬間、まるで狙いすましたかのように雨雲で覆われた空を稲光が切り裂いた。

稲光からわずかに遅れて轟いた雷鳴と同時に、目を開けられないほどの風圧がコエダたちを襲った。飛び行くダークドラゴンが巻き起こしたその強風を、コエダたちは咄嗟に腕で顔を覆って耐えるしかなかった。

やがて風が落ち着いた頃にはもう、ダークドラゴンの姿はコエダたちの目の前から消えていた。もはや豆粒ほどの大きさになったダークドラゴンの体は、頭上に浮かぶ黒い雲の中に溶けてしまっていた。

「お父さん……お父さん……！」

コエダがインソンと話していて抱いた希望も、タイガと再会して抱いた幸福も、今はもうどこにも残っていなかった。やっぱり私が近づけば近づくほどお父さんは遠ざかっていくのかと、コエダは再び考えを改めた。

俯いていたコエダは、垂れ下がった髪の先から地面へと滴る雫を見て初めて天気が変わっていたことに気づいた。雷鳴と共に降り出した雨が蒸し暑い夏をさらに不快なものにしていく今の天気は、奇しくもコエダの心中とよく似ていた。主人公になんてならなければよかったと、コエダは思った。

9

ダークドラゴンが飛び去ってすぐ、コエダたち三人は河原近くの聖騎士の詰所へと駆け込んだ。

ダークドラゴンの討伐を依頼せんとする三人を、都の聖騎士たちは優しく丁寧に出迎えた。コエダが欲しかったのは今すぐダークドラゴンを探しに駆け出す激しさだったのに、聖騎士たちはあくまでゆっくりと時間をかけてコエダたちの話に耳を傾けた。

コエダたちが数十分をかけて討伐依頼を出すと、聖騎士たちは「では、あとは我々にお任せください。お気をつけてお帰りくださいね」とだけ言って話を終わらせた。どうやら聖騎士たちは、今すぐダークドラゴンの討伐に動くつもりはないようだった。

コエダが話を聞く限り、聖騎士たちが討伐に動かない主な原因は、都の詰所には一日で四千件以上の討伐依頼が届くため、今すぐ動かせる人員がいないという状況にあった。聖騎士たちの中でこの件の優先度が低いのは、そもそも記録上タイガは失踪者であることや、ダークドラゴンの姿を見たのはコエダたち三人だけで証拠もないことが理由のようだった。

その結論は、コエダたちにとって到底納得のいくものではなかった。担当地区こそ都とロンケープで違えど、同じ聖騎士の一員であるケントはかなり食い下がったが、結局聖騎士たちの判断は変わらなかった。

最終的にほとんど追い出されるようにして詰所を出たコエダたち三人は、何か手がかりがあるかもしれないと再び河原の小屋へ戻った。じめつく雨は、なおも降り続けていた。


それから数時間後、屋根を叩く雫の音だけが小屋の中に響いていた。ケントとサラはドラゴンに荒らされた小屋の中をこの数時間懸命に捜索していたが、特にめぼしい成果はなかった。

そんな二人とは対照的に、小屋の端に置かれたベッドに一人で腰掛けていたコエダは、この数時間ただ俯いて黙り込むばかりだった。

割れた鏡、倒れた机、壊れた戸棚と、コエダの瞳は小屋中に刻まれた数え切れない暴虐の跡を何度も何度も巡っていた。幾度達成しても救われない遍路であると知っていても、今のコエダにはそれしかできなかった。目の前で消え去ったタイガの残り香を感じられるものは、もうそこにしか残っていなかったのだ。

「ねえ、コエダ」

俯くコエダの頭上を、サラの声が通り過ぎた。言葉のキャッチボールが成立しないのは、サラの投げた球が悪いせいではなかった。原因は間違いなく、グローブをつける気にすらなれないコエダの方にあった。そしてそのことは、コエダ自身もよく分かっていた。

「ねえってば」

サラの足音とともに、コエダの視界に広がる床は黒く染まっていった。そのままサラの影と混ざり合って灰色っぽく色づいた床板に、コエダはどこか見覚えがあると思った。いつものアスファルトにそっくりなのだとコエダが気づく頃には、再びサラの声が響いていた。

「ったくもう、ほら！」

正面まで来ていたサラの左手に、コエダは頭をむんずと掴まれた。影の落ちた灰色の床が、力づくでコエダの視界から消されていく。代わりに現れたのは、眉を八の字にしたサラの顔だった。

サラはコエダと目が合うと、右の口角だけをわずかに吊り上げた。それはまるで、悪戯好きの子供のような笑顔だった。

「それっ！」

体の後ろに隠されていたサラの右腕が、半開きになったコエダの口に何かを押し込んだ。その瞬間、コエダの口内に真綿でも入れられたかのような感触が広がった。そして同時に、甘い香りがコエダの鼻をついた。

「あい……おえ……」

コエダの口内を占拠したその綿のような物体は、水分と一緒に子音を奪い去った。コエダはにやつくサラに見つめられながら、口の中で溶けていくそれを何とか飲み込んだ。

「なに……これ……？」

「クラウディート。最近都で流行ってんの。ほらこれ、知らない？」

サラは虹色の煌めきを放つ小さな雲を取り出すと、コエダの目の前に浮かべた。

「見たこと……ある……」

「渡すの遅くなっちゃったけど、プラノテルマーケットのお土産。食べて？」

コエダは小さく頷いてから、目の前の雲に手を伸ばした。雲の一角をちぎって食べてみると、先ほどまで味わっていた少しくどいくらいの甘みが口の中に帰ってきた。

「……甘いね」

「甘すぎるのよ。ねえ、それなのに何で流行ってるか分かる？」

コエダが首を横に振ると、なぜかサラは背後で家探しをしているケントの方をちらりと確認してから言った。

「食べ物じゃなくて『見る物』なのよ！　見てる分にはかわいいでしょ、ほら！」

怪しげな実演販売士のような妙に熱のこもったサラのその説明に、コエダは思わず微笑んだ。

「あ、笑った。そっちの方がかわいいよ」

サラの左手が、再びコエダの頭へと伸びた。先ほど掴まれた時と違って今度はそっと置かれただけのその手が、コエダにはとても温かく感じられた。

「ありがとう、サラ」

「まあとりあえずさ、宿に戻ろう。もう遅いし」

「うん……ありがとう」

サラから差し出された手を握り、コエダはゆっくりと立ち上がった。それから周囲を見回した時、崩れ落ちた壁の外がすっかり暗くなっていたことにコエダはようやく気づいた。コエダの知らぬ間に、あたりはもう夜になっていた。

「ほら、ケントさんも。そろそろ帰ろう」

コエダを立ち上がらせたサラは、壁際の瓦礫のあたりで探索を続けていたケントに声をかけた。しかし、床にしゃがみ込んだままのケントは何も答えなかった。

「ちょっと、ケントさんってば！」

「あ、悪い。いや、ちょっと待ってくれ」

瓦礫の中にある何かを拾ってから、ケントはサラとコエダのもとへと近づいた。

「今見つけたんだが、たぶんコエダへのメッセージだ。タイガさんからの」

ケントを見つめるコエダたちの表情に、にわかに驚きの色が浮かんだ。

コエダはケントから差し出された小さな紙片を受け取ると、恐る恐るその内容に目を落とした。紙片にはたしかに、タイガのものと思しきあの行儀正しい文字たちが並んでいた。


「もし私の身に何かがあったなら、真実を知るもう一人に会うと良い。

その人物の名は、この裏に刻んだ」


紙片に書かれた文章を読みながら、コエダは心の中の蝋燭に小さな炎が灯るのを感じた。文章の内容から推測すると、タイガは自分の身に危険が迫っていることを感じていたのだろうか。

「すごい！　え、ちょっと！　どこで見つけたの!?」

「そこだよ、その中」

ケントが指さした瓦礫の一角には、両手で持てる大きさのセーフボックスが転がっていた。セーフボックスは、封印の力で中に入れたものを保護できる便利な魔法道具だった。

「よく見つけたね」

サラがケントの肩をぽんと叩くと、ケントは少しばつが悪そうに頬をかいた。

「いや、その。何かまあ、ラッキーだったよ。さっきの衝撃でなのか、ボックスの封印も解けてたし」

どうしてケントはあまり嬉しそうではないのだろう、とコエダは思った。いつもならもっと喜ぶはずなのに、奥歯に何かが挟まったような言い回しをするケントの言動が、やけにコエダの耳にこびりついた。

「そんなことよりほら。見てみようぜ、裏側」

コエダの心中を知ってか知らずか、ケントはそうやってコエダを急き立てた。今はこの紙片の内容に集中するべきだということは、コエダにも分かっていた。タイガの身に「何かがあった」としか言いようがない今の状況下で、「真実を知るもう一人」の名を知ることは間違いなく何かの手がかりになるはずだった。

「うん……見るね」

ケントとサラの視線に背中を押されながら、コエダは真っ白な紙片を裏返した。折り目ひとつない綺麗な紙片の裏には表面と同じように、あの行儀正しい文字たちが並んでいた。

「春の歌に耳を傾けよ。

　光とサルの間に鍵あり。

　鍵を真四角に収めし時、敗者が真実を知る」


　コエダは文章を読み解く前に、この紙片自体について何か言っておくべきことがある気がしてならなかった。しかしコエダの喉元まで出かかっていたそれは、サラの言葉によってどこかへ消えてしまった。

「何これ？　暗号？」

「だろうな。前のタイガさんの手紙も、こういう書き方だったんだろ？」

　ケントの問いかけに、コエダは小さく頷いた。数日前に懐中時計と手紙を使って「紅樹」という言葉を導き出した時と同じように、「真実を知るもう一人」の名前を知るためにはこの文章の意味を読み解く必要がありそうだった。

「そっか。え、でも何だっけ、春の歌って」

「また共に唄いましょうと願う……ってやつだろ」

　ケントが軽く節をつけて口ずさむと、サラはぽんと手を叩いた。

「ああ、聞いたことある！　でもそこしか知らないな、私。コエダは？」

「どこかで聞き覚えがある……くらいかな」

こめかみを掻きながら「そっか」と呟いたサラの横で、ケントが懐から妖精を呼び寄せた。

「耳を傾けろって書いてあるんだから、とりあえず聞いてみようぜ。妖精に歌ってもらえば歌詞も確実だし」

ケントがお願いすると、妖精はすぐに歌声を響かせはじめた。

「桜を照らす優しい光　まさに憧れたイデア
はじめて現れたヒバリ　待ち続けてたのは君だ
ひとり耐えた冬が終わり　華やぐ季節がやってくる
また共に唄いましょうと願う　サルスベリが咲くまでに
また共に踊りましょうと願う　桜舞い散る前に」

妖精の歌う穏やかなメロディに耳を傾けているうちに、コエダはこの曲に聞き覚えがある理由に気づいた。この曲が「春の歌」ならば、これは母のアイが自宅で時折口ずさんでいた曲だった。

「ね、あったじゃん！　歌詞の中に、光とサル！」

「だとして、その先は何なんだよ。真四角だの、敗者だの」

「それはほら、これから考えるわよ」

サラが捨て台詞のようにそう言ったのを最後に、コエダたち三人は黙ったままタイガが残した文章の意味を考え続けた。集中していた三人は、小屋の外ではいつの間にか雨が止んでいることに気づかなかった。

そうしてしばらくの間、小屋の中には近くを流れる川の音だけが響き渡った。

第二章 再会

春の歌に耳を傾けよ。
光とサルの間に鍵あり。
鍵を真四角に収めし時、
敗者が真実を知る。

暗号の答えは、ここまでの情報で導き出すことが可能です。
立ち止まって考えても、そのまま読み進めても構いません。
お好きな方をお選びください。

10

小屋の中の沈黙を破ったのは、サラの大きなため息だった。

「もう無理。分かんない」

先ほど妖精が歌った内容を書き留めたメモを、サラはテーブルの上に放り投げた。

「光とサルの間ってのは、ここからここでしょ？　それが鍵だとして、だから何なのよ」

サラは冒頭の「まさに憧れたイデア」から後半の「また共に唄いましょうと願う」まで、「光」と「サル」の間の歌詞を何度もなぞるようにメモの上で指を滑らせた。サラの「だから何なの」という問いには、ケントもコエダも答えられなかった。

サラが口を閉じて再び小屋の中に沈黙が流れるかと思われたその時、机の上をぼんやりと見つめていたコエダの口から小さな音が漏れた。

「あ……」

明らかに何か気づいた様子のコエダの方へ、ケントとサラの視線が一斉に注がれた。

「どうした？　コエダ」

「あ、いや……関係ないと思うから」

「いいから言ってみなさいって、ね？」

「えっと……それ、変だなって」

コエダが指さしたのは、机の端に置かれたオセロ盤だった。ダークドラゴンの爪痕があちこちに刻まれたこの小屋の中で、そのオセロ盤にだけ明らかな違和感があったのだ。

「たしかに。おかしいな」

「え？　何が？」

コエダの気づきをすぐ理解したケントとは対照的に、サラはまだ違和感に気づいていないようだった。

「崩れるだろ、普通」

「ああ、たしかに」

ぽんと手を叩くサラの横で、ケントは机の上のオセロ盤に手を伸ばした。これだけ室内が荒らされたのなら、オセロ盤の上に置かれていた石もまた周囲に散らばってしかるべきだった。にも関わらず机の上のオセロ盤には綺麗に石が並んだままで、コエダはそこに違和感を抱いたのだ。

「固定されてるな」

ケントは軽く埃を払ってから、オセロ盤を机の中央に置いた。ケントの言う通りオセロ盤には縦横八個ずつ、合計六十四個の石が接着されているようだった。

「まあ、たしかに変ね」

いまにも「でも、だから何？」と言いたげなサラを横目に、コエダはオセロ盤をしっかりと観察した。そしてよく見ると、オセロ盤の左上に小さな矢印が刻まれていることに気づいた。

その矢印を見た瞬間、コエダの脳内で何かが爆ぜた。それは数日前、あの懐中時計の仕掛けに気づいた時と同じような感覚だった。

「分かった……かも」

「え、なにコエダ!?　どういうこと？」

コエダはテーブルの上からペンを掴み取ると、歌詞が書かれたメモの余白に自分の考えを書き連ねた。

「やっぱり……」

「おい、何か分かったのか。コエダ」

ケントとサラにメモを差し出しながら、コエダは「たぶん」と呟いた。コエダがメモの余白に書いたのは、八文字×八文字の正方形に収められて表記された「春の歌」の歌詞だった。

「なるほど！　真四角に収める、か！」

はっとした表情のケントの横で、コエダは小さく頷いた。「まさに憧れたイデア」から「また共に唄いましょうと願う」までの歌詞を数えるとちょうど六十四文字なので、八文字ずつ改行して書くとぴったり八行で、綺麗に正方形に収まるのだ。

「そっか。この『光』と『サル』の間の六十四文字の歌詞が『鍵』で、それを真四角に収めたってことね」

コエダたちに置いていかれまいと必死に頭を働かせているのか、サラは普段より真剣な表情をしていた。

「あとは……『敗者が真実を知る』だったっけ」

「あ、だから石が固定されてたのか。もしかして」

コエダの説明を先回りするかのように、ケントはそう呟いた。「だと思う」とコエダがケントに同意すると、サラが小首を傾げた。

「ん？　どういうことよ、ケントさん」

「数えてみろよ。そのオセロ盤も、ちょうど六十四マスだ」

マス目を数えはじめたサラの右手は、やがて吸い寄せられるように自らの口元へと向かっていった。ケントの言う通りオセロ盤は縦八マス、横八マスの合計六十四マスだった。

「うわ、本当だ。両方とも六十四ってことは、対応してるってこと？」

サラは机の上にあるオセロ盤と「春の歌」の歌詞が書かれたメモを交互に見比べた。

『敗者が真実を知る』ってことは、負けてる白の方に対応する文字ってことよね。いや、でも歌詞を当てはめる向きは？」

サラが疑問を抱いた通り、正方形の文字列を対応させる際のオセロ盤の向きは全部で四通りが考えられた。しかしコエダには、既に正しい向きの見当がついていた。

「この矢印の向きで当てはめるんだと思う。普通はこんなものないから……多分」

コエダはそう言いながら、盤面の左上に刻まれた矢印をなぞるように指を動かした。わざわざ後から刻まれたと思しき矢印は、きっとこの方向に文字列を当てはめていけという指示なのだ。

「えっと。じゃあこの方向で、白の場所だよね」

負けている白の石が置かれている場所は全部で六ヶ所。正方形に書いた歌詞のうち、その六ヶ所に対応する場所の文字を読めば、タイガが伝えようとした「真実を知るもう一人」の名前が分かるはずだった。

「まじょれイリ……魔女レイリ。え、嘘でしょ」

何度も盤面とメモを見比べ直しているサラのつぶやきを、コエダは心の中で否定した。コエダが何度確かめても、現れた言葉は同じ「魔女レイリ」だった。そして魔女レイリといえば、十八年前にコエダたち家族が巻き込まれた、あのレッドウィング教会襲撃事件の首謀者とされている人物だった。

オセロ盤とメモの間で反復横跳びを続けていたサラの瞳は、やがてコエダのもとへと動いていった。「私の解読ミスじゃないよね」と無言で問いかけてくるサラの視線に、コエダは小さな頷きで応えた。

「え、意味分かんない。何であんな、人殺しの名前が出て……」

「死んでねえだろ」

サラの発言を遮るようにして、ケントがぴしゃりと言い放った。驚いたサラとコエダは、すぐにケントの方を振り向いた。しかしその後も、冷たさを纏ったケントの言葉は止まらなかった。

「教会が燃えただけで、誰も死んでねえ」

「え、ごめん。何の話？」

サラが尋ねると、ケントはこれ見よがしにため息をついた。

「言っただろ、レイリが人殺しだって」

サラを見つめるケントの凍てついた眼差しが、コエダの頭の中を掻き乱した。たしかにケントの言う通り、レッドウィング教会襲撃事件の最大の被害者は大火傷を負ったアイとコエダであり、死者はいなかったと記録されていた。よって、魔女レイリを人殺しと蔑んだサラの発言は事実ではなかった。しかし、だから何なんだともコエダは思っていた。

「別にいいでしょ？　コエダたちにひどいことをしたのは変わんないんだから」

サラの言葉にコエダは心の中で強く頷いた。ケントは「でも……」と否定しかけて、そのまま下唇をきつく噛みしめた。

それから数秒間、小屋の中には外を流れる川の音だけが響いた。結局、ケントの口から「でも」の続きが出ることはなかった。

「ま、いいや。とにかく、問題はこれをどうするかでしょ」

小さなため息とともに沈黙を破ったサラは、机の上に置かれた歌詞のメモをこつこつと叩いた。「真実を知るもう一人」が魔女レイリだと分かった今、タイガが紙片に残した指示に従うためには魔女レイリを探して会いに行かねばならないのだ。

「やってみる？　魔女探し」

サラが軽く肩をすくめたのも無理からぬことだとコエダは思った。この十八年間聖騎士の追跡を逃れ続けている魔女レイリを、コエダたち三人が突然見つけられるとは到底思えなかった。

そんなコエダの不安を見透かしたのか、サラは矢継ぎ早に代案を提示した。

「それか、コエダのお父さんを攫（さら）ったあのダークドラゴンを探す？」

「え、あ……えっと。ケントさんはどう思う？」

口論になって以来黙り込んだままだったケントは、コエダの問いかけにぴくりと肩を揺らした。

「え？　あ、ああ。ダークドラゴンについては、都の聖騎士から特に連絡はないな」

ケントの言葉にはもう、先ほどまでの棘は刺さっていなかった。少し強引にでもケントが会話に戻ってくるきっかけを作ってよかったと、コエダは思った。

「あてにならないでしょ、聖騎士たちは。いくらタイガさんが失踪者だからって、あんな適当に」

数時間前に聖騎士の詰所ですげなく対応された苦い記憶が、コエダの脳裏に蘇った。

「多少事務的なのは仕方ないだろ。都の聖騎士には討伐依頼が多いんだ」

担当地区こそ違えど同じ聖騎士であるケントには、苦虫を噛み潰したような表情で「それにしても酷かったが」と一言つけ足すのが精一杯のようだった。

「どっちにしろ、聖騎士がダークドラゴンを討伐するのを待つのは望み薄ってことでしょ。なら、タイガさんのメッセージに従うべきじゃない？」

もし私の身に何かがあったなら、真実を知るもう一人に会うといい。紙片に残されたタイガの行儀正しい文字たちを、コエダは再び目で追った。自分たち家族が巻き込まれたレッドウィング教会襲撃事件の首謀者、魔女レイリに会えとタイガが言っているのは一体なぜなのか。その理由を知るためにも、とにかくまずは魔女レイリを探してみるしかなかった。

1

「私も……それがいいと思う」

「よし、じゃあ魔女探しに決まりね。でも、何の手がかりもないよね。そもそもさ、魔女レイリとタイガさんはどういう関係なのかな」

サラの至極もっともな問いに答えられる者は、この小屋の中に誰もいなかった。

「まあ、一旦宿に戻って考えねえか？　ここで考えても仕方ねえ」

「たしかに。蒸し暑いし、ここ」

ケントの提案を受け、コエダたち三人は小屋を後にした。外に出ると、生温かくてべとついた風がコエダたちを出迎えた。

「ったく。夜でも暑いな」

「本当、都ってこんなに暑いのね」

ぶつぶつと文句を言いながら先を行くサラとケントの背後で、コエダはふと小屋を振り返った。特に深い意図はなく、タイガが生活していた場所をもう一度見たいと思っただけだった。しかし振り返った瞬間、文字通り後ろ髪を引かれるようなその感覚が、コエダの脳裏にある光景を蘇らせた。それは今日の午前中、紅樹のセーフィールドホールで同じように振り返った時に目撃した、まるで怯えた狼のようなジョージの眼差しだった。

「あ……」

コエダの口から漏れた音に気づき、サラとケントが立ち止まった。

「どうしたの、コエダ？」

「いや……別に、たいしたことじゃなくて」

「いいからほら、言ってみろよ」

「その……言ってなかったんだけど、ちょっと気になることがあって……」

コエダたち三人の翌日の目的地が決まったのは、それからすぐのことだった。

冒険譚は、もう半ばを過ぎました。
きっと何かしらは、この物語に思うところがあるでしょう。
もしそれが負の感情だとしても、案ずることはありません。
あなたはまだ、まやかしの物語しか見ていないのですから。

第三章

禁忌

1

決して広くない土地の中にひしめく煉瓦造りの二十本の塔は、まるでそれ自体が一つの生命体であるかのようにコエダには思えた。

コエダたちの宿泊している紅樹付近の宿から移動すること約四十分、都の南部に位置する魔法ギルド、イムサットの正門にコエダたち三人は立っていた。

「思ったよりかかったわね」

サラがそう呟いた横で、ケントは自らの左腕に目をやった。ケントの左腕にいつも通りたなびく水色のスカーフの近くで、腕時計の短針は今にも頂上に届かんとしていた。

「こんなもんだろ。あんまり早くても来てないかもしれないって、昨日話しただろ？」

「まあ、そうだけどさ」

昨晩コエダがジョージの話をすると、サラとケントは絶対にジョージに会いに行くべきだと主張した。ジョージはきっとまだ何かを隠しているし、万が一隠していなかったとしても、タイガを攫ったダークドラゴンや魔女レイイリについて聞く価値があると熱弁する二人の意見は、コエダにも納得できた。

サラは今すぐにでも会いに行こうと息まいていたが、昨晩は夜も更けていたためケントがその意見を却下した。そして日を改めた今日、ジョージの所属する魔法ギルドであるイムサットを訪れることが決まったのだ。

「とりあえず研究室を目指すんだよね？　ジョージさんの」

「ああ、中央塔だ」

三人が妖精の力を借りて調べた情報によれば、イムサットに所属する魔法使いたちの研究室は、二十本の塔の真ん中にある中央塔という名の建物に集まっているようだった。

「魔法ギルドって、どこもこんなに広くて迷路みたいなわけ？」

正門から中央塔へと移動している最中、サラは不満げに呟いた。似たような塔が立ち並ぶイムサットで迷わずに進むのは、たしかに簡単なことではなかった。

「仕方ねえだろ。色んな魔法使いがたくさん揃ってるわけだし」

ケントが受け流すと、サラは少しだけ不満げに頬を膨らませた。

二人の後ろを歩きながら、コエダは心の中でケントに味方していた。優秀な魔法使いたちが最先端の魔法を研究している場所なのだから、広くて複雑なのは当然のことなのだ。コエダの心の中では、攫われたタイガを一刻も早く見つけたいという焦りと同時に、ナパージュ諸島で最も優秀な魔法ギルドとも称されるこのイムサットに足を踏み入れていることへのわずかな興奮が巻き起こっていた。

コエダたち三人は正門から五分ほど歩いてイムサットの中央塔に到着した。三人が中央塔の中に入ると、先の見えないほど巨大な螺旋階段が真っ先に目についた。大きな円を描きながら天高くまで続いている灰色の螺旋階段と、その脇に点々と立ち並ぶいくつもの鉄扉を見る限り、中央塔は螺旋階段に沿って魔法使いたちの研究室が立ち並ぶシンプルな構造のようだった。

「何かさ、すれ違う人がみんな賢そうに見えない？　エルフとか小人もいたし！」

螺旋階段を上っている最中、サラは周囲を見回しながら小声で言った。サラの言う通りイムサットの内部には人間のみならず、エルフや小人の魔法使いの姿も目立っていた。

「実際賢いんだろ。所属している魔法使いの大半が紅樹出身。諸島内外からすごい奴らが集まってる。だったよな？」

「あ、うん……さっき移動中に妖精から聞いた話の受け売りだけどね」

ケントの問いかけにすぐ答えられなかったことを、コエダは少し反省した。通過する研究室の扉に刻まれた数々の著名な魔法使いの名前に気を取られて、ケントたちの話をあまり聞いていなかったのだ。

「あ、ここだ！」

そんなコエダですら聞き逃さないほど明るく弾んだ声を上げながら、サラはある扉の前で立ち止まった。「生命の魔法使い　ジョージ」と中央に刻まれたその堅牢な鉄扉は、間違いなくジョージの研究室の入口だった。

「さて、秘密を暴きますか」

にやりと笑うサラとは裏腹に、横に立つコエダの心中には不安ばかりが募っていた。果たして本当に、ジョージに秘密などあるのだろうか。ジョージが何かを隠していると考える根拠は、昨日コエダが見たあの怯えた狼のような眼差しだけでしかない。コエダが勘違いをしている可能性も、十二分にあり得るのだ。

「話してもらえる……かな」

俯くコエダの視界は、煉瓦造りの赤茶けた床に支配されていた。その床は色こそ違えど、見慣れた灰色のアスファルトによく似ているとコエダは思った。

「喰らいついてでも聞くんだよ。そのために来たんだから。な？」

ケントはそう言いながら、コエダの肩をぽんと勢いよく叩いた。肩にかかったその衝撃のおかげで、直角に近くなっていたコエダの首はまっすぐに戻った。

「痛っ……そ、そう……だね」

「臆病者ほどよく吠える、ってやつね」

「ああ!?」

1

目の前を飛び交うサラとケントの悪態に気を取られているうちに、コエダの視界から音もなく鉄扉が消えた。スライド式の鉄扉を内側から誰かが開け放ったのだ。

「どうして入らないので……ん？　君たちは」

研究室の中から現れたジョージは、相変わらず紳士然とした動作で顎髭に手をやった。

自分たち三人の話し声は研究室内にまで漏れ聞こえており、ジョージは外にいるのが誰なのか気になって出てきたのだろう。

「タイガくんの娘さんと、そのお友達の」

ジョージはコエダたちを見て一瞬ひそめた眉をすぐ元に戻すと、いつもの微笑みを浮かべて語りかけた。

「ケントです。こっちがサラ」

サラが軽く頭を下げると、ジョージは三人を順番に眺めまわした。

「すみません……突然。でもやっぱり、もう少しお父さんのことを聞きたくて」

コエダの発言に、ジョージはいかにも残念そうな表情を作った。

「申し訳ありませんが、昨日もお伝えした通り特に話せることは……」

「魔女レイリ。ご存知ですよね？」

ケントの放った一言で、ジョージの顔から微笑みが消えた。

「それは……あの、タイガくんが巻き込まれた教会襲撃の？」

「あ、そうそう！　その人なら真実を知ってるって、タイガさんが！」

サラの言葉を聞いたジョージは、先ほどまでとは一転した真剣な表情を浮かべた。

「ん……？　それはどういうことですか？」

「あ、えっと。どこから説明すればいいんだっけ」

ジョージの鋭い眼光に射すくめられたサラは、目を泳がせてコエダとケントに助けを求めた。やはり、ジョージは何かを知っている。コエダがそう感じた頃には、ジョージの顔に微笑みが戻っていた。

「立ち話では終わらなそうですね。とりあえず、中へどうぞ」

ジョージは右腕を広げると、コエダたち三人を室内へと誘った。三人は各々ジョージにお礼をしてから、研究室の中へと入った。

「すごい……」

研究室内に入ってすぐ、コエダは思わずそう呟いた。魔法素材や錬成道具がぎっしりと詰まった棚が所狭しと並べられた室内は、昨日訪れた紅樹の研究室と似ていたが、こちらの方がやや広く整然としていた。その理由は昨日弟子のアンナが言っていた通り、ジョージの魔法研究の本拠地はこちらの研究室の方で、紅樹の研究室は出張所のようなものだからだろうとコエダは思った。

「どうぞ、お座りください」

研究室の中央には、簡素な応接セットが置かれていた。ジョージはコエダたち三人を片側のソファに座らせると、自分はテーブルを挟んで反対側に腰かけた。

「では、詳しいお話を聞かせていただきましょうか」

ジョージのその言葉をきっかけに、コエダたち三人は今ここに至るまでのすべてを話しはじめた。

2

数日前にアイから渡された小箱のこと、再会した瞬間にタイガがダークドラゴンに攫われてしまったこと、そして、魔女レイリに会えと書かれたメモのこと。コエダたち三人が一連の出来事を話し終える頃には、ケントの腕時計の短針が頂上を通り過ぎていた。三人が話している間、ジョージは時折質問を差し挟みながらも一貫して静かに耳を傾けていたが、やがて深く長いため息をついた。

「どうやら、私も包み隠さず正直にお話しした方がよさそうですね」

やはり、ジョージは何かを隠していた。昨日セーフィールドホールで見たものが勘違いではなかったと分かっただけで、コエダはまず一つ胸を撫で下ろした。

「やっぱり、何かご存じなんですか……？」

「おや？　やっぱり、というと？」

首を傾げるジョージに、コエダは昨日ホールで見たあの眼差しのことを説明した。

「なるほど、見られていましたか。幸か不幸か分かりませんが、それなら話が早い。コエダさんのご想像通り、私には怯えていて言えなかったことがあるんです」

「それは……」

「タイガくんとは一昨日、十五年ぶりに再会しているんですよ。盗人と、その被害者という形でね」

言葉にならない音が、コエダの口からこぼれた。ジョージが一体何を言っているのか理解できなかった。

「え、ちょっと待って。盗人ってどういうこと？」

「言葉通りですよ。タイガくんは、私の研究室から貴重な魔法素材を盗んだ」

「は？　コエダのお父さんがそんなことするわけ……」

サラの言葉の続きは、再びジョージの口から漏れた深く長いため息に掻き消された。

「そう思いたいですよ、私だって。しかし、この目が見てしまった。紅樹にある私の研究室から貴重な魔法素材を盗み出す、彼の姿をね」

「本当にタイガさんなんですか、それ」

ケントの目には、モンスター討伐の時のような聖騎士らしい鋭い眼光が宿っていた。

「残念ながら。見ましたから、一昨日はっきりと」

「もう少し詳しく教えてもらえますかね、最初から」

「ええ。一昨日、みなさんと食堂でお会いしたのは覚えていますよね」

虚ろな視線を漂わせるコエダの横で、ケントとサラが同時に頷いた。

「あの後、私とアンナくんは紅樹に戻って翌日の勉強会の準備を進めていました。日付が変わる頃アンナくんが先に帰途につき、私も門の近くまで見送りに出たんです。事件が起きたのはその時でした。少しの間だし、夜も更けて人が少ないからと、研究室に鍵をかけなかったことを今さら後悔しています」

ジョージの説明もサラとケントが唾を飲む音も、コエダの耳にはほとんど届いていなかった。ここ数日でやっとでき上がりつつあったタイガという名のジグソーパズルがガラガラと崩れていく音がどこかから響いて、コエダの思考を邪魔していた。立派な魔法使いであるはずのタイガが盗みを働いたとは、コエダには到底信じられなかった。

「見送りから戻ると、研究室の扉が開いていました。そして、貴重な魔法素材を持ったタイガくんが私の研究室から出てきました。はっきりと目が合って、そして彼はそのまま逃げ去った。これがすべてです」

「聖騎士への連絡は？」

ケントの問いに、ジョージは首を横に振って答えた。

「大事（おおごと）にしたくなかったんです。私の手で見つけて穏便に説得できないかと。甘い考えかもしれませんが」

「でも、じゃあどうしてそれを教えてくれなかったんですか！　昨日私たちが会いに行った時に！」

前のめりになったサラは、今にもジョージに噛みつかんとする勢いだった。

「それは今となってはお詫びするしかないと思っています。あの状況下では、みなさんのことを信じられなかった。事件の翌日、偶然にもタイガくんの娘が現れるだなんて。ともするとタイガくんの放った間者（かんじゃ）ではないかとすら疑っていました。本当に申し訳ありません。心からお詫びしたいと思っています」

「間者って、そんなわけ！」

眉間に皺を寄せるサラに、ジョージは深く頭を下げた。

「分かっています。だから申し訳なかったと、私は怯えていたんだと、今こうやって正直にお話ししているんです」

それからしばらくの間、研究室内には沈黙が流れた。その時間をもってしても、コエダはまだジョージの話を飲み込めなかった。

The Only 1

「タイガさんと会ったのは、その一度きりですか？」

不意にケントから放たれた問いに、ジョージは怪訝な表情を見せた。

「言葉足らずでしたね。門番の方からは、タイガさんが何度か現れたと伺ったもので」

「ほう……そうなんですか。だとしたら、何度かこっそりと紅樹を訪ねて盗みの下見をしていたのかもしれませんね。私にバレない所で」

「つまり、昨日以前には会ってないと」

ケントの念押しに、ジョージは小さく頷いた。

「でも、魔法素材を盗んでどうするんですか？　そもそも、貴重な魔法素材って何？」

畳みかけるようなサラの問いかけにも、ジョージは特に動じなかった。

「盗まれたのは、虚（うつろ）の卵という魔法素材でした」

「高く売れるものなんですか、それは？」

「たしかに！　売っても安いなら盗まないはずよね」

ケントとサラは、逆転の糸口を掴むように問いかけた。タイガが盗みを行ったというジョージの話は、二人にとっても当然信じがたいものだったのだ。

「いえ。売り払ってお金を得ることが目的なら他のものを盗むべきでしょう。虚の卵には大した金銭的価値はありません」

「それって、コエダのお父さんも？」

「もちろん知っていたでしょう。彼だって魔法使いの一人です」

「じゃあ……！」

前のめりになったサラを、ジョージは右手で軽く制した。

「お金が目的なら、です。目的によっては、虚の卵は他に代え難い価値を持ちます」

「そ、それはどんな？」

「虚の卵というのは、魔法の力で中身だけを消滅させた卵です。つまるところ、ヒビ一つなく綺麗なままで卵の殻だけが残っている状態と考えてもらえればいい。当然これは、自然界に存在するものではありません。そして、この魔法素材を使えば唱えられるのです。復活の呪文を」

サラの目が大きく見開かれた。

「え？　復活の呪文？　そんなの、おとぎ話じゃ？」

「かつてはそうでした。しかし、魔法は日々進歩しています。復活の呪文で死者を蘇らせることは、もはや不可能ではないんです」

「え、嘘でしょ」

狼狽(ろうばい)するサラに対して、ジョージは冷静に説明を続けた。ジョージの専門分野である生命の魔法を用いて生み出された、復活の呪文。それは今から二十年前には既に確立され、数々の魔法使いによって効果も証明されているのだという。

「でもたしか、赤ん坊の姿に戻るんですよね。体に痕跡は残らないけれど、記憶はすべて失う。死者の蘇生というよりは、むしろ生まれ直しに近い」

ケントの指摘にジョージは目を丸くした。

「よくご存じですね。どこかで学ばれたとか？」

「あ、いや……前に何かで見ただけですよ」

この時のコエダとサラには、復活の呪文に詳しい点を指摘されたケントが頬をこわばらせたことに気づく余裕など当然なかった。

「この諸島でこそ馴染みがありませんが、海の向こうのアイロックでは復活の呪文が当たり前のように用いられています。アイロックにあるスブラフという復活の呪文を専門にした魔法ギルドでは、命を落とした動物たちを千匹以上蘇らせたとも言われている」

「えっと……あの、復活の呪文って私たちみたいな人間も蘇らせられるんですか？」

「はい。ですが、いいえ、と言ったところでしょうか」

ジョージはきっと、似たような質問を幾度となく経験してきたのだろう。生徒に語りかける教師然とした口調になったジョージは、首を傾げるサラに対して一つ一つ丁寧に説明を続けた。

「復活の呪文を唱えて人間を蘇らせることは、もちろん可能です。しかしこの蒼の世界において、それは禁忌とされているんです。だからこそ、先ほどのような答えになる。

蘇らせることは可能だが蘇らせてはならない、というわけです」

「復活の呪文で人間を蘇らせることの何がダメなんですか？ 復活の呪文が使えるようになれば、喜ぶ人はたくさんいるはずでしょ？」

「いい質問ですね。でも、私はその質問には答えられません。というか、その質問に対する明快な答えは存在しないのです」

ジョージはどこか遠い目をして話を続けた。

「復活の呪文を悪用すれば、蘇りたくない人を勝手に蘇らせることが可能です。蘇って記憶を失った人を、魔法使いたちが自らの都合のいいように酷使することもできてしまう。有り体に言えば、復活の呪文は影響力が大きすぎる。これが、復活の呪文を禁忌とする者たちの理屈です」

「それって……復活の呪文じゃなくて、悪用する人の方が悪いんじゃないですか？」

ジョージの「私もそう思いますよ」という小さな呟きは、熱を帯びゆくサラの声に掻き消された。

「だってほら！ もし万が一にもコエダが急に死んじゃったら、蘇ってほしいもん。いやでも、記憶はなくて歳の差もできちゃうのか。ねえ、どう思うコエダ？」

サラに肩を叩かれて初めて、コエダは周りから注がれている視線に気づいた。話題が復活の呪文に移っていることは感じていたが、コエダの脳内はまだタイガが盗みを働いたという事実を処理するので精一杯だった。

「え……あ、ごめん。あんまり聞いてなかった。復活の呪文の話……だっけ」

「いや、ううん。大丈夫、ごめんね」

ジョージの小さな咳払いが、室内の沈黙を吹き飛ばした。

「話を戻しましょうか。いずれにせよ今現在、復活の呪文は禁忌である。私はここにタイガくんの動機があるのではないかと思っています」

「復活の呪文を唱えるために虚の卵を盗んだ。そう言いたいんですね」

ケントの言葉に、ジョージは渋い表情で頷いた。

「ええ。彼の目的は秘密裏に復活の呪文を唱えて、人間を蘇らせることではないかと」

ジョージのその言葉は、コエダの頭の中で先ほど崩れ去ったばかりのジグソーパズルを勝手に別の絵柄へと組み換えはじめた。数分前まで立派な魔法使いを描いていたはずのそれは、いつの間にか禁忌を犯すために盗みを働く悪しき魔法使いを描いたものに変わっていた。

「それってじゃあ、コエダのお父さんには誰か蘇らせたい人がいる……ってこと?」

「そうかもしれません。あるいは、復活の呪文を唱えること自体が目的という可能性もあります。復活の呪文を唱えて人間を蘇らせた事実を証明できれば、魔法界を揺るがすことは間違いありません」

禁忌を破って復活の呪文で人間を蘇らせたと主張する魔法使いは過去にも存在したが、その証拠が示された事例は一つもないのだと、ジョージは続けた。

「そんなこと……しそうですか……？」

滑らかに動くジョージの口に蓋をしたのは、蚊の鳴くようなコエダの一言だった。コエダには、どうしてもタイガが盗みを働いたとは信じられなかった。この数日必死にもがいて、喜んで、傷ついて、ようやくぼんやりと分かりはじめた「お父さん」が、悪しき魔法使いだとは思いたくなかった。

「お父さんが盗みとか、禁忌を破るとか、その……」

縋りつくようなコエダの瞳を前にして、ジョージは首を横に振った。

「かつて一緒に冒険の旅に出た頃の印象で言えば、しないでしょうね」

コエダの瞳にわずかな光が灯った。しかしその光は、続くジョージの言葉によって彗星のように流れて消えた。

「ですが、あなた方の話を聞いて悩んでいます。もしタイガくん一人だけの犯行ではなく、その裏に魔女レイリがいるとしたら……」

「そっか！　あの人殺しに操られてるんだ！」

サラの言葉に、ケントは小さく舌打ちした。

「だから、人殺しじゃねえって」

ケントの苦言は「じゃあほら、お父さん悪くないよコエダ！」とはしゃぐサラの声に掻き消された。それに対してケントがため息をついたことに、コエダは全く気づかなかった。タイガは自らの意思ではなく、魔女レイリに操られて盗みを働いたのだという何の根拠もないサラの言葉をよすがに、何とか心を保っていた。

「私も、その可能性を考えていました。タイガくんの小屋を襲ったダークドラゴンを召喚したのも、魔女レイリではないでしょうか。仲間割れか、あるいは口封じか」

「そっか。じゃあ早く見つけないと！　あの人殺しから、コエダのお父さんを……」

テーブルにドンと振り落とされたケントの拳が、サラの言葉を遮った。

「レイリは人殺しじゃねえって、何回言ったら分かるんだよ！」

研究室内にいる誰もが、ぴたりと動きを止めてケントを見つめた。ケントの額には、はっきりと青筋が立っていた。

「ま……またそれ？　何熱くなってんのよ」

昨晩と同じケントの凍てついた眼差しが、サラに注がれた。

「間違えるなって、言ってるだけだろ」

「何をそんなムキになって。いいでしょ、どうせひどい奴なんだから」

そう言われた瞬間、サラを睨みつけるケントの瞳にこれまでと少し違う色が宿った。それは苛立っているというよりも、どこか寂しげな色合いだった。

「何を知ってるんだよ」

「は？」

「お前にレイリの何が分かるんだって聞いてんだよ！」

立ち上がると同時にケントは再びテーブルを叩いた。ケントの声に震えが混ざりはじめたことに、サラ以外は気づいていた。

「十八年前にコエダたちを襲って、昨日はタイガさんを攫った。人殺しみたいなもんじゃん！」

「死んでないんだよ……誰も……！　昨日のダークドラゴンだって、まだ決まったわけじゃない！」

ケントの凛々しい瞳の端が、ほんのわずかに光った。それはコエダにも、当然サラにも見えていた。それでもサラは、自らの口からついて出る鋭い言葉を止められなかった。

「は？　何でそんな魔女の味方するわけ？　まさか、私たちのこと裏切るつもり？」

「そんなわけないだろ！　裏切るなんて、そんなわけ……」

目元を拭ったケントは一同に背を向けると、足早に研究室の外へと向かった。ケントが一体何を思っているのか、コエダはまだ理解できていなかった。それでもコエダの体は本能的に、何をするべきなのか分かっていた。

「え……あ、ちょっとケントさん！」

追いかけようとコエダが立ち上がった頃には、ケントの背中はもう既に見えなくなっていた。

「放っとけばいいよ、あんな奴。ここにいてよ」

研究室の出口へと駆け出したコエダに向かって、サラはそう呟いた。今にも泣き出しそうな顔で力なくうなだれたサラを見て、コエダはケントを追いかける足を止めた。

どうしてこんな被害者しかいない争いが起きてしまったのだろうと、コエダは思った。仲の良い友人同士の喧嘩なんて、尖ったガラス片を硬く握りしめて刺し合うようなものなのだ。

「分かった……でも、妖精に伝言は託すよ」

コエダの提案を、サラは止めなかった。だからコエダは「もう一回、ちゃんと話そう」という伝言を妖精に託し、ケントに向かって飛ばした。

3

長い年月をかけて風雨に削られた巨大な白金の鉱床と、その周囲に彩りを与えている緑の木々たちを前にしたケントは、もし晴れていたならこの丘はもっと輝いて見えたのだろうな、と思った。地面に無数のプラチナ鉱石が転がり、都の中でも有数の景観を誇るこの小高い丘はプラチナヒルと呼ばれ、イムサットの目と鼻の先に位置していた。

研究室を飛び出した勢いのまま、イムサットの敷地を出てあてもなく歩くこと数時間。目の前に現れた見渡す限り白く光る地面を前に、ケントは小さくため息をついた。

イムサットを出てすぐに「もう一回、ちゃんと話そう」というコエダからの伝言を託された妖精が飛んできていたが、ケントはまだ返事をしていなかった。これから一体どうするべきなのか、ケントの頭の中の毛玉は、ほどこうとするほどに絡まっていった。

そんな気持ちのまま、ケントはプラチナヒルの小高い丘へと足を踏み入れた。光り輝くプラチナ鉱石を踏みしめる度に、ケントは足裏に固い感触を感じた。こぞってプラチナヒルを訪れる観光客たちは、きっとこの豪奢(ごうしゃ)なペルシャ絨毯に土足で乗り込むような甘美な背徳感を楽しんでいるのだろう。だが、今のケントにそんな感情が湧くはずもなかった。むしろ道端で何の屈託もなくキラキラと輝いている鉱石を見る度に、ケントは無性に腹が立った。だから腹いせに、足元の鉱石を強く蹴り込んだ。当然ケントの蹴りが勝てるはずもなく、逆に返り討ちにされた。

ケントが「痛って……ああ、もう！」と舌打ちしたのとほぼ同時に、蹴られて割れた小さな鉱石の破片が水切り石のように坂を駆けのぼった。鉱石の破片は、落ちていた枝、倍程度の大きさの別の鉱石などにぶつかり、やがてケントの十数メートル先のあたりに立っていた幼い少女の近くまで転がった。

足元に鉱石が転がってきたことに気づいたのか、少女はふと立ち止まるとケントが蹴り飛ばした鉱石をじっと見つめた。

ケントが目を凝らした限り、花柄のワンピースを着たその少女は両手いっぱいに鉱石の欠片を抱えているようだった。

「石……集めてるのか？」

ケントはそう尋ねながら、五歳前後と思しき少女の方へと近づいた。あどけない顔つきながらも、食材を仕入れる料理人さながらの真剣な眼差しで鉱石を見つめていた少女は、やがて大きく首を縦に振った。幼い頃の自分も母の職場の近くで綺麗な石を集めて遊んでいたことがあったなと、ケントはおぼろげに思い出した。

「そっか。ほら、落とすなよ」

ケントは少女の前でしゃがみ込むと、先ほど蹴り飛ばした鉱石の欠片を拾い上げ、少女の両腕で待つ仲間たちのもとへと送り出した。

「ありがとう！　おにいさん！」

少女の顔に並んだ二つの瞳が、ケントにはプラチナよりよほど輝いて見えた。その眩(まぶ)しいほどの煌めきは、今が曇り空であるということをケントに忘れさせてしまうところだった。

「かわりに、いいことおしえてあげる！」

少女のやや舌足らずな言葉を聞いているうちに、ケントの頬は自然と緩んでいった。

「ん？　何かな？」

「おばけってね、めをあけてたら、にげてくんだよ！」

ケントの脳内に疑問符が浮かぶのとほぼ同時に、少女の背後から声が響いた。

「わ！　こらミチル！　何してんの！」

ミチルと呼ばれた少女の背後、坂のかなり上のあたりから、恰幅の良い女性が小走りでケントの方へと近づいてきた。ゆったりとした赤いエプロンとグレーのスカートを身に着けたその女性の両腕には、まだ生後一年と経たないであろう赤子が抱かれていた。

「あ、おかあさん」

「すみません……ご迷惑をおかけしませんでした？」

ケントが軽く首を振りながら立ち上がると、ミチルの母親は深く頭を下げた。

「本当すみません。ご覧の通り弟が生まれたばっかりで、ちょっと目を離した隙に。まったくもう、ちゃんとお兄さんにお礼したの？」

眉を八の字にした母親の横で、ミチルは勢いよく頷いた。

「いいことおしえてあげたの！　ね！」

「え、何それ？　何のこと？　ミチル」

　母の問いかけに、ミチルは満面の笑みだけで答えた。そのまま場に沈黙が流れかけると、ミチルの母親は助けを求めるようにケントを見つめた。しかし残念ながら、ケントにもミチルの言う「いいこと」の意味はよく分かっていなかった。

「その……目を開けるとおばけが逃げる、みたいなことを教えてくれて」

　ケントがたどたどしく事の次第を語ると、ミチルの母親は「うわ」と呟き、やがて申し訳なさそうに瞼を閉じた。そして大きくため息をつくと、再び頭を下げた。

「もう訳分かんないですよね。ごめんなさい。私のせいだ」

「というと？」

　娘を一瞥してから顔を逸らすと、ミチルの母親は極限まで絞った声でケントに耳打ちした。

「昨日適当に言ったんですよ。この子、夜中にトイレ行く時にいつも目瞑ってるから。見えないままで歩いて何かにぶつかったりする方が、よっぽど危ないじゃないですか」

　目を瞑って逃げている方が、よっぽど怖い。ミチルの母親が何気なく発したその言葉は、ケントの脳内で絡まり続けていた毛玉をゆっくりと解いていった。

　ほぼ同時に、ケントの背後の遠い空に浮かぶ雲の切れ間から、うっすらと茜色の夕日が覗いた。そしてその夕日は、ミチルたち親子の奥に広がるプラチナヒルをほのかに、でもたしかに色づかせていった。そうやってすっかり夕日に照らされたプラチナヒルは、つい見惚れてしまうほどに輝いているとケントは思った。

「ん？　どうかしました？」

「あ、いや、ちょっと考え事を。すみません」

ぼんやりとプラチナヒルを眺めているケントを不審に思ったのか、ミチルの母親は娘の背をぽんと叩くと話を切り上げはじめた。

「まあその、助かりました。ほら、行こうミチル。お兄さんにお礼は？」

「違いますよ、お母さん」

「え？」

「お礼をしないといけないのは俺の方です」

ケントはその場で腰を落とすと、嘘偽りない感謝を込めてそっとミチルの頭を撫でた。

「ありがとう、教えてくれて。おばけの倒し方」

ミチルは笑顔で頷くと、母親と一緒に丘の上の方へと去っていった。

しゃがんだままその様子を見送っていたケントは、やがてゆっくりと立ち上がった。

目を背けて逃げ回る時間はもう終わりだった。ケントはそれからすぐに「全部話す、ごめん」という伝言を託した妖精を、コエダに向かって飛ばした。

4

ケントがミチルと会っていたのとちょうど同じ頃。コエダとサラは昨日から宿泊している紅樹近くの宿へと戻ってきていた。

遡ること数時間前、研究室を飛び出したケントを追うべきではと案ずるジョージの進言もあり、一同は残りの情報交換を手早く済ませて一度解散することになった。

情報交換といっても、コエダたちもジョージもお互いの知っていることをほとんど話し終えていたため、特に目新しい話題はなかった。コエダたちにとっての成果といえば、ジョージの所有するいくつかのリーフを複製して譲ってもらえたことくらいだった。

複製してもらったのは主に、破壊の魔法の第一人者で、究極の攻撃系魔法道具であるトリニティを生み出して魔法大戦を終結に導いた天才魔法使い、ロバートについて刻まれたリーフだった。

タイガの手紙に「悪魔が私に取り憑いた」という記載があったことや、コエダが昨日紅樹の研究室で「ロバートはトリニティを完成させる際に悪魔の力を借りた」と刻まれたリーフを見つけたことを聞いたジョージは、「悪魔とタイガくんとの関係には特に心当たりがないですが、ロバートに関するリーフならありますよ」とコエダに複製を渡してくれたのだ。

そして今、客室のソファに座るコエダの目の前のテーブルは、先ほど複製してもらったばかりのそのリーフたちに占拠されていた。それぞれのリーフには、山高帽にパイプを咥えた姿が特徴的なロバートの肖像画を始めとして、ロバートの魔法使いとしての生涯や業績が刻まれていた。コエダは客室に戻ってきて以来、これらのリーフに一つ一つ触れていったが、今のところ特にめぼしい情報はなかった。

「おつかれ！」

小休止に軽く首を回していたコエダの横に、二つのマグカップを持ったサラが腰を下ろした。ケントと喧嘩別れして以降サラの声色が不自然に明るいことを、コエダはあえて口にしていなかった。

「ね、何かあった？　役に立ちそうなの」

コエダはサラから差し出されたカップを受け取りながら、首を横に振った。

「そっか。うっわ、なにこれ」

排水溝の髪の毛でも拾うみたいに、サラはテーブルから一つのリーフをつまみ取った。

「『我は死神なり。世界の破壊者なり』って何これ、最悪じゃん」

サラが読み上げた文章は、トリニティを完成させた際にロバートが呟いたとされている言葉だった。

「こんな自惚れ野郎だったんだ。自分のことを死神とか世界の破壊者とか、何の自慢よ」

サラの声に苛立ちが宿った原因は、コエダにも心当たりがあった。復興を遂げた今でこそ面影もないが、かつてトリニティの攻撃を受けたのはこのナパージュ諸島だった。特にコエダやサラの故郷ロンケープには、巨大な魔力を帯びた火球が直撃したのだ。

たとえ種族間で互いを傷つけ合った魔法大戦下だったとしても、トリニティによる被害は喧嘩両成敗では収まらないほど残酷なものだったという話を、二人とも故郷の先達から耳にタコができるほど聞かされていた。

「この血も涙もない人殺しのせいで、おばあちゃんは……」

ロバートの肖像画を睨みつけながら、サラはそう吐き捨てた。その様子を見て、コエダはサラの祖母がトリニティによる被害で亡くなっていたことを思い出した。サラの心中は、コエダにも痛いほど察せられた。その一方でサラがある勘違いをしていることもまた事実で、コエダはそれを指摘することにした。

「いや……違うみたい。最初はそう思ったけど、私も」

「え、トリニティを作ったのって、このロバートってやつじゃないの？」

「いや、そうじゃなくて……その『我は死神なり。世界の破壊者なり』って言葉。後悔から口にした言葉だろうって言われてるの」

狐につままれたような表情をしているサラに、コエダはリーフの「我は死神なり。世界の破壊者なり」と大きく刻まれた部分の少し下を指し示した。サラがその部分を見ると、そこには発言自体よりもかなり小さな文字で「ロバートに力を貸した悪魔はトリニティの完成と共に姿を消した。一人になったロバートは自らの成し遂げたことに愕然として、この言葉を呟いた」と刻まれていた。

「なるほどね。でも、後悔してたかどうかって関係ある？　結局、許せないのは一緒じゃない？」

「それはそうだと思う。ただ……『血も涙もない人殺し』は言い過ぎかも、とも思う」

トリニティの大きすぎる威力を痛感したロバートは、魔法大戦後にその封印を目論んだ。しかしその行為は同胞のエルフたちから反逆とみなされ、処罰すら受けることとなった。この一時間程度で知ったロバートの生涯を、コエダはサラに語って聞かせた。

「まあ、たしかに。私、決めつけてた……」

後に続く「かも」の二文字を飲み込むのと同時に、サラは喉に小骨が刺さったかのような表情を浮かべた。より正確に言えばこれはきっと、ケントと喧嘩した時に刺さった小骨を思い出した表情なのだろうとコエダは思った。あの時も、サラは魔女レイリが人殺しであると決めつけていた。

そのまま内省を始めたサラの横で、コエダはタイガに思いを馳せていた。「悪魔が私に取り憑いた。許されようとは思わない」と手紙に残したタイガもまた、ロバートのように悪魔の力を借りて何かを成し遂げてしまったのではないか。そしてそれは、理由も告げずに家族のもとから姿を消すほど後悔するようなことなのではないか。コエダの頭には、そんな嫌な想像が巣食いはじめていた。

そうやってコエダとサラが各々の心の迷宮に囚われかけた時、客室の扉が開いた。

「よう、コエダ」

「あ……ケントさん」

客室内に入ってきたケントは後ろ手でゆっくりと扉を閉めた。ケントが突然戻ってきたことに驚くサラとは対照的に、コエダは特段動揺することもなく「おかえり」と言った。十数分前にケントの妖精から「もうすぐ宿に戻る。サラには俺が自分で話すから何も言わないでおいてくれ」と伝言を受けていたコエダは、心の準備ができていたのだ。

「ただいま」

ケントが口を閉じると、客室内には沈黙が居座った。左手で毛先を弄ぶ(もてあそぶ)サラと下唇を軽く噛んだケントは、まるで我慢比べのようにお互いを伏目がちに見つめながら黙り込んでいた。

「あのさ」

「あのよ」

結局同じ時に口を開いたケントとサラは、二人揃ってばつの悪そうな表情を見せた。

「何だよ」

「いや、そっちから」

「いいよ、先言えよ」

「え？ どうぞって言ってるじゃん」

今にも口論を始めそうなサラとケントに対して、コエダは大きなため息をついた。その音に反応した二人はそれぞれコエダの方を一度ちらりと見てから、再びお互いを見つめあった。

「いや。その、悪かったなサラ。怒鳴ったりして」

「私も。ごめん、決めつけてた」

ケントは「いいんだ」と言いながらコエダの方を振り向いた。

「コエダもすまなかった。心配かけた」

「うん……怖かった」

コエダはいつもより少し大きくて、はっきりとした声でそう言った。さらに「私には二人しかいないんだよ」とコエダが続けようとしたのを知ってか知らずか、ケントは小さく鼻で笑った。

「ほら。コエダが泣き出す前にさっさと仲直りするぞ」

笑顔を浮かべたケントの後を追うようにして、サラも大仰に肩を揺らして笑い出した。

「たしかに。すぐ泣くからね、コエダ」

「そんなこと……ないもん」

まったく二人ともどの口が言うんだとコエダは思った。しかし同時に、何だか鼻の奥がつんとした。だからコエダは笑う時にほんの少しだけ上を向いた。それからしばらく、客室にはコエダたち三人の笑い声が響き続けた。

5

誰もまともな昼食を口にしていなかったコエダたち三人は、昨日と同じ食堂で夕食を取りながらこの数時間の出来事をお互い簡単に共有した。そして再び客室に戻った時、コエダはずっと気になっていたことを口にした。

「あの……ケントさん。妖精に伝言で聞いた話だけど、その……」

ケントからの伝言にあった「全部話す」とは一体何のことなのか。そう尋ねようとしたコエダの言葉の続きは、もうすっかり吹っ切れた表情を浮かべたケントの頷きに飲み込まれた。

「ああ、分かってる。ちゃんと話すよ。お前らに隠してたこと、全部」

「え、何それ？　何の話？」

サラに視線を向けられても、コエダは首を曖昧に動かすことしかできなかった。ケントが一体何を隠しているのか、コエダにも見当がつかなかった。

「俺だって、ただ当たり散らしたわけじゃねえ、って話だよ」

「は？　どういうこと？」

サラの問いかけに、ケントはゆっくりと深呼吸をしてから答えた。ケントの瞳はその時しっかりと開いていた。

「俺の母親なんだよ、あの人は」

ケントがそう口にしてから三秒ほど、世界から音が消えたようにコエダは感じた。

「え？　魔女レイリ……あ、いや。レイリさんが？」

自らの言葉を上書きしていくサラは、いつもよりどこか大人びているように見えた。ケントの頬が少し緩んだのも、きっとそのせいだろうとコエダは思った。そうやって本題から意識を逸らさなければ、自分たち家族が巻き込まれたあの教会襲撃事件を引き起こしたとされているレイリがケントの母親なのだ、という信じがたい事実に押しつぶされてしまいそうだった。

「嘘でしょ？　じゃあ私、ケントさんにひどいこと……」

「もういいって、それは。隠してた俺も悪いんだ」

サラに向かって静かに首を振るケントの姿は、普段より何となく小柄に見えた。これまでケントを着ぶくれさせていたコートは、きっと人々に虚勢と呼ばれているものだったのだろうとコエダは思った。そうやって、また本題から目を逸らした。

「それでも、でしょ。本当ごめん、ひどいこと言った」

「大丈夫だって。十何年もやってれば、魔女の息子にも慣れる」

そんなケントがサラには怒った。コエダたちにはきちんと話そうとしてくれた。思い上がりかもしれないけれど、それは喜んでいいことのようにコエダには思えた。

しかしそれ以上に、コエダは確かめねばならないことがあると分かっていた。いつまでも本題から目を背け続けるわけにはいかなかった。

「ねえ……ケントさん。聞いてもいい？　その……」

「本当にレイリが首謀者なのか、って？」

錆びついたおもちゃのようにぎこちなく頷くコエダの向かいで、ケントは小さく息を吐いた。コエダが生まれた日のレッドウィング教会襲撃事件の首謀者は一体誰なのか。レイリはあくまでも匿名の情報提供によって首謀者と認定されただけであり、真相は未だに藪の中だった。

「俺は五歳だったんだ、あの時。分かんねえってか、覚えてねえ」

ケントが真相を知らなくて良かったのか悪かったのか、コエダには分からなかった。

もし仮にレイリが首謀者だという確信が得られたとしても、レイリがケントの母親だと知ってしまった今となっては複雑な感情になるだけのような気もした。

「そう……なんだ。じゃあ……お母さんの記憶も？」

コエダの問いかけに、ケントは力なく首を振った。

「はっきりとは覚えてねえ。親父が言うには、いつも甘えてたらしいけど」

「ずっと会ってない……ってことだよね」

「ああ。でも、居場所の手がかりはあるんだ」

目を丸くするコエダとサラを横目に見ながら、ケントは腕に巻いた水色のスカーフをほどきはじめた。

「あ……そっか。それ、お母さんの……」

「遺品、って言ったのは嘘だ。悪かった。届いたんだよ、俺が十八になった時に」

かつてスカーフについて説明してくれた時と同じ柔らかな表情でケントは続けた。

「玄関前に置いてあってな。母さんからの手紙が一緒についてた。一人にしてすまないだとか、事情があってあの日のことは言えないだとか、謝罪ばっかり並んでたよ。それで、その最後に書いてあったんだ」

ケントは一度言葉を区切ると、真剣なまなざしでコエダを見つめた。

「タイガさんの娘を、コエダちゃんを見守れって」

「え……？」

ケントは母親であるレイリに指示されてコエダを見守っていた。思わぬ話の展開にコエダが言葉を失っているうちに、聞きたかったことをサラが代弁してくれた。

「ちょ、ちょっと待って！　レイリさんとコエダのお父さんはやっぱり知り合いなの？」

「コエダが生まれたレッドウィング教会のシスターだったんだよ、母さん。神父からも信頼されてて、コエダの生誕の祈祷にも立ち会ったんだ」

天地のひっくり返るような感覚がコエダを襲った。

「え、じゃあコエダの両親とケントさんのお母さんは仲良しだった、ってこと？」

「少なくとも他人ではなかったはずだ。よく母さんについて行って教会で遊んでた俺も、タイガさんとアイさんに会ってるはずだって親父は言ってたよ。記憶ねえけど」

レイリと面識があったことなど、コエダはアイから一度も聞いたことがなかった。ケントについてはまだ辛うじて、成長した姿に気がつかなかったとも考えられた。だがレイリのことは、アイが意図的に隠していたとしか思えなかった。一体なぜ教えてくれなかったのか。コエダは今すぐにでも母を問い詰めたい気持ちを抑えて軽く息を吐いた。

「だとしても、レイリさんはどうして私を見守れ……って？　ケントさんが十八歳ってことは……私はもうお母さんとロンケープにいる時だし、お父さんもレイリさんも、もっと前に行方が……」

懸命に紡がれたコエダの言葉を汲み取るように、ケントは小さく頷いた。

「ちゃんと話す。正確には手紙にこう書いてあった。『あの日何があったのか、ケントは知らなくていい。でも、どうしても知りたいならやるべきことがある。魔法使いのタイガさん、覚えてるかな。あの人の娘さん、コエダちゃんがロンケープに住んでいます。どんな方法でもいい。あの子のそばで見守ってあげて。そうすればいずれ、全部分かる。タイガさんが教えてくれる』ってな」

ケントの口からは、立て板に水のごとくレイリの手紙の文章が流れ出た。何度読んだらここまで覚えられるのだろうと、コエダは思った。

「要するに、十八年前の事件の真相はタイガさんが知ってるってこと？　何で？」

「そんなもん、俺が聞きてぇよ」

サラの問いかけにケントは肩をすくめて力なく笑った。

そんなケントの様子を見ながら、コエダは五年前にケントと初めて会った時のことを思い出していた。着任当日に聖騎士の詰所から遠く離れたコエダの家までわざわざ挨拶に来てくれたのも、「いつでも頼ってくださいね」と言ってくれたのも、すべてはレイリの指示通りにコエダを見守るためだったのだ。

「ねえケントさん。もしかして、昨日のお父さんの家のセーフボックスも……」

昨日セーフボックスから紙片を見つけた時、奥歯に何か挟まったかのようなケントの言い回しが耳にこびりついた理由が、今のコエダには分かる気がした。

「会ったら言わないとな。自分の誕生日をセーフボックスの封印の合言葉にするのは危険ですよって、タイガさんに」

ケントの角ばった笑顔を見つめるコエダの脳裏には、セーフボックスから出てきた真っ白な紙片が浮かんでいた。昨日のケントの説明通り、ダークドラゴン襲来の衝撃でセーフボックスの封印が解けていたのなら、紙片は隙間から入り込んだ埃を多少なりとも被るはずで、汚れていて然るべきだった。それなのに、紙片は白くて綺麗だった。つまり、本当はセーフボックスはダークドラゴンの襲来を耐え抜いていて、タイガやレイリに詳しいケントが自らの手で封印を解いていたのだ。

「悪かったな。その、嘘ついたり、隠したり」

コエダは「いいよ」と言いかけてやめた。許すか許さないかの話ではないと思った。

「変わらない……よ」

「ん？」

「昨日のことも、今までも……してくれたことは、変わらない」

ケントは小声で「そうか」と呟くと、何度か頬をかいた。少しほっとした様子のケントを見ているうちに、言わないことにしたはずの続きの言葉がコエダの口から勝手に飛び出していった。

「でもまあ、その……ちょっと寂しくはある、けど……」

「だよな、ごめん」

小さく頭を下げたケントの頭上に、サラのため息が降りかかった。

「二人ともいい感じのとこ悪いんだけどさ。結局ほら、レイリさんの居場所の手がかりって何なの？」

わざとらしいほどぶっきらぼうな口調がサラなりの優しさであると分からない者は、この客室内にはいなかった。

「うん……私も知りたい」

「ああ、そうだな。その話だ。この中に、母さんの居場所が書かれてる」

テーブル上に水色のスカーフを広げたケントは小さく息を吐くと、腰元から取り出したナイフでその中央を切りつけた。

「ちょ、ちょっと！　何してんのよ!?」

「手紙に書いてあったんだよ、こうしろって」

水色のスカーフは、二枚の薄布を縫いつけて作られていた。ケントはその二枚の薄布のうち、上側の一枚にだけ刃先を滑らせた。そして、中央部に小さな切れ込みを入れ終わるとスカーフを持ち上げ、鞄の中身をすべて出す時のようにくるりとひっくり返した。

「わ！　え、何これ？」

ケントが作ったスカーフの切れ目から、一枚の古びた羊皮紙が床に滑り落ちた。きっと二枚の薄布の隙間に仕込まれていたものなのだろうと、コエダは思った。

「これが、母さんの居場所だ」

ケントは床に落ちた羊皮紙を拾い上げると、テーブルの上に置いた。

「え、ねえ。何で取り出さなかったの、今まで？」

「母さんの手紙には、『タイガさんからすべてを聞いた後に、それでも会いたければ見て』って書いてあったんだよ。本当は」

それなのにケントは今、レイリの指示に背いてスカーフを切り開いた。緊急事態で他に手がかりがないからだと頭で分かっていても、コエダは心のどこかで最悪の状況を示唆されているように感じてしまった。

「間違ってても、もうタイガさんと会えないと思ってるわけじゃねえ。タイガさんを助けるための、大事な手がかりだ」

ケントはそう言うと、真っ直ぐな眼差しでコエダを見据えた。まったく自分はそんなに分かりやすいのだろうかと、コエダは思った。

「うん……ありがとう」

コエダが小さく頷くと、ケントは古びた羊皮紙を全員が読める向きに回転させた。

「タイガさんなら、間違いなく分かる暗号らしい」

古びた羊皮紙の上に記されていたのは、意味不明に散らばったたくさんの文字と、一つの文章だった。


「トリニティが生んだ二つの火球の名を辿れ。オリュドンのこの場所に私はいる」


羊皮紙に書かれた文章を読み上げながら、サラは小首を傾げた。

「ん？　トリニティはいいとして、オリュドンって何？」

コエダは口にこそしなかったが、心の中ではサラと全く同じ疑問を抱いていた。究極の攻撃系魔法道具であるトリニティのことは知っていたが、オリュドンという言葉には何の心当たりもなかった。

「この場所にいるって言ってるんだから、地名か何かじゃないか、多分」

ケントが懐から呼び出した妖精に尋ねると、オリュドンの正体はすぐに判明した。ケントの想像通り、オリュドンは地名だった。しかし、それがこのナパージュ諸島の地名ではないことまでは、ケントも予想だにしていなかった。

The Only

1

だった。

「アイロックの北部……だってよ」

「え、ちょっと何それ？　異国ってこと？」

アイロックはナパージュ諸島から北の海を越えた先にあるドワーフの国で、空を駆ける大型の魔法生物、フェニックスの宙船に乗って空の旅に出なければ辿り着けない場所だった。

「異国まで探しに行くのは無理……だよね……」

俯いたコエダの視界は、見慣れたアスファルトによく似た灰色がかった客室の床に支配された。

「そんなことねぇよ。アイロックなんて、フェニックスの宙船に乗って二時間半だろ？世界の果ての氷の国まで行くってわけじゃねぇんだから」

そう言いながら、ケントはコエダの肩に優しく手を載せた。

「そうだよコエダ！　私行ったことあるし。まあまあ詳しいよ、アイロック」

「どうせお前が知ってるのは美味しいドワーフ飯くらいだろ」

サラに対するケントの指摘に、コエダは思わず顔をほころばせた。その時のコエダの瞳には、もう灰色がかった客室の床は映っていなかった。

「ちょっと！　馬鹿にしないでよね。ドワーフファッションだって詳しいし」

それからしばらくの間、サラとケントは他愛もない口論を続けていた。行き止まりの壁をよじ登って先に進んでいける二人のことを、コエダは心の底から尊敬した。

「まあとりあえず、この文章の意味を考えようぜ」

ケントはそう言うと、古びた羊皮紙の上部の「トリニティが生んだ二つの火球の名を辿れ。オリュドンのこの場所に私はいる」と書かれた部分を指さした。

「後半部分はいいとして、前半がどういう意味なのか、だな」

「考えなくていいんじゃない？」

サラの投げやりな言葉に、ケントは眉をひそめた。

「は？　そんなわけないだろ」

「いや、でも『オリュドンのこの場所に私はいる』って書いてあるじゃん。もうさ、行って探せばよくない？　オリュドンのどこかにはいるわけでしょ、レイリさん」

「あのな、オリュドンは人口四万人以上の街だぞ？」

ケントの疑問符に込められた意味を敏感に察知すると、サラは大きなため息をついた。

「なるほど。それは無理ね、たしかに。じゃあ、ちゃんと考えるとして……トリニティが生んだ二つの火球、か。あれって名前あるんだ。コエダなら分かる？」

「ベルメとカロル……だと思う」

「お、さすが魔法使い志望！」

サラの口から勢いよく飛び出した褒め言葉に、コエダは慌ててつけ加えた。

「いや……さっきまで私も知らなかったよ。ジョージさんからもらったリーフに刻まれてたの」

コエダたちがジョージから譲り受けたのは、トリニティを生み出した魔法使いであるロバートに関するリーフの複製だった。そのため中には、トリニティに関する詳しい情報も刻まれていたのだ。

「念のため今妖精にも確認したが、間違いなさそうだな。火球の名前は『ベルメ』と『カロル』だ」

「そうなんだ。ってことはつまり、どういうこと?」

腕を組むサラの横で、コエダは古びた羊皮紙に目を落とした。トリニティが生んだ二つの火球、すなわち「ベルメ」と「カロル」の名を辿るとは一体どういうことなのか。

数秒のうちに、コエダはあることに気づいて指を動かしはじめた。どうやら今回は、今までに遭遇したタイガの暗号よりも幾分かシンプルなようだった。

「私……分かったかもしれない」

コエダはそう呟くと、サラとケントにレイリの居場所を導く方法を話しはじめた。

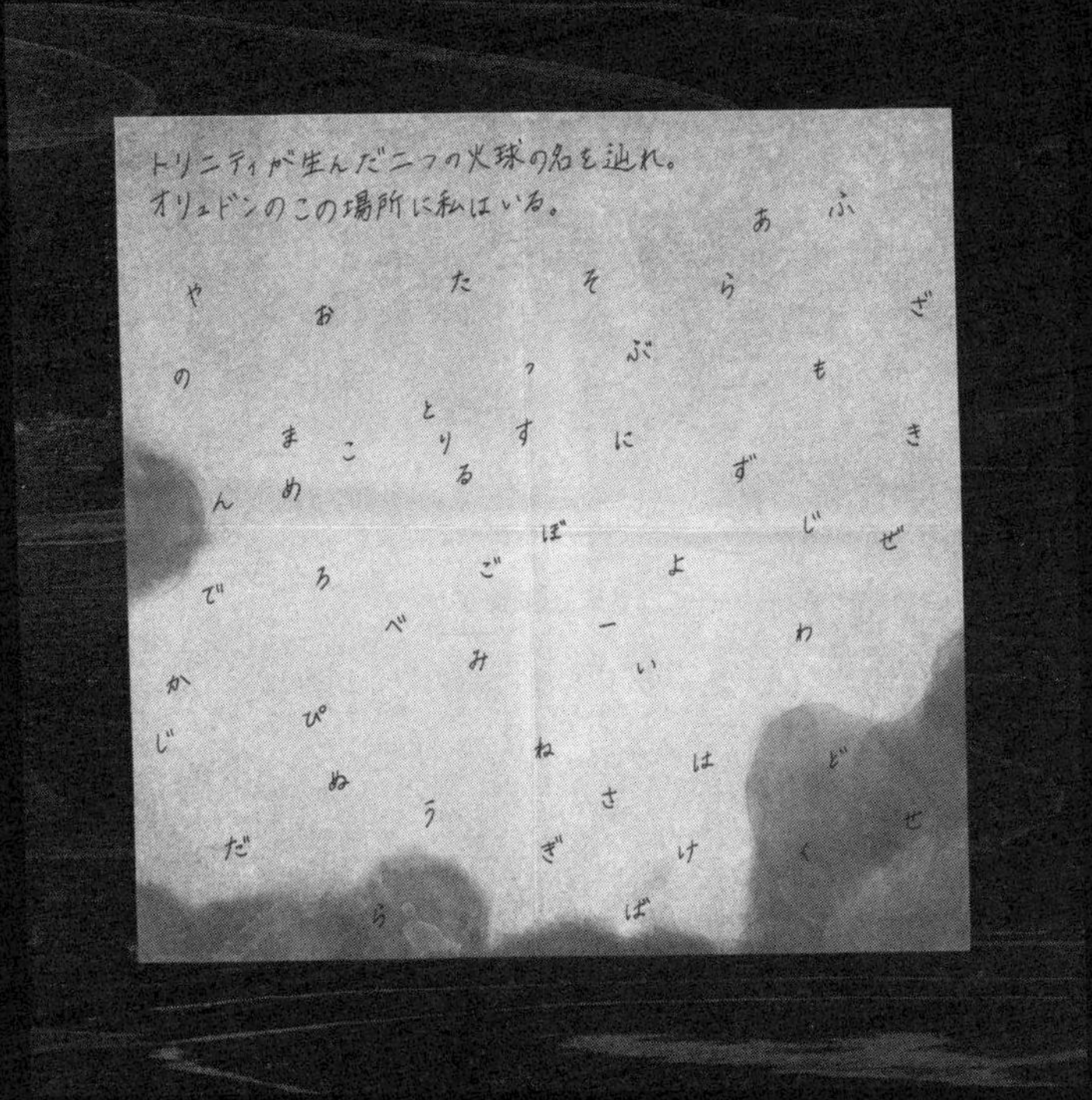

暗号の答えは、ここまでの情報で導き出すことが可能です。
立ち止まって考えても、そのまま読み進めても構いません。
お好きな方をお選びください。

6

　コエダが羊皮紙に書かれた暗号についてひとしきり説明を終えた頃、客室の窓の外はすっかり闇に包まれていた。

「あれ？　その場所ってさ」

「うん……ジョージさんが話してた、アイロックにある魔法ギルドのことだと思う」

　トリニティが生んだ二つの火球、すなわち「ベルメ」と「カロル」の名前に使われている文字をそれぞれ辿るように線で繋いでいくと、羊皮紙の左下から右上に伸びる大きな矢印が現れた。

　そして、その矢印の先を見てみると、「スブラフ」という四文字が指し示されていた。

このスブラフという言葉は、昨日ジョージも話題にしていた復活の呪文を専門とするアイロックの魔法ギルドの名前であり、レイリの居場所はここだと考えられた。

「スブラフとレイリさんの関係に、何か心当たりある？」

　サラに視線を向けられたケントは首を横に振った。

「何してるんだろうな、そんなところで」

誰に問うでもなくケントの口から漏れたのと同じ疑問が、コエダの心の中にも存在していた。レイリは一体なぜ異国の魔法ギルドにいるのか。ケントが「でも、ただな」と言葉を続けてくれなければ、コエダはすっかり疑問の渦に飲み込まれてしまうところだった。

「スブラフは初耳なんだが……母さんが家に置いていった荷物の中に、復活の呪文に関するリーフはあった」

「え、何それ？　復活の呪文についての秘密の情報とか、そういう？」

「もっと普通だよ。ほら、昼にジョージさんと話した時のこと覚えてるか？」

「あ、たしかに復活の呪文に詳しかったわ。ケントさん」

「母さんが置いていったリーフには、あの程度の一般的な話しか刻まれてなかった。別に特別なものじゃなくて、そこらで普通に手に入るリーフだよ」

たとえケントの言う通りだったとしても、レイリが復活の呪文に興味を持っていたのだとすれば、復活の呪文に必要な虚の卵をタイガに盗ませたというジョージの説が補強されることになる。ケントが今まで黙っていた理由はきっとそこにあるのだろうと、コエダは思った。

「そっか。でもさ、どうなんだろうね。行くべき……なのかな、私たち」

ケントの様子を横目で窺うサラの心情は、コエダにもよく分かった。たとえケントの母親だとしても、ジョージの言葉を信じるなら、レイリはタイガを操って盗みを働かせている人物なのだ。

「分かんねえ」

ケントの顔には、力ない笑みが浮かんでいた。「きっと大丈夫だから信じてくれ」でも、「たしかに危ない可能性もあるな」でもないそのたった五文字は、ケントの心をそのまま写し取っているように感じられた。

「いや、でもじゃあさ。こうなったらもう、明日行っちゃう？」

サラのやけに明るい声は、自分と同じようにケントの苦悩を感じた結果なのかもしれないと、コエダは思った。

「一旦帰るべきだろ、さすがに」

まずは予定通りに明日ロンケープへと戻り、改めてアイロックに向かうべきかどうか一度よく考えるべきだというケントの主張は、コエダからしても至極もっともだった。アイロック行きのフェニックスの宙船に乗って海を越えるためには、相応の資金と準備が必要なのだ。

「ま、そうよね」

すぐにケントの方針に同意した姿を見て、きっとサラも最初からそのつもりだったのだろうとコエダは思った。明日にでもアイロックに行こうという突飛な提案は、場を和ませるためのものに過ぎなかったのだ。

「相談した方がいいしな、アイさんにも」

不意に現れた母の名前に、コエダの心はわずかにささくれ立った。都に来て以来、心配をかけまいとアイにはまだ何も伝えていなかった。

再会した瞬間にタイガがダークドラゴンに攫われてしまったこと。ジョージ曰くタイガは盗人であり、レイリに操られているらしいこと。そのレイリはケントの母親で、今は異国の魔法ギルドにいること。どれをとってもコエダにとっては自分の感情すら追いつかない出来事ばかりで、一体何をどうやって説明すればいいのか分からなかったのだ。

そうやってコエダが思考の泥沼に沈みかけた時、客室の窓の方から羽音が響いた。

「ん？　何だ？」

ケントの声を聞いたコエダが目をやると、窓の外に一匹の妖精が浮かんでいた。妖精は窓の隙間を通って器用に体を客室内に滑り込ませると、コエダのところまで飛んできた。どうやらその妖精は紅樹で出会ったジョージの弟子、アンナからの伝言を託されているようだった。

「え……どういうこと？」

「おい、どうした？　コエダ」

「いや……あの、紅樹のジョージさんの研究室から貴重なリーフがなくなったみたいで。何か心当たりはないか、って」

アンナからの伝言によれば、研究室から消えたのは百年ほど前に高名なエルフの魔法使いが残したリーフだった。そのリーフは昨日の朝までたしかに紅樹の研究室内にあったが、今晩アンナが確認した際にはどこにも見当たらなかったという。

「ん？　その話と俺たちに何の関係があるんだ？」

「その……私たちしか入ってないんだって。研究室」

アンナ曰く、リーフが消えたこの二日間のうちに研究室内に入ったのはジョージとアンナ、そしてコエダたち三人の合計五人のみだということだった。

「何だよそれ。俺らを疑ってんのか？」

「するはずないじゃんね、そんなこと」

「そ、そうだよね……」

今にも妖精に噛みつきそうなケントとサラを尻目に、コエダはベッド脇にあるポシェットを取りに向かった。石橋を叩き過ぎて壊すことも珍しくないコエダの体は、心当たりなどなくとも自ずからそう動いていた。

ポシェットを持ち上げたコエダがベッドの上で中身をひっくり返すと、まるで緑色の雨でも降っているかのように、白いシーツの上に大量のリーフが舞い落ちた。

「あ……」

ベッド上に広がった大量のリーフを端から眺めていたコエダは、やがてある異質なリーフを見つけた。コエダには到底理解できないエルフ語がびっしりと刻まれたそのリーフは、明らかに自分の持ち物ではなかった。

「どうして……」

アンナの探し物と思しきそのリーフを拾いながら、コエダは昨日の記憶を呼び起こした。思い返せば、プレノテルマーケットに出かけたサラとケントが研究室に戻ってきた時に、リーフの山を床にぶちまけていた。このリーフがポシェットに紛れ込んだ可能性があるとすれば、あの時しか考えられなかった。

「え、ちょっと。まさかコエダ、持ってたの?」

エルフ語の刻まれたリーフを持って佇んでいたコエダに対して、サラは素っ頓狂な声を浴びせた。

「ごめん……たぶん昨日、ケントさんがリーフの山を崩した時に……」

「紛れてポシェットに入っちゃったってこと? 最悪じゃん」

サラの「最悪」という言葉に特に批難の色はなかった。それでもケントの顔は少し歪み、サラは慌てて言葉をつけ加えた。サラのその目敏(めざと)さは、つい数時間前までにはなかったものだとコエダは思った。

「あ……いやその。悪い偶然ってことよ？　とにかくまあ、持ってきちゃったなら謝って返すしかないでしょ」

「行くなら今のうち……だよね」

コエダたち三人は明日の早朝には都を発つ予定だったため、明日の朝に紅樹へ立ち寄るのでは、故郷へと向かうケンタウロスのキャビンの出発時刻に間に合わなかった。

「俺が行く。こんな時間だし」

腕時計を見つめながら立ち上がったケントは、コエダに向かって「ほら」と手を差し出した。

「いや……私も気づけなかったし、一緒に行く」

「ちょっと！　仲間外れにするつもり？」

仰々しく腕を組んで軽く頬を膨らませたサラを見て、ケントは小さくため息をついた。ほぼ同時にケントが少しだけ微笑んだようにも思えたのは、きっとコエダの見間違いではなかった。

「分かったよ。ほら、さっさと行っちまうぞ」

ケントが手を叩く音を合図に、三人は出発の準備を始めた。

出かける準備と並行して、コエダはアンナへの伝言を妖精に頼んだ。意図せず貴重なリーフを持ち出してしまった謝罪と、これから訪問して返却したい旨を伝言として託す

と、

妖精は蒸し暑い真夏の夜の中へと飛び去っていった。

もう、あと少しです。
あと少しで、
あなたは本当の物語を目の当たりにすることになるのです。
何がまやかしで、何が本当なのか。
その時が来れば、それはすぐに分かるはずです。

第四章

対決

1

　宿を出てから十分ほどで、コエダたち三人は紅樹（まなび）に到着した。

　夜も更けた紅樹内部の通路には、ほとんど人の姿はなかった。わずかな明かりに照らされた通路は少し不気味なほど薄暗く、昨日の昼間に歩いた時とは大違いだと、コエダは思った。

「あ、あれ！」

　先頭を歩いていたサラが、そう言って唐突に立ち止まった。

「な、何だよ？　サラ」

「どうしたの？」

　ケントとコエダが追いつくと、サラは通路の数十メートル前方にある十字路（であい）のあたりを指さした。

「いや、ほら！　ジョージさん」

　サラの指さした方向に目を凝らすと、コエダたちにもジョージと思しき人物の姿が見えた。しかしその人物は足早に十字路を左へと横切っていくところで、すぐに姿が見えなくなってしまった。

「ん？ どこ行くんだ？ 研究室はまっすぐだよな」

ケントの言う通り、ジョージの研究室はこのまま十字路を直進した先にあるはずだった。

「うん、そのはずだけど……」

「すごい魔法使いなんだし、研究室以外での用事も色々あるんでしょ。きっと」

サラはそう言うと、両手をぱんと叩いた。

「ねえ、いいこと思いついた！ 聞いてくるね、私。スブラフの情報とか、スブラフとレイリさんの関係に心当たりがないかとか！」

「ちょっと待て。おい！」

言うが早いか十字路に向かって駆け出したサラに、ケントは小さく舌打ちした。

「俺だってジョージさんに謝りたいんだよ」

昨日研究室を飛び出して以来ジョージと会っていないケントの心中は、コエダにも十分理解できた。

「追いかけたら？ こっちはほら……リーフを返すだけで、楽だし」

「でも、そんな……」

コエダが本当に楽だと思っているわけではないことは、ケントには当然お見通しのようだった。それでも今はジョージへの謝罪を優先するべきだと思ったのか、ケントはコエダがついたその優しい嘘を甘んじて受け入れた。

「悪い。もし何かあったら妖精に伝言を託してくれ」

数分後にコエダがアンナの前で謝る分を先払いするかのように、ケントはしっかりと頭を下げた。

「うん……いってらっしゃい」

「おう、よろしくな」

そう言うと、ケントもまたジョージやサラと同じように曲がり角へと消えていった。みんなが吸い込まれていくそこが何だか人を喰らう化け物の口のようにも見えて、コエダは何度か瞬きをした。

ケントを見送ったコエダはそのまま通路をまっすぐ進み、ジョージの研究室の扉の前まで到着した。

コエダが扉を数回叩くと、研究室の中からアンナが現れた。アンナの口が「わざわざすみません」の「わ」の形になるよりも早く、コエダは勢いよく頭を下げた。

「あ……えっと、その……すみませんでした！」

今にも土下座に発展しそうなコエダの姿に、アンナはふっと吐息を漏らした。

「大丈夫ですよ。偶然と食欲は憎むだけ損ですから」

アンナの悪戯っぽい笑みが、直角に曲がったコエダの体を元に戻した。

「あ、ありがとうございます。お返しします、すぐ」

コエダは相変わらず風船のように膨らんだポシェットをまさぐって、持ってきたリーフを取り出した。

「これ、ですよね……？」

コエダが差し出したエルフ語の刻まれたリーフを受け取ると、アンナは中身を確かめるように手元で何度か回転させた。

「そう……ですね。はい、間違いなく。こんな時間にありがとうございました」

「こちらこそ。わざわざ残っていただいて……」

コエダの言葉を遮るように、アンナの口から再びふっと吐息が漏れた。

「そうだったらよかったんですけどね。幸か不幸か、まだまだ帰れなくて」

肩をすくめたアンナの背後、研究室内には大量の錬成道具が散らばっていた。魔法使いの卵として紅樹で学びながら、ジョージの弟子として魔法研究の手伝いもしているアンナの苦労を垣間見た気がして、コエダは少しだけ親近感を抱いた。

「ま、頑張ります。今夜はジョージ先生もいないし」

コエダの顔に浮かんだ疑問符を、アンナは見逃さなかった。

「あれ？　どうしました？」

「あ……いや、さっき見かけたので。ジョージさん」

「え、嘘。今日はイムサットから直接ご帰宅のはず……」

アンナの視線は研究室内に貼られたカレンダーの方へと動いた。

「ですね。人違いでは？」

「そう……ですかね」

三人ともが見間違えたとは思えなかったが、コエダには特に反論する材料もなかった。

「あ、そういえば。中身って触れました？」

ジョージを見たか否かの水掛け論に先がないと思ったのか、アンナはそうやって会話を仕切り直した。コエダはその急な会話の方向転換に振り落とされかけたが、何とか
「え？」とだけ言葉を返した。

「いや、返してもらったこのリーフ。結構面白いんですよ」

「あ……あまり得意じゃなくて、エルフ語」

「なるほど。えっと、翻訳すると『役に立たない魔法が役に立つ』という話です」

コエダには、アンナの言葉の意味がまだ理解できていなかった。なのにどうしてだか、その十数文字はコエダの心を捕らえて離さなかった。

「それって、どういう……？」

「エイブラハムという、古の魔法使いの言葉なんですけどね」

アンナの口から出たエイブラハムという名前は、コエダにも聞き覚えがあった。エイブラハムはかつてタイガが冒険の旅に出た魔法ギルド、イアスを創設した偉大な魔法使いだった。

「要するに、魔法使いたるもの役に立つかなど気にするな、ってことなんです」

アンナ曰く、「役に立たない魔法が役に立つ」というこの言葉は、今すぐ魔法道具に応用できない魔法を軽視する魔法使いたちが多いことに対して、エイブラハムが百年以上前に鳴らした警鐘だった。

今すぐ有用性が認められないからといって、魔法道具に応用できない魔法を軽視してはならない。それが未来で何かに繋がる可能性は、誰にも否定できない。「役に立つかどうか」など、その時代を生きる者たちの共同幻想に過ぎないのだから、魔法使いたちは本来すべての魔法が平等に秘めている可能性を信じるべきだ。エイブラハムは、そうリーフに残したのだ。

「役に立たない魔法が……役に立つ……」

コエダはゆっくりと噛みしめるように、エイブラハムの言葉を口の中に広げた。コエダの脳裏には、数日前にロンケープの海辺で「私は新しい魔法の探究がしたい、魔法道具じゃなくて」とサラに宣言した時のことが思い出されていた。あの時「その新しい魔法ってのは何の役に立つわけ?」と尋ねてきたサラに、コエダは何も答えられなかった。でも今なら、答えられる気がした。一見役に立たない魔法だって、いつか役に立つんだ、と。

「素敵……ですね」

アンナはこくりと頷くと、その表情を緩ませた。アンナもまた自分と同じように、魔法に憧れて魔法使いを目指す一人の若者なのだとコエダは思った。

「翻訳されたリーフもあるはずですから。よければ」

「ありがとうございます」

コエダは思っていたよりも深い角度でお辞儀をした。いままで常識だと思っていたものが書き換えられていくような感覚が、コエダの頭の中を支配していた。

「あ、でもそうだ。私もお詫びしないと」

顔を上げたコエダが小首をかしげると、アンナは少しはにかんだ。

「ちょっとだけ、盗まれたのかもって思ってたんです、最初。ごめんなさい」

「いえ……でもそうですよね、普通」

「普通が何かは分かりませんけど。それ見てたから、つい。リーフがお好きなのかなって」

アンナの視線がリーフで膨らんだコエダのポシェットに注がれていることに気づいた瞬間、コエダの口からする必要のない言い訳が勝手についていて出てきた。

「違うんです！　ただ持ってるってだけで……アンナさんたち立派な魔法使いの方とは、全然！」

「私、まだ魔法使いの卵ですよ？　それに『持ってるだけ』も嘘ですよね」

「え……？」

「普段からリーフに触れてないと、あんなに早く終わらないですよ。山のようにあったから夜までかかるかと思ってたのに。びっくりしちゃった、昨日」

「でも、そんなの何の役にも……」

コエダの口を固めたのは、数分前に知った例のエイブラハムの言葉だった。そんなコエダの逡巡を知ってか知らずか、アンナの顔にはまたあの悪戯っぽい笑みが浮かんだ。

「少なくとも、私にはできません。それに……ほら、気づきません？」

アンナはそう言いながら、ゆっくりと首を左右に動かした。

アンナの耳元で揺れる小さなイヤリングを見た時、コエダはアンナの言葉の意味を理解した。昨日までアンナの耳は黒髪で覆われていて、ほとんど見えていなかったはずだった。

「あ、もしかして。髪……」

「ええ。おかげさまで勉強会の手伝いが免除されて、さらに早上がりだったもので」

舌でも出しそうな表情を浮かべたアンナは、昨日よりも短くなった毛先を触った。

「コエダさんのリーフに触れるスピード、役に立ちましたよ。私の」

そう言って微笑むアンナの姿をしっかり記憶しておこうと、コエダは思った。「役に立たない魔法が役に立つ」というエイブラハムの言葉を聞いて以来、コエダには目の前の世界がひっくり返って見えていた。そしてそれは間違いなく、気のせいではなかった。

2

コエダがアンナにリーフを返したのとちょうど同じ頃、ジョージを追いかけていったケントとサラは、紅樹の奥深くにある旧研究室区画へと辿り着いていた。

「本当に合ってんのか？」

妖精の発する灯りを借りてようやく歩けるほどの薄暗い通路を、ケントはいぶかしげに見回した。

「大丈夫だって。見たもん、私」

寂れた灰色の床を自信満々に歩くサラの様子に、ケントは小さくため息をついた。

「でもここ、どう見たって使われてねえだろ」

旧研究室区画はその名の通り、かつて何人もの魔法使いたちの研究室が集まっていたが、今ではその役目を終えて物置と化しているエリアだった。

「いや、ちゃんと見たんだって。ジョージさんがここに入っていくの」

サラはそう言うと通路奥の木扉を開け、通路と同様に薄暗い部屋の中へと踏み入った。

その部屋は小さな食堂ほどの大きさで、壊れかけの錬成道具や錆びついた魔法素材の瓶、黄ばんだリーフといったガラクタが転がっていた。場所によってはそれらを収納していたと思しき棚すらもいくつか横倒しになっており、ケントの目からすればどう見ても人が立ち入るような場所ではなかった。

「あ、ほら！　あそこ」

我先にと室内に踏み入ったサラは少し進むと、部屋の出入口の反対側、奥の壁に立つ扉を指さした。目を凝らすと、ケントにもその扉の端から縦に長細く灯りが漏れているのが見えた。サラの言う通り、扉の奥にはたしかに誰かがいるようだった。

ケントが「マジか」と呟いたのも束の間、おもちゃ売り場へと向かう子供のように一人飛び出していったサラは、扉の直前で足を止めた。

普段のサラだったら、後続のケントのことなどお構いなしに扉を開けているはずだった。それなのにこの時、サラはぴたりと立ち止まった。ケントはそこに、強い違和感を覚えた。

「おい、どうし……」

ケントが言うが早いか、人差し指を口に当てたサラが鬼のような形相でケントの方を振り向いた。理由こそ不明だが、静かにしろというサラの意図はケントにも十分理解できた。

ケントは逸る心を必死に抑え、眠ったばかりの赤子を気遣うような足取りで片足ずつ歩を進めた。そうして扉の近くまで到着すると、文字通り言葉を失ったサラの顔がはっきりと見えた。サラが扉の奥に一体何を見たのか、ケントには皆目見当がつかなかった。

少し震えているようにも見えるサラの視線に促されて、ケントは扉の隙間から奥の部屋の中を覗き込んだ。その瞬間、ケントは世界がぐらりと揺らいだような気がした。奥の部屋で繰り広げられていた光景は、ケントの想像を遥かに超えていた。

扉の奥は寝室ほどの大きさの小部屋で、その中央にはジョージが立っていた。そしてその傍らでは何と、タイガが両手足を縛られて床に転がされていた。さらに小部屋の奥の窓の外には、闇の中でぎょろりとした目を光らせるダークドラゴンの姿があった。

「そろそろ在処を教えてくれないか、タイガ」

「何度も言ったが断る。あの虚の卵は僕が処分する」

身動きが取れない状態のタイガは、渋い表情でジョージの問いかけに答えていた。

「どうして？　一体誰が困る？」

「君だよ、ジョージ。君自身が必ず後悔する」

熱の籠った口調で問い詰めるジョージに、タイガは凍てつく鋭さをもった返答で応戦していた。ジョージとタイガが真っ向から対立していることは、聞いているだけでケントにも分かった。

「私には覚悟ができている。タイガ、君も魔法使いの端くれなら分かるだろう？」

「ああ、痛いほど。でもだからこそ、禁忌を犯させるわけにはいかない」

「平行線……か」

肩を落としたジョージの顔に、ケントたちがここ数日で見てきたような微笑みはなかった。ジョージはただやつれ果てていて、その様子を見つめるタイガの声には徐々に温かみが籠っていった。

「ジョージ、今ならまだ間に合う。すべてなかったことにしてもいい。だからもう……」

「ふざけるな！　私は諦めない。何としてでも、復活の呪文の有用性を証明する！」

扉の奥から響くジョージの怒声に体を震わせながら、ケントとサラは顔を見合わせた。二人で答え合わせをせずとも、真実は明らかだった。復活の呪文を唱えて魔法界を揺るがそうとしていたのは、タイガではなくジョージの方だったのだ。

ケントたち三人が今日の昼にジョージから聞いた話は、きっとすべて事実とは真逆だった。タイガが虚の卵を持ち出したのは、自分が復活の呪文を唱えるためではなく、ジョージに復活の呪文を唱えさせないため。復活の呪文に必要な虚の卵を持ち出すことで、ジョージを止めようとしたのだ。

これに対してジョージは虚の卵を取り返そうと、ダークドラゴンを差し向けてタイガを攫った。そして今なおタイガを拘束し、虚の卵の在処を突き止めようとしている。おそらくこれが、たった今ケントたちの目の前で繰り広げられている事態への最も合理的な説明だった。

「君が話さないのなら……あの子に聞こう」

ジョージがそう言うと、タイガの眉がぴくりと動いた。

「娘は関係ない。虚の卵の在処を知っているのは僕だけだ」

「どうだか。昨日急に現れた時は肝を冷やしたが、今日は君と魔女レイリの繋がりとやらまで教えてくれたよ」

冷たく言い放ったジョージをタイガはきつく睨みつけた。ジョージとタイガの言葉の熱量は、いつの間にか先ほどから逆転していた。

「レイリくんもコエダも虚の卵とは何も関係ない！　そもそもコエダは何も知らないんだ！」

「だとしても、試してみる価値はある。君の口を割らせる材料にもなるだろうしね」

ジョージがわざとらしく窓の外を眺めると、ダークドラゴンの瞳が漆黒の鱗の上でぎょろりと動いた。ジョージのその行動は明らかに、コエダにダークドラゴンを差し向けるという脅しだった。だからこそタイガは唇をきつく噛みしめ、ジョージを睨みつけた。扉の前で耳をそばだてていたサラとケントも、ジョージへの怒りからそれぞれの拳を固く握っていた。

「バレないうちに、助けを……」

ケントが小声で言いかけた時、室内にけたたましい妖精の羽音が鳴り響いた。部屋の入口からケントのもとへと飛んできたコエダの妖精に罪はなかった。リーフの返却を終えたコエダから「研究室の近くで待ってるね」という伝言を託された妖精は、自らの職務を果たすために行動していただけだった。そう分かっていてもなお、ケントは自らの舌が鳴るのを止められなかった。

「誰だ!?」

妖精の羽音は小部屋の中にいるジョージの耳にも届いたようだった。

徐々に大きくなるジョージの靴音を聞きながら、扉の前に立つケントは剣を握りしめた。そうして初めて、ケントは自らの手がじっとりと湿っていることに気づいた。

「ちょ、ケントさん！」

サラの小声の制止など、ケントの耳には届かなかった。ケントは勢いよく扉を開けて、奥の小部屋へ飛び込むことしか考えていなかった。いつものように雄叫びを上げようと息を吸い込む口だけが開いて、他は筋肉も、目も、耳も、どこもかしこも固く閉ざされていた。ケントの視界は、真っ暗だった。

「痛っ……」

扉に手をかけていざ踏み込もうとしたその瞬間、踏み出した足の痛みがケントの動きを止めた。痛みの原因は、数時間前にプラチナヒルで鉱石を蹴り込んだ時に負った小さな怪我だった。その痛みを感じた一秒にも満たない刹那、ケントの脳裏にはプラチナヒルで出会ったミチルの満面の笑みが蘇っていた。おばけを倒すためにはどうしたらいいのか。ミチルの教えを思い出した時、ケントの視界はもう真っ暗ではなかった。目をぱっと見開いて吸った息をそのまま吐いたケントは、小声でサラに言った。

「俺が囮になる。その間に逃げろ」

一方的にそう告げたケントは瞳を左右に動かして室内の様子を探ると、倒れた魔法素材棚の影にサラを押し込んだ。サラが言葉を返す暇もなくケントはそのまま振り子のような動きで元の場所へと戻り、扉を勢いよく開け放った。

「全部聞かせてもらったぜ」

木扉と壁がやかましくぶつかり合う音を挟んで、ケントはジョージと向かい合った。

「君は、タイガくんの娘と一緒にいた……」

「タイガさんを解放しろ」

ケントが構えた剣の先端は、大きく見開かれたジョージの瞳へと近づいていった。

「言い逃れは……無理そうですね」

タイガとダークドラゴンに一瞥をくれてから、ジョージは再びケントに視線を合わせた。その時にはもうジョージの顔に驚きの色はなく、先ほどまでの冷静さが戻っていた。

「タイガさんを解放しろ！　ほら、早く！」

「早くって、それは彼に言ってくださいよ」

「はあ？」

ケントが眉間に皺を寄せると、ジョージはわざとらしく口角を上げてタイガを見つめた。

「彼が虚の卵の在処を教えてくれたら、それで終わりなんですから」

「この野郎……！」

ケントが剣を振りかぶるのと同時に、ジョージは胸元から小さな黒い杖を取り出した。

目を瞑らなくなったケントには、その黒い杖の正体がはっきりと見えた。その黒い杖は雷の魔法を利用した護身用の攻撃系魔法道具、サンダガンだった。

サンダガンの杖先から放たれた電撃は、ケントの振りかざした刃とぶつかって火花を散らした。なまくら刀を伝わる強い振動を感じながら、戦力差まで見えなくても良かったのにとケントは思った。

それから数秒間、風を切る刃の音と雷の爆ぜる音だけが小部屋の中に響き渡った。しかしケントの予想通り、その戦いはそう長くは続かなかった。やがて刃の音が消えるとともに、雷撃を受けたケントの体が鈍い音を立てて床に転がった。

奥の小部屋の中で床に崩れ落ちるケントの姿を、サラは遠くの棚の陰から眺めていた。今のうちに早く逃げるべきだと頭で分かっていても、サラの足はぴくりとも動かなかった。恐怖という名の鋭い鋏が、サラの頭と体を繋ぐ神経を切り裂いていた。

「君がいるということは、あの子たちも……」

ケントの拘束を終えたジョージは小部屋を出て、サラの隠れている部屋の方へと一歩を踏み出した。次第に大きくなるジョージの靴音を聞きながら、もうどうしようもない、逃げるなんて無理に決まっているとサラは思った。

そうして目を伏せかけたサラの視界に映ったのは、小部屋の床に転がされたケントの姿だった。ケントはサンダガンの雷撃で痺れているはずの両腕を必死に動かし、何とか拘束を解こうと試みていた。

白旗など最初から持ち合わせていないと言わんばかりのその姿を見て、サラは「ごめん、また決めつけてた」と心の中で呟いた。ケントと仲直りした時にあれほど反省したはずだったのに、懲りもせず「逃げるなんて無理」と決めつけていた自分を強く叱った。

そうやって自分自身を鼓舞したサラは、何か反撃の一手が見つかってくれと願いながら周囲を見回した。

それから数秒後、サラのもとには幸運と不運がいっぺんにやってきた。サラの瞳は、逆転へと繋がる一縷の望みが部屋の天井にあることを見つけた。しかしその瞬間、サンダガンを持つジョージの瞳もまた、物陰に隠れていたサラを見つけてしまったのだ。

3

アンナに無事リーフを返却し終えたコエダは、研究室の近くで待っている旨の伝言を託した妖精をケントのもとへと飛ばした。それから伝言通りに研究室の近くの廊下で待っていると、数分して妖精がコエダのもとに帰ってきた。

妖精から「ジョージさんが大切な話をしたいようだ。旧研究室区画の一番奥の部屋まで来てくれ」とケントが返答したと聞いて、コエダの心臓は早鐘を打った。大切な話とは一体何なのか。ケントの返答が普段より素っ気なく焦っているように感じられることを踏まえると、かなり重要な何かが判明したのではないかとコエダは思った。

1

すぐに研究室を離れたコエダは、先ほどケントたちと別れた十字路を経由して旧研究室区画へと向かった。自分でも気づかないうちに、コエダは小走りになっていた。

旧研究室区画まで到着すると、コエダは妖精に灯りを発してもらった。そうしなければ歩けないほど、室内は薄暗く寂れていた。

灰色の床をまっすぐに進んでいくと、やがてコエダは通路奥の扉まで辿り着いた。

「おーい……ケントさん……サラ……？」

薄闇と静寂に支配されたひとけのない空間に不安を覚えながらも、コエダは部屋の中へと踏み入った。妖精の灯りを頼りに足元を確かめながら一歩ずつ前へ進んでいくと、そこら中に転がった魔法素材棚や錬成道具、古びたリーフがコエダの目に入った。ひょっとするとこれらの古いリーフの中に何か重要な情報があったのかもしれないと思った頃、部屋の出入口から見て正反対、コエダの正面の扉の奥から声が響いた。

「コエダさんかな？」

コエダは自分の足音が扉の奥にまで響いていたのだろうと思った。扉の向こうから聞こえるジョージの声は、コエダにはなぜかいつもより甘ったるく聞こえた。

「もしそうなら、中へどうぞ」

ジョージの呼びかけに「分かりました」と答えようとした時、コエダの耳に狼の唸るような音が聞こえた。いくら今は使われていない場所だと言っても、屋内で狼を飼っているとは考えにくかった。だからこそコエダは耳を澄まし、ジョージの声と一緒に扉の奥から聞こえてくるその音が、誰かのくぐもった叫び声であると気づいた。そしてコエダが気づいたのとほぼ同時に、ジョージの大きな舌打ちが響いた。

「まったく……」

鈍い打撃音とともに、今度は扉の奥からはっきりとした男性の叫び声が聞こえた。そしてその後を追うようにして、先ほどとは音色の違う二つの叫び声がした。片方は女性の、もう片方は男性のものだったその声は、コエダが聞き間違えるはずのないサラとケントの声だった。

「静かに！」

ジョージが大声で叫んだのと同時に、扉の奥から聞こえていた叫び声が止まった。扉の向こうで一体何が起きていて、なぜサラとケントが叫んでいるのか、コエダにはさっぱり分からなかった。

そんな雲を掴むような状況下で、コエダはほとんど無意識のうちに妖精に灯りを消してもらい、倒れた魔法素材棚の物陰に身を隠した。その行動は、コエダの体内のどこかに眠る野性的な生存本能のなせる業だった。

「すみません。ちょっと、妖精が物音を……」

そう言いながら扉を開けたジョージは、奥の小部屋からコエダのいる部屋の方へと歩み出てきた。ジョージが後ろ手にすばやく扉を閉めるまでのわずかな間に、コエダは必死に目を凝らして奥の小部屋の様子を伺った。

　扉の隙間から一瞬中の様子を見ただけで、コエダは自らが危機的状況にあることを察知した。コエダのいる部屋とは対照的に、ランプの灯りに煌々と照らされた小部屋の床にはサラとケント、そしてタイガが口と両手足を縛られて転がされていた。さらに小部屋の窓の外には、タイガを攫ったあのダークドラゴンの姿もあった。

「コエダさん？」

　ジョージはあくまで優しげな口調で問いかけながら、懐から呼び出した妖精の灯りを頼りに室内を歩きはじめた。奥の小部屋の様子を見てしまったコエダには、もうその微笑みは偽りのものであるとしか思えなかった。

「お話があるのでこちらへ……は、無理か」

　やがてジョージは大きなため息をつくと、冷たい声色で言い放った。

「建設的な話をしませんか」

　ゆっくりと歩くジョージの靴音だけが、暗い室内に響いた。

「お父さんを説得してほしいだけです。コエダさんやお友達に危害を加えたいわけではありません」

　やがて部屋を縦断したジョージは、奥の小部屋へと続く扉の反対側、部屋の出入口のあたりで立ち止まった。この部屋の唯一の出入口の前に立たれてしまった以上、コエダはジョージに見咎められずに部屋を出ることができなくなった。暗闇の中でコエダを探すのではなく、出入口を塞いでコエダが投降するのを待つことを選んだジョージの戦略は、コエダにとって腹立たしいほどに効率的だった。

「ゆっくりお待ちしていますよ。長いですから、夜は」

ジョージは付近の床に転がっていた椅子を拾うと、部屋の出入口を塞ぐようにして仰々しく腰を下ろした。コエダはそんなジョージの姿を眺めながら、今の状況を理解しようと必死に頭を働かせた。

小部屋の中にケントとサラ、そしてタイガが捕らえられていることから推測するに、ジョージがこれまでコエダたちに嘘をついていたのは間違いなかった。あのダークドラゴンが窓の外にいたことも踏まえると、タイガを攫った犯人はジョージであり、それに何らかの理由で気づいたサラとケントもまた捕らえられたのではないかと、コエダは思った。コエダをここに呼び寄せたケントからの返答も、きっとジョージが妖精を脅して偽装したものだったのだ。

そうやってコエダが何とか事態の大枠を把握しかけた頃、室内を眺めていたジョージが小さく声を漏らした。

「馬鹿なことを……」

1

ジョージは自らの座っている部屋の出入口付近とは反対側、奥の小部屋へと続く扉がゆっくりと開いていく様子を嘲笑うようにして眺めていた。

「何だ？　一矢報いたつもりか？」

数十秒前にジョージが閉ざしたその扉を内側から無理に押し開けていたのは、拘束されたまま床を芋虫のように這って進むタイガだった。押し開けた扉の隙間から何とかコエダたちのいる部屋の方へ這い出ようとしているタイガの姿を見たジョージは、やがて鼻で笑いながら立ち上がった。

「そんな状態で逃げられるはずがない。むしろ探しやすくなったぞ、君の娘が」

椅子から立ち上がって首を左右に動かすジョージを見て、コエダは全身が縮み上がるのを感じた。コエダの隠れている物陰は、今のジョージの位置からはまだ死角のはずだった。しかしジョージの言葉もまた正しく、タイガが扉をこじ開けて奥の小部屋から明かりが漏れはじめたせいで室内の見通しがよくなり、コエダは確実に見つかりやすくなっていた。

一体どうして娘を危険に晒すような真似をするのかと、コエダはタイガを心の中で強く非難した。そして、今すぐにでも文句を叫びたい気持ちを抑えてタイガの方に顔を向けた時、コエダは自分の勘違いに気づいた。ジョージをじっと睨みつけるタイガの瞳には、まだ光が残っていた。無理にでも扉を押し開けたタイガの行動にはもしかしたら何か意味があるのかもしれないと、コエダは思った。

希望的観測をしていることを自覚しながらも、コエダは全力で頭を回転させた。そして数秒後、ある違和感に気づいた。芋虫のように床に這いつくばるタイガのさらに奥、小部屋の中で床に転がされているサラが、なぜか左手の人差し指だけをまっすぐ上に立てていたのだ。

サラの手の意味は「数字の一」「上を見ろ」「静かにしろ」など、星の数ほど考えられた。その無数の選択肢の中でコエダを導いてくれたものはただ一つ、「サラが利き手とは逆の、左手の指だけを立てていた」という事実だった。いくら拘束されているとはいえ、指を立てる程度なら左右どちらの手でも可能なはずだった。それなのにどうしてサラはあえて利き手ではない左手を選んだのか。そこには何か理由があるはずだと考えはじめたコエダは、やがてサラの左腕に巻かれたスカーフに気づいた。それは昨日「ＯＴＬ」の意味を読み解く際にも役立った、あのドワーフ語がびっしりと刻まれたスカーフだった。

そのスカーフを見た瞬間、コエダの脳内にある一つの考えが生まれた。すぐに天井を見上げたコエダは、サラが自分に託したメッセージの意味をようやく理解した。サラが利き手ではない左手を使ったのは、やはり偶然ではなかった。サラはスカーフの巻いてある左腕の指を上に立てることで「ドワーフ」と「天井」というメッセージを伝えようとしていたのだ。

そこまで気づいたコエダはふと、昨日「ＯＴＬ」の意味を読み解く際にドワーフ語が分からなかった時のことを思い出した。あの時サラと話しながら自分の頭の中のマニュアルに加えた「困った時は、頼ればいい」という一行を使うタイミングが来たのだと、コエダは思った。サラとケント、そしてタイガが必死に繋いでくれたバトンを落とすわけにはいかなかった。

「そろそろ出てきてくれませんかね、コエダさん」

ジョージが歩き出す音で、コエダは差し迫った現実に引き戻された。コエダの頭こそ必死に回転していたが、タイガが扉を押し開けてから時間にするとまだほんの数秒しか経っていなかった。

あたりを見回しながら歩くジョージを横目に、コエダは小さく深呼吸をしてやるべきことを整理した。まだ希望的観測がわずかな希望に変わっただけで、すべてが上手くいくかどうかはこれからのコエダの行動にかかっていた。

コエダはまず盗賊さながらの動きで中腰になると、ジョージの視線の隙間を縫って移動し、倒れた魔法素材棚の中を覗いた。移動しては中を覗き込むことを何度か繰り返しているうちに、コエダは目的の魔法素材と魔法道具を発見した。

「うるさい！」

奥の小部屋から言葉にならない叫び声を放ち続けていたタイガたち三人に、ジョージは声を荒らげた。タイガたちが声を上げはじめたのは、ちょうどコエダが行動を開始した頃からだった。タイガたちが実際どこまで意図していたのかは分からなかったが、きっとジョージの気を逸らして自分を動きやすくするためなのだろうとコエダは思っていた。そうやって助けられているからこそ、コエダは期待に応えなくてはならなかった。

ジョージが叫び声に気を取られているうちに、コエダは物陰でポシェットの中身を床にぶちまけた。そして棚から取り出した小瓶の蓋を開くと、心の中で深く謝罪をしてから、床に広がった大量のリーフの上に瓶の中の液体を注いだ。やや黄味がかった色と若干の生臭さが特徴的なその液体は、数日前に魔法学の試験で選び出したのと同じ魔法素材、ユイルドランだった。

ユイルドランの独特な香りは、コエダの脳内で眠っていた数日前の試験での苦い記憶を掘り起こした。もし試験の時のように失敗したら今回は取り返しのつかないことになってしまうと思うと、コエダの体は一瞬にして固まった。それでもコエダはその恐怖を、先ほど手に入れたばかりのエイブラハムの言葉で掻き消した。「私だって役に立てるんだ」と心の中で何度も唱えながら、コエダはユイルドランを大量のリーフの上に注いだ。コエダの手に握られた瓶は、試験の時よりも確実に深い角度で、しっかりと傾いていた。

　注ぎ終えたコエダは瓶を置くと、先ほどユイルドランと一緒に棚から取り出した扇状の魔法道具、火炎扇を手に取った。火炎扇を使いはじめれば、熱風の放たれる音を聞いたジョージがコエダの居場所に気づくことは間違いなかった。あとは覚悟を決めて賭けに出ることだけが、今のコエダに唯一残された選択肢だった。

　コエダはゆっくりと息を吐いて覚悟を決めると、火炎扇を持った手を縦に振り動かした。試験の日と同じように、コエダは自らの体が徐々に熱を帯びていくのを感じた。火炎扇から放たれる熱風によって、周りの空気も温められているのだ。

「何だ？　……そこか」

　熱風の吹く音に気づいたジョージの靴音が近づいてきても、コエダは手を休めずに火炎扇を動かした。そうすることで、ユイルドランにまみれたリーフの山に熱風を送り続けた。

「ん？　何を？」

　床に散らばったリーフの小山を挟んで、ついにコエダはジョージに視認された。それでもなお、コエダは止まらなかった。自らの手に若干の湿り気を感じながら、火炎扇を動かし続けた。燃えろ、燃えろ、燃えろ、今度こそ。私だって主人公なんだと、コエダは心の中で叫んだ。

「この匂いは……」

　ジョージがコエダの意図に気づいた瞬間、二人を隔てるリーフの山に腰の高さほどの火柱がたちのぼった。燃えゆくリーフを見ながら、コエダは全身の緊張がほどけてゆくのを感じた。ユイルドランと火炎扇を使った炎の魔法。数日前の試験のリベンジマッチに、コエダは勝利したのだ。

「炎の魔法……小賢しい」

　リーフの山から立ち込める白煙の奥で、ジョージは顔を醜く歪めた。しかしそれはほんの一瞬のことで、ジョージはすぐに普段通りの表情に戻ると、飛び回る羽虫を馬鹿にするような口調で言った。

「煙で目眩しでもしたつもりですか？　そんなもの何の役にも……」

「立ちますよ。頼るために」

　コエダはまっすぐにジョージを見つめて反論した。コエダの視界には、いつものアスファルトに似た灰色の床は映っていなかった。瞳に焼きついたアンナの短い毛先が、コエダに前を向かせていた。

「は？　この程度では視界は……まさか」

　コエダの計画に気づいたジョージが顔を上に傾けた瞬間、天井を這う火喰い虫たちが甲高い声で叫び出した。その鳴き声はコエダにとって、勝利のファンファーレに等しかった。困った時は、頼ればいい。一人で立ち向かえないならば、屈強な仲間を呼べばいいのだ。

「大人しくしてください。門番のインソンさんがすぐに到着します」

火炎攻撃の危険性を知らせる火喰い虫の鳴き声を聞けば、門番であるインソンがこの場所に駆けつけてくれることは間違いなかった。万が一ジョージが強硬手段に出たとしても、インソンが到着するまでの短時間でコエダたち四人全員を殺害することはできない。誰か一人でも生き残れば、その人物の証言によってジョージ自身が聖騎士の追跡対象となる以上、無駄な罪を重ねる可能性は低かった。

「逃げられませんよ……ジョージさん」

小部屋の窓の外に浮かぶダークドラゴンに目をやっていたジョージに、コエダはぴしゃりと言い放った。いくらダークドラゴンと言えども、頑丈な大木たる紅樹の中に踏み入って暴れることは不可能だった。あるとすればジョージが窓から飛び降りてダークドラゴンとともに逃亡するという可能性だったが、タイガを含めてこれだけの人間がジョージの行いを目にしている以上、たとえ逃げたとしても元通りの権威ある魔法使いとしての生活を送れるはずはなかった。

「くっ……」

唇を噛んだジョージはやがてゆっくり両手を挙げ、「最悪だ」とだけ呟いた。その時にはもう部屋の出入口の外、旧研究室区画の通路のあたりからインソンの騒々しい足音が聞こえはじめていた。

4

旧研究室区画に駆けつけたインソンは、助けを求めるコエダの叫びを聞いてすぐにジョージを縄で拘束した。ジョージの持つサンダガンはあくまで護身用の攻撃系魔法道具であり、門番としてインソンが装備している本格的な攻撃系魔法道具には到底太刀打ちできなかった。

それからインソンは消火用の魔法道具、水煙を手にすばやく室内の炎を消した。さらに緊急制圧用の魔法道具を使い、窓の外のダークドラゴンを眠らせて全員の安全を確保した。その後ケントとサラ、そしてタイガの拘束を解き終えると、インソンは「とりあえず、こんなとこで話してても仕方ねえ。門番小屋まで来れるか」と一同に尋ねた。

コエダたちは各々感謝の言葉を述べながら、インソンの提案に同意した。そして準備が整うと、拘束縄を持ってジョージの逃亡に目を光らせるインソンを先頭に、全員で旧研究室区画を後にした。

門番小屋までの道中、コエダはタイガと目を合わせることができなかった。旧研究室区画での怒涛の展開を何とか乗り越えたばかりのコエダの心には、タイガと再会したという事実を受け止めきれるほどの余裕がなかったのだ。そんな様子を知ってか知らずか、サラとケントはコエダが来る前に旧研究室区画で起きたことを語って、道中の静寂を埋めてくれた。

そのうち門番小屋に到着すると、インソンは昨日と同じようにコエダたち四人を中央のテーブルに座らせ、自分は小屋の奥の方へと入っていった。インソンはまず拘束したジョージに猿ぐつわを噛ませると、小屋の奥の柱に縛りつけるように固定した。それから また昨日と同じように人数分のココアを用意して、コエダたちの座るテーブルの方へと戻ってきた。

「まったく、火喰い虫で俺を呼び出すなんてな。娘の人使いが荒いのはお前譲りなのか、タイガ」

昨日よりも少し窮屈な真夜中の門番小屋に、インソンのこれ見よがしなため息が響いた。自らの向かいに座るタイガが言葉に詰まって両目を左右に泳がせている様子を見て、自分も今こんな表情をしているのだろうかとコエダは思った。

「あ……その、すみません。これしか思いつかなくて、私……」

「冗談だよ。責める気なんかない。むしろよくやったよ、お嬢ちゃん」

小さく肩を上下させて笑うインソンに、コエダは今宵何度目かの感謝を告げた。インソンが来てくれなかったら命すら危なかったことを思えば、コエダの頭などいくら下げても足りなかった。

「ってかおい、タイガ。娘に謝らせんなよ」

「あ……すまない。君たちも……巻き込んで悪かった。僕のせいで」

コエダの隣に座るサラとケントに顔を向けて、タイガは小さく頭を下げた。

「いや、まあ怖かったけど。無事だったから、ね」

「俺の方こそ、助けられなくてすみません。聖騎士なのに」

ぎこちなく答えるケントとサラを見ながら、インソンはタイガの横に腰掛けた。

「もうやめとけ。謝り合ってても話が進まねえ」

「たしかに……すまない」

性懲りもなく謝罪の言葉を口にしたタイガに、インソンが「ったく」と呟いた瞬間、コエダは目の前に座っているこの人こそが自分の父親なのだということを改めて強く意識した。たった今お父さんに会えているんだと思いはじめると、緊急事態という表面張力が留めていた何かが溢れてしまいそうで、コエダはそれ以上考えるのをやめた。

「ともかく、ぼや程度とはいえ俺も上に報告せねばならん。拘束してるあの人をどうするかって話もある」

インソンはそう言うと、柱に縛りつけられたジョージにちらりと目をやった。

「さすがにちゃんと説明してもらうぞ、最初から」

「ああ……もちろん。きっと君たちは聞いていたんだよね。僕があの小部屋でジョージと話しているのを」

タイガに見つめられたサラとケントはそれぞれ首を縦に動かした。

「復活の呪文の有用性を証明する、ってあいつが叫んでたあたりは。ね、ケントさん」

「ああ。ジョージが今まで俺たちに語ってたことが全部嘘だったってのは、何となく」

「ジョージは……君たちに何と？」

「復活の呪文で人間を蘇らせるために、タイガさんが虚の卵を盗んだ、って」

サラがそう言うと、タイガは柱に縛りつけられたジョージの方を振り向いた。

「なるほど……虚実織り込んだ巧妙な嘘だ。さすが、彼は賢いな」

やがてテーブルの正面へと向き直ったタイガの瞳は、どこか昔を懐かしんでいるようでもあった。

「ジョージと僕は元々、冒険の旅の仲間だった。きっと、それは知っているよね？」

コエダたち三人が首を縦に振ると、タイガも小さく頷いた。

「紅樹を離れた僕と違って、彼は生命の魔法を究めた。とても立派になって……僕なんかが関わることは、もうないと思っていた。あの噂を聞くまではね」

タイガはその瞳に憂いの色を滲ませながら話を続けた。

「ジョージが禁忌を犯そうとしている。復活の呪文で人間を蘇らせることが可能だと証明しようとしている。噂の出所は分からなかったし、ともすればただのやっかみかもしれなかった。それでも僕は、彼に会わなくてはと思った。万が一にも彼が復活の呪文を唱えようとしているのなら……止めなければならなかった。絶対に」

タイガの「絶対に」という言葉は静かに、でも確実に強い意志の熱を帯びていた。復活の呪文で人間を蘇らせることが禁忌であるとはいえ、その温度が少し高すぎる気がしてコエダは戸惑った。

「んで、その噂の真偽を確かめに戻ってきたと。それが先月か？」

「はい……すみませんでした、インソンさん。いつも理由をはぐらかして。あくまで噂だったから、できることなら僕だけで真偽を確かめようと……」

「別に構わねえさ。ただまあ、娘に遺伝しなくてよかったな、そういうとこ。お嬢ちゃんはちゃんと、みんなが危ねえって俺に頼ってくれたもんな」

にやつくインソンに見つめられ、コエダは喉元まで出かかっていた否定の言葉を飲み込んだ。

「そう……かもしれません、たしかに。結局僕は、彼を上手く説得できなかったですし」

たとえジョージが禁忌を犯そうとしていたとしても、虚の卵を盗み出すという強硬手段に打って出る必要が本当にあったのだろうか、もっと平和的な解決方法はなかったのだろうかと思っていたコエダの心中を見透かしたかのように、タイガは続けた。

「何度足を運んでも、ジョージは最後まで噂を否定し続けた。禁忌を犯そうとしているだなんて嫉妬から来た流言だ、そんな馬鹿な噂を信じるんじゃない、とね。それで諦めて、僕は自分の目で確かめようと思った。それが一昨日の夜。彼の研究室に……忍び込んだ時だった」

タイガの行動力の源が一体どこにあるのか、コエダにはどうしても分からなかった。ジョージが何度も否定したにも関わらず、そこまでして噂の真偽を確かめようとするタイガの行動原理には、何かしら異常なものを感じざるを得なかった。

「研究室内で虚の卵を見つけた時には彼が戻ってきて、それで……」

「思わず持ち去った、ってことですか」

ケントの問いかけに、タイガは力なく頷いた。

「あの時はそれしか思いつかなかったんだ。結局、翌日ダークドラゴンが小屋まで追いかけてきて、捕まって……君たちにも迷惑をかけた。本当にすまなかった」

タイガはコエダたち三人の顔を順番に見てから、腰を折るようにして頭を下げた。

「どうして……？」

深く下げられたままのタイガの頭上に、コエダは問いかけた。

「どうして、おと……」

コエダは「お父さん」と言おうとして、なぜか言葉に詰まった。その理由はきっと、コエダの心の中ではまだタイガの行動に疑問が残ったままだからだった。コエダは目の前に座るタイガを見ながら、こんなに近くまで来たのにお父さんはまだ遠くにいるのだなと思った。

「……タイガさんは、どうしてそんなに復活の呪文にこだわる……んですか？」

「それは……」

しばらくの間、門番小屋にはコエダたち五人が息を吸って吐く音だけが響いた。

「……二人だけになれないかな」

静寂を切り裂いたタイガの言葉に、コエダは目を丸くした。

「まずは、コエダにだけ話したいんだ」

コエダの口から、「え……？」という言葉にならない音が漏れた。タイガの口から自らの名前がついて出たことによって、コエダの心は自然と少しだけ温かくなっていた。しかしそれ以上に、一体タイガは何を話そうとしているのかという驚きと不安がコエダの頭の中で渦巻いていた。

「おいおい、何だよそれ。俺たちには言えないってか？」

不満げなインソンの言葉を聞きながら、コエダは横に座るサラとケントにちらりと目をやった。口にこそしないが、二人もインソンと同じように感じているのだろうとコエダは思った。

「申し訳ない。だが、全員に話していいのかを決める権利はコエダが持つべきなんだ」

そう話すタイガの瞳はコエダをじっと見据えていた。タイガが一体どんな話をしようとしているのか、コエダには皆目見当もつかなかった。それでもコエダは、タイガと話したいと思った。

数日前、コエダの心の中でずっと空っぽのままだった「父親」という名の倉庫に、ぽんと置かれた荷物は妙に頑丈で、中身もよく分からない不思議な代物だった。でもそれを何とか開けてみようと、コエダはこの数日間必死にもがき続けてきた。だからもしそれがパンドラの匣(はこ)であったとしても、今のコエダに開けないという選択肢はなかった。

「分かった……教えて」

コエダがタイガをまっすぐに見つめ返すと、インソンは小さく肩をすくめた。

「仕方ねえな。しばらく外に出とくよ。ほら、お前らも」

インソンに促されたケントとサラがそれぞれに逡巡の表情を見せたのとほぼ同時に、タイガが口を開いた。

「いや……僕たちが出るよ。少し歩こう、コエダ」

「あ、うん……」

立ち上がりかけたコエダとタイガに待ったをかけたのは、ケントだった。

「あの！　その前にちょっと！　聞きたいことが」

「何かな？」

中腰の姿勢のままで応じたタイガに、ケントはたどたどしく続けた。

「いやあの、俺の母さんのことで。その、教えてくれませんか。十八年前の教会襲撃事件のこと」

「ああ……やっぱり君は、レイリくんの……」

苦虫を噛みつぶしたような表情で、タイガは小さく首を振った。タイガは「ケント」という名前とその顔に残る幼き日の面影から薄々勘づいていたのだろうと、コエダは思った。

「息子です。あの日のことはタイガさんが教えてくれると、母さんからの手紙に」

ケントが唾を飲む音は、静寂に包まれた小屋の中によく響いた。

「……何が聞きたい？」

「それは、その。母さんが何をしたのか、知りたくて。どうしていなくなったのかも」

ケントがそう言うと、タイガの眉間に刻まれた皺が深くなった。

「本当に知りたいのかい？」

「どういうことですか」

「知らなくていいと言わなかったか？　君のお母さんは」

タイガを見つめるケントの瞳が、にわかに丸くなった。今日の夕方にケントから聞いたレイリの手紙の内容の中に「あの日何があったのか、ケントは知らなくていい」という一文があったことをコエダは思い出した。

「手紙には、たしかに」

「それなら……」

「それでも！　教えてください。目を開かないと、おばけは倒せないから」

不思議な言い回しだなとコエダは思った。そしてそれはきっと、タイガたちも同じだった。それでもケントの大きく開かれた瞳を見れば、その固い意志は過不足なく理解できた。

「……分かった、教えよう。十八年前のあの日、レッドウィング教会にファイアドラゴンを呼び寄せたのはレイリくんではない」

「じゃあ！　何で母さんはいな……」

前傾姿勢になるケントを、タイガは小さく手を上げて制した。

「レイリくんはある人を庇って、自分に疑惑がかかるように仕組んだんだ。彼女が疑われるようになった原因、覚えているかい？」

「聖騎士への匿名の情報提供、ですよね」

「あれは僕がしたんだ。彼女に頼まれてね。前後して、彼女は海の向こうのアイロックへと身を隠した。あえて捕まるという選択肢もあっただろうが……ボロを出したくない、と言っていた」

「いや、どうしてそこまで？　一体誰のために、そんな」

ケントはしばらく狼狽していたが、やがてぴたりと口を閉じた。レイリがそこまでして守りたかった人が一体誰なのか、ケント自身はもちろん、コエダたち周囲の人々にも何となく察しがつきはじめていた。しかし同時に、その考えは間違っていてほしいと全員が心の底から願ってもいた。

「……君だよ。あの日ファイアドラゴンを呼び寄せたのは君なんだよ、ケントくん」

タイガはケントたち全員の祈りを粉々に打ち砕いていることを自覚しながら、それでも苦しげな表情で話を続けた。

「事故だったんだ。あの日、教会の片隅でレイリくんを待っていた君は、道端に転がる鉱石や魔法道具で遊んでいるうちに偶然ファイアドラゴンを呼び寄せてしまった。かなり幼かっただろうから、記憶はないと思うがね」

真っ青な表情を浮かべているケントの耳にタイガの言葉がきちんと届いているのか、コエダには分からなかった。そもそも届いていた方がいいのか、届いていない方がいいのかも分からなかった。

「僕は事件の後、個人的に調べを進めてね。ファイアドラゴンは聖騎士の言うような野生のモンスターではなく、何者かに呼び出されたものだと気づいたんだ。そして、その召喚地点がレイリくんしか立ち入れないはずの場所だということも突き止めた。彼女を問い詰めたら、すべて話してくれたよ。それから色々とあって……君を庇いたいと言うレイリくんに、僕も協力したんだ」

この時のコエダに「色々あって」と誤魔化したタイガの歯切れの悪さに気づく余裕はなかった。今にも消えてなくなってしまいそうなケントをじっと見守るので精一杯だった。

「聞きたくなかった……かな。申し訳ない」

普段のケントなら、タイガの問いかけに「はい」なり「いいえ」なり何かしら答えたはずだった。しかしこの時のケントはずっと押し黙っていて、そのことが最も端的にケントの胸の内を明かしていた。

「……そんな……こと……」

しばらくしてケントの口をついて出た一言は、その少し上から溢れたいくつもの水滴とともに机上にこぼれ落ちた。ケントは少しだけ下を向いたが、絶対に目を瞑ることはなかった。ただひたすらに涙を流して、拭って、前を向いた。そんなケントの両肩を、コエダとサラは左右から優しく撫でた。

「ありがとう……ございます。教えてくれて」

「ああ……戻ったら、また話そう」

ケントが小さく頷くと、タイガはゆっくりと立ち上がった。

「行けるかい？　コエダ」

俯いたままのケントの姿に後ろ髪を引かれながらも、「こっちは任せな」と小さく呟くサラに背中を押され、コエダは重い腰を上げた。たくさんの傷を負いながらも、ケントは真実と立ち向かった。次は間違いなく、コエダの番だった。


門番小屋の外に出ると、タイガは「紅樹の中を歩こうか」とコエダに提案した。コエダが頷くと、そのまま真夜中の紅樹での散歩が始まった。

それは、父娘にとって初めての散歩だった。タイガはしばらく黙って歩き続けた後に、ようやく口を開いた。それから数分の間に、コエダの人生は根底から覆された。

コエダは、コエダじゃなかった。

さあ、そろそろ長い前置きは終わりです。
あなたの話を、始めるとしましょう。
主人公が登場し、本当の物語の幕が開きます。
いや、少し違いますね。開けるのです、あなたが。

最終章

真実

The Only
1

最終章
真実

The Only

1

最終章　真実

最終章
真実

最終章
真実

The Only
1

最終章　真実

最終章 真実

最終章
真実

最終章
真実

最終章 真実

最終章
真実

最終章
真実

The Only 1

最終章
真実

作者失踪により、本作は未完となります。

このような状態で出版に至った経緯を、
こちらのページにてご説明しております。
https://scrapshuppan.com/theonly/1/apology/

リアル脱出ゲームノベル

The Only 1

2024年4月8日　第1刷発行
2024年10月31日　第2刷発行

著者
稲村祐汰

発行人
加藤隆生

編集人
大塚正美

イラストレーション
中辻作太朗

ブックデザイン
鈴木成一デザイン室

DTP｜川口紘(鈴木成一デザイン室)
写真撮影｜川村容一
校閲｜佐藤ひかり
Webサイト制作｜大田洋晃(Marble.co)
チーフプロデューサー｜飯田仁一郎
宣伝｜伊藤紘子
営業｜佐古田智仁、海津渓介
協力｜安藤瑞季、石川義昭、岩田雅也、笠倉洋一郎、神作聡美、酒井三九郎、
高橋玉枝、永田史泰、朴剛民、箱﨑裕貴、株式会社メガハウス
P159｜TM&©Othello,co. and MegaHouse
担当編集｜大塚正美

発行所
SCRAP出版
〒151-0051 東京都渋谷区千駄ヶ谷5-20-4 株式会社SCRAP
TEL: 03-5341-4570 FAX: 03-5341-4916
e-mail: shuppan@scrapmagazine.com URL: https://scrapshuppan.com/

印刷・製本所
株式会社シナノパブリッシングプレス、竹田印刷株式会社

『The Only 1』特設サイト
https://scrapshuppan.com/theonly/1/

乱丁／落丁がございました場合は、SCRAP出版お問い合わせフォームまでご連絡ください。
https://scrapshuppan.com/contact/

Printed in Japan ISBN978-4-909474-78-0

第6章

こんなときどうする?

Section 59 パクポス、裏垢、アカウント凍結って何？

Xを利用してしばらく経つと、ときおりトラブルの原因になりうる事態を目にすることもあります。ここでは、その中でも登場頻度の高い、トラブルに関連する用語について解説していきます。

パクポスとは

パクポスとは「パクったポスト」の略です。タイムラインではしばしば、とても面白かったり有用だったりするポストが数千や数万単位でリポストされています。しかし中には、そのポストをコピーしてあたかも自分のオリジナルであるかのように再投稿することで、事情を知らないほかのアカウントからリポストやフォローをしてもらおうとする人もいます。そのようなポストを「パクポス」と呼びます。オリジナルのポストを盗用してはならないのはもちろん、できればリポストの際にそれがオリジナルのポストかどうか確かめるとよいでしょう。

●パクポスは必ず発覚する

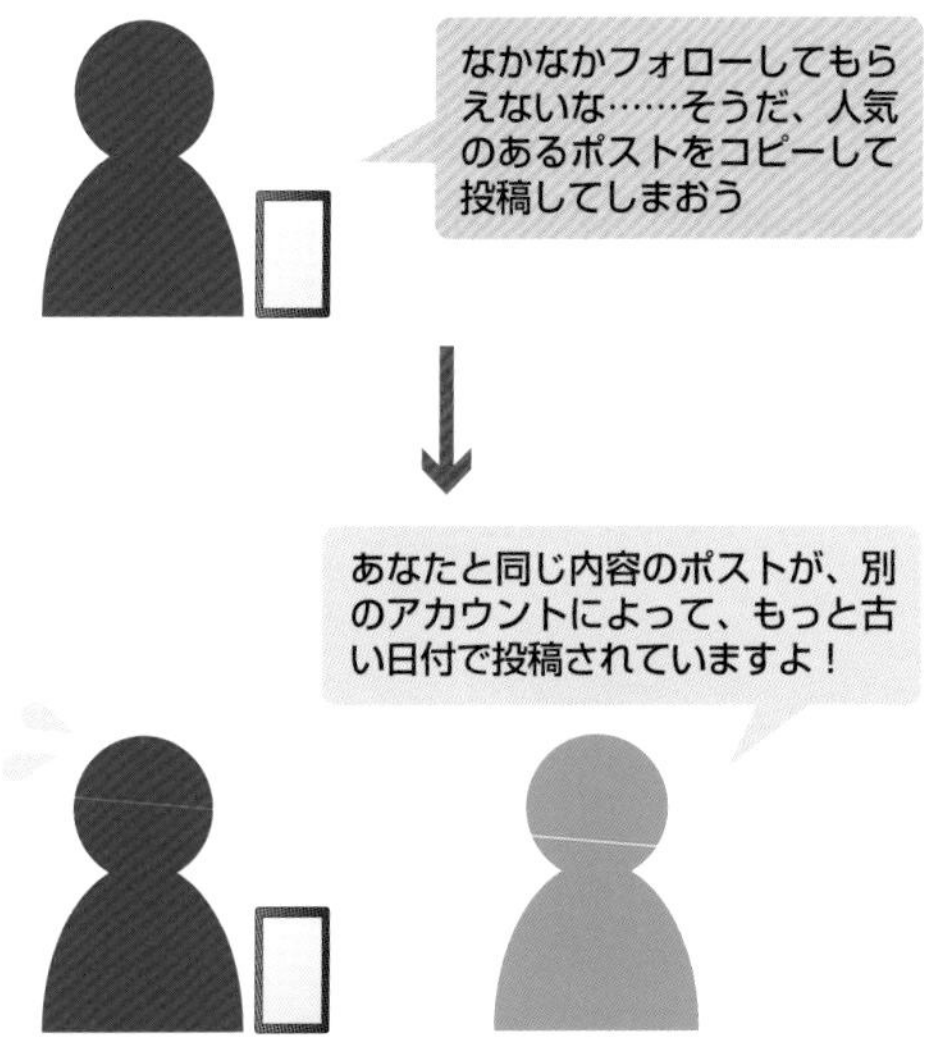

なかなかフォローしてもらえないな……そうだ、人気のあるポストをコピーして投稿してしまおう
あなたと同じ内容のポストが、別のアカウントによって、もっと古い日付で投稿されていますよ！

手っ取り早くフォロワーを増やすために、パクポスをくり返すアカウントも多く存在します。しかし、ポストの日付によってどれがオリジナルのポストかは誰からもすぐにわかってしまうため、このような行為はやめましょう。

裏垢とは

自身の本来のアカウントとは別に、匿名アカウントを作成する人もいます。そのようなアカウントを「裏アカウント」といい、それが略されて「裏垢（うらあか）」と呼ばれるようになりました。裏垢では、表立っては言えない他人に対する誹謗中傷などのポストが多く投稿される傾向にあります。それだけで推奨できないのはもちろんですが、裏垢をめぐるトラブルとしてよくあるのが、裏垢に切り替えるのを忘れて本来のアカウントでそのような誹謗中傷をポストしてしまうケースです。

●裏垢のポストが知られるとトラブルにつながる

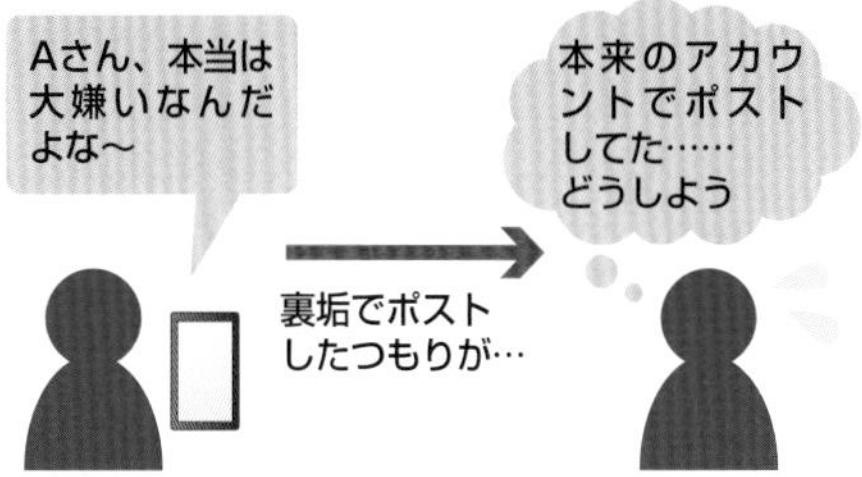

Aさん、本当は大嫌いなんだよな～
本来のアカウントでポストしてた……どうしよう
裏垢でポストしたつもりが…

裏垢で陰口などをポストしたつもりが、本来のアカウントでポストしてしまった、というトラブルもあとを絶ちません。最悪の場合は、自分が所属する企業のアカウントで裏垢のポストをしてしまい、大きな問題に発展するケースもあります。

アカウント凍結とは

不特定多数に同一内容のポストやダイレクトメッセージを送信したり、攻撃的なポストをくり返したりすると、ほかのアカウントからX社に通報されて、アカウントが凍結されることがあります。これは迷惑行為に対する一種の警告であり、一時的な措置であることもありますが、解除の申し立てをしないと凍結されたままのこともあります。

●通報の数が多いとアカウント凍結される

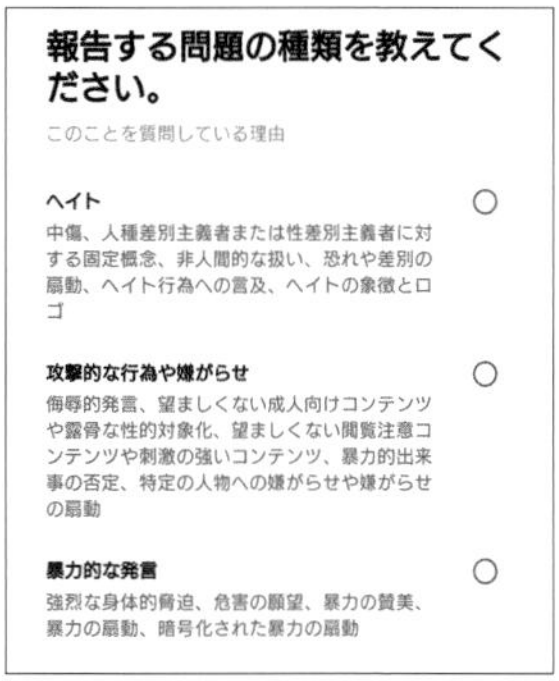
報告する問題の種類を教えてください。
このことを質問している理由

ヘイト
中傷、人種差別主義者または性差別主義者に対する固定概念、非人間的な扱い、恐れや差別の扇動、ヘイト行為への言及、ヘイトの象徴とロゴ

攻撃的な行為や嫌がらせ
侮辱的発言、望ましくない成人向けコンテンツや露骨な性的対象化、望ましくない閲覧注意コンテンツや刺激の強いコンテンツ、暴力的出来事の否定、特定の人物への嫌がらせや嫌がらせの扇動

暴力的な発言
強烈な身体的脅迫、危害の願望、暴力の賛美、暴力の扇動、暗号化された暴力の扇動

悪質な行為をしているアカウントのプロフィールで、⋮→［報告］の順にタップすると、X社へ通報することができます。画面の指示にしたがって、そのアカウントが悪質である理由をタップして選択します。

Section 60

文字を大きくして読みやすくしたい

「X」アプリの文字が読みにくいと感じたら、文字の大きさを調整してみましょう。なお、Androidでは「X」アプリだけの文字の大きさの変更ができません。ここでは、iPhoneでの文字の大きさの変更方法を紹介します。

フォントサイズを変更する

1 画面左上のプロフィールアイコンをタップし、［設定とサポート］→［設定とプライバシー］の順にタップします。

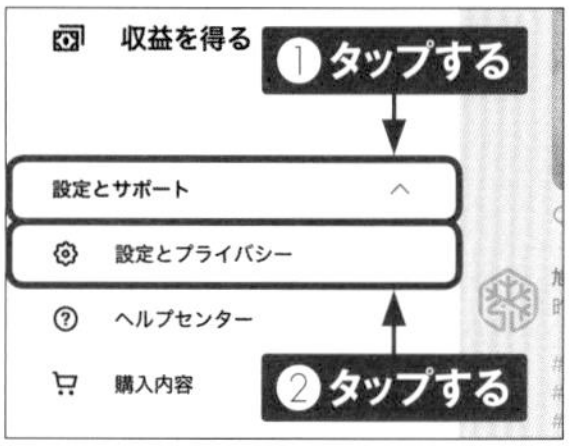

2 ［アクセシビリティ、表示、言語］をタップします。

3 ［画面表示とサウンド］をタップします。

4 を左右にドラッグすると、文字の大きさを変更できます。

Memo Androidで文字の大きさを調整する

Androidでは、「設定」アプリからスマートフォンの文字の大きさを調整できます。「X」アプリだけでなく、すべてのアプリにも適用されます。「設定」アプリを起動して、［画面設定］→［表示サイズとテキスト］の順にタップし、「フォントサイズ」で任意の大きさをタップして選択します。

Section 61

画面を暗くして夜でも読みやすくしたい

アプリの背景を黒色や暗い青色に変更できる「ダークモード」という機能があります。電力の消費が少ないため電力の節約になる、夜間の利用の際に目の負担を軽減できるといったメリットがあります。

ダークモードを設定する

1 画面左上のプロフィールアイコンをタップし、［設定とサポート］→［設定とプライバシー］の順にタップします。

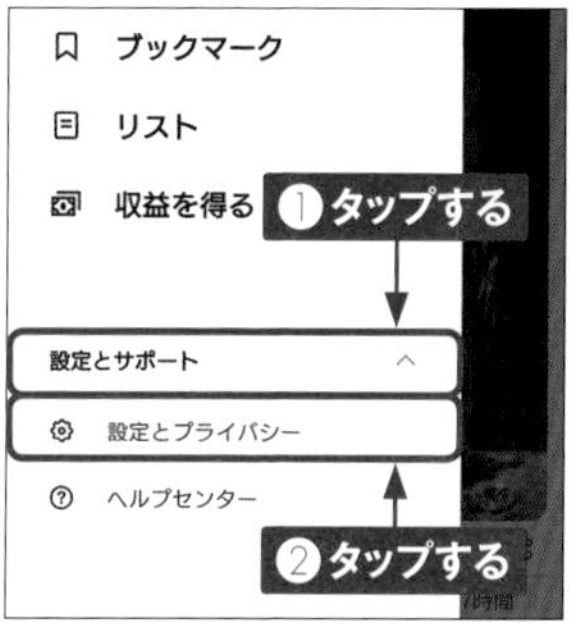

2 ［アクセシビリティ、表示、言語］→［表示］の順にタップします。

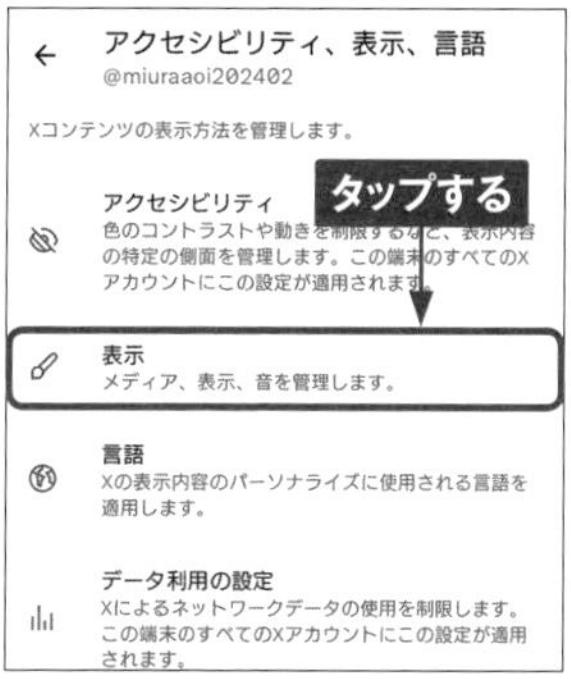

3 ［ダークモード］をタップします。

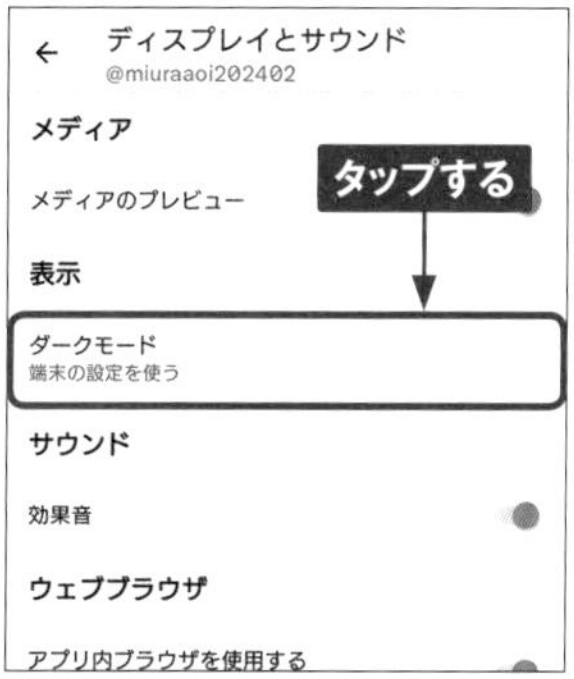

4 ［オン］をタップすると、ダークモードになります。［ダークブルー］や［ブラック］をタップすると、色味の変更ができます。

Section 62 迷惑なアカウントをブロック／ミュートしたい

攻撃的なアカウントやスパムと思われるフォロワー、あるいは直接フォロー関係になくとも迷惑であると感じるようなアカウントは、ブロックすることで関係を絶つことができます。なお、ブロックはあとから解除することも可能です。

☑ 特定のアカウントをブロックする

① ブロックしたいアカウントのプロフィール画面を表示し、⋮（iPhoneの場合は⋯）をタップします。

② ［ブロック］（iPhoneの場合は［@（アカウント名）さんをブロック］）をタップします。

③ ［ブロック］をタップすると、ブロックが完了します。

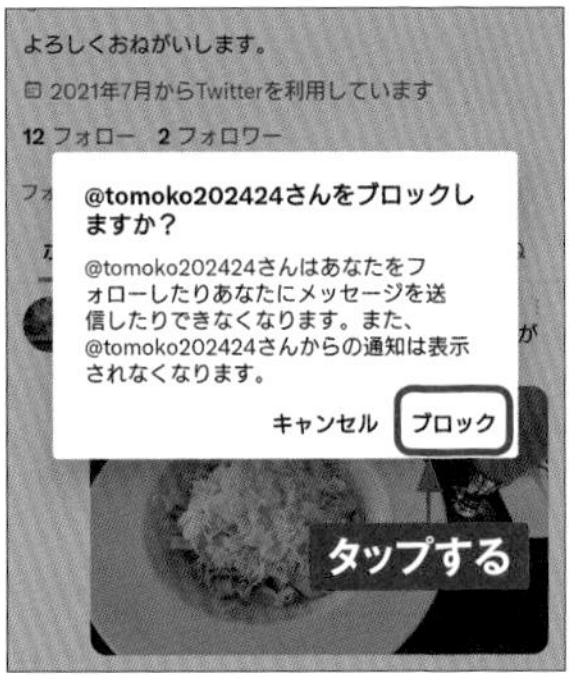

④ ブロックされたアカウントが相手のアカウントを確認しようとすると、ブロックされている旨が表示され、ポストなどを見ることができません。

ブロックを解除する

1 ブロックしたアカウントのプロフィール画面を表示し、[ブロック済み] をタップします。

2 [ブロックを解除] (iPhoneの場合は [@ (アカウント名) さんのブロックを解除する]) をタップします。

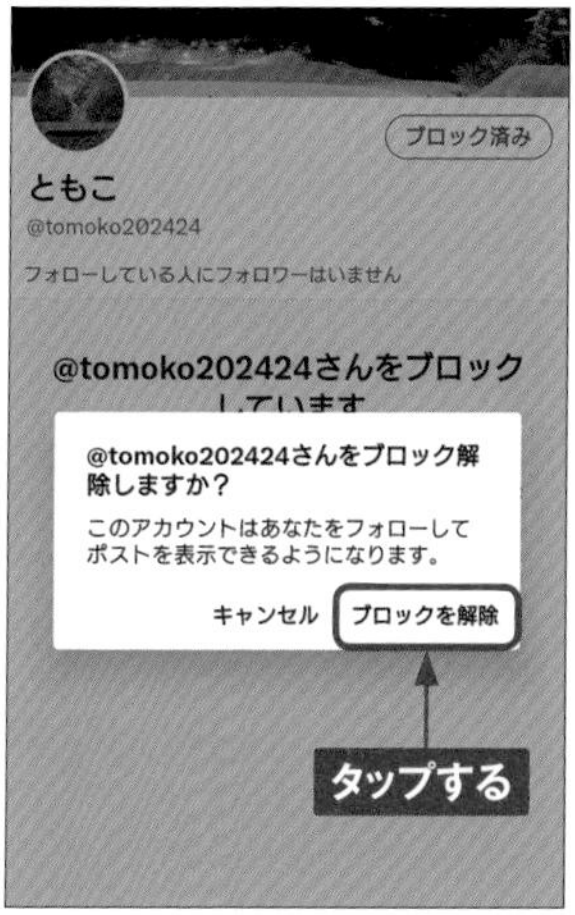

3 ブロックが解除されるので、必要であれば [フォローする] をタップして、再度フォローしましょう。

Memo 相手に知らせずに非表示にする (ミュート)

特定アカウントのポストをタイムラインに表示しないようにするには、「ミュート」機能を使う方法もあります。P.144手順②の画面で [ミュート] (iPhoneの場合は [@ (アカウント名) さんをミュート]) をタップすると、そのアカウントのポストが自分のタイムラインに表示されなくなります。フォローは解除されないため、ブロックとは異なり、相手からは判断できません。

Section 63

知らない人に自分のポストを見られたくない

Xでつぶやいたポストは誰でも自由に見ることができるため、個人的な情報が第三者に知られてしまうリスクがあります。自分のフォロワーにだけポストを公開したい場合は、アカウントを非公開に設定しましょう。

アカウントを非公開に設定する

1 画面左上のアカウントアイコンをタップします。

2 ［設定とサポート］→［設定とプライバシー］の順にタップします。

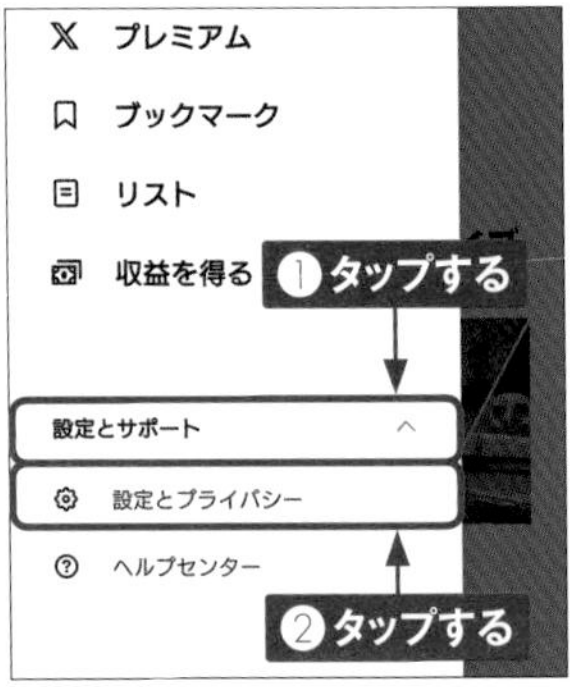

3 「設定」画面が表示されます。［プライバシーと安全］をタップします。

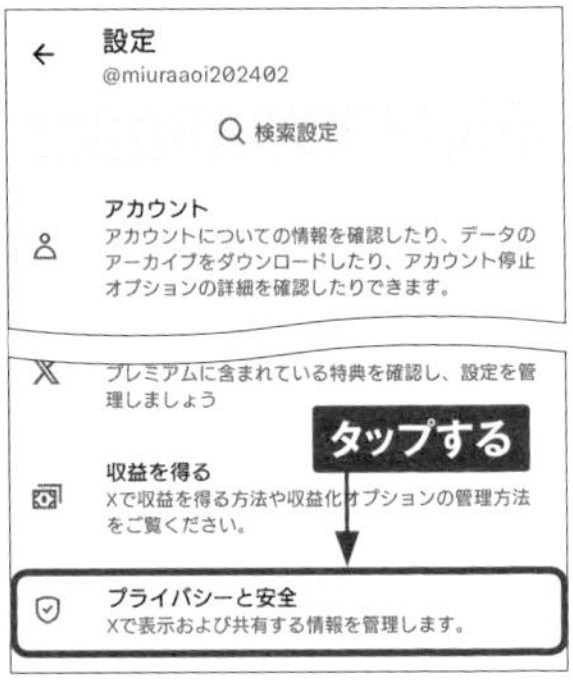

4 ［オーディエンスとタグ付け］をタップします。

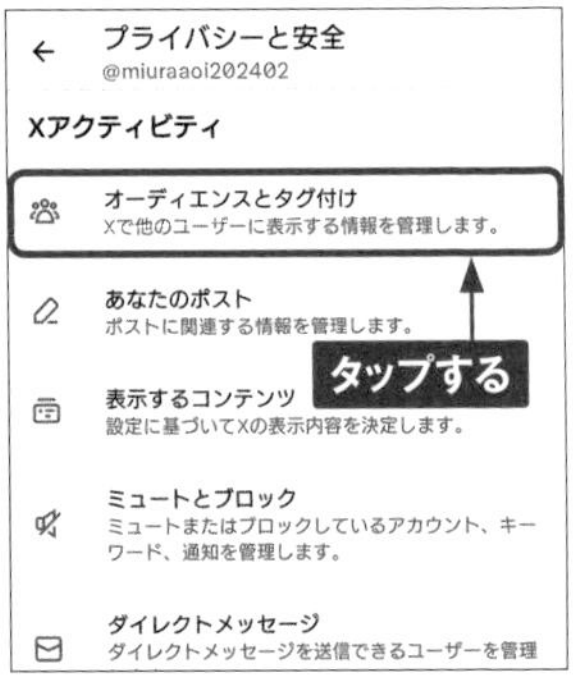

5 ［ポストを非公開にする］をタップすると、アカウントの非公開設定がオンになります。

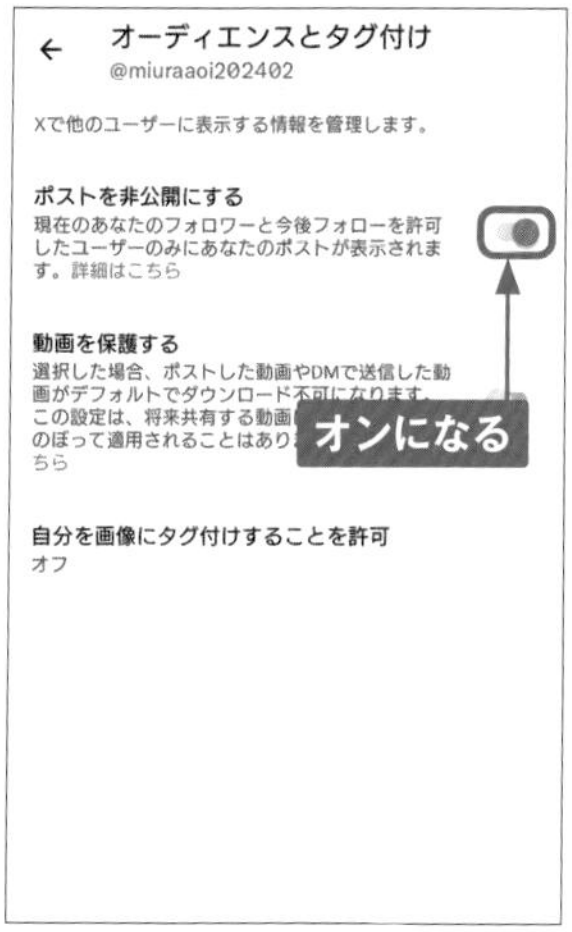

6 非公開になると、自分のアカウント名の右側に🔒が表示されます。

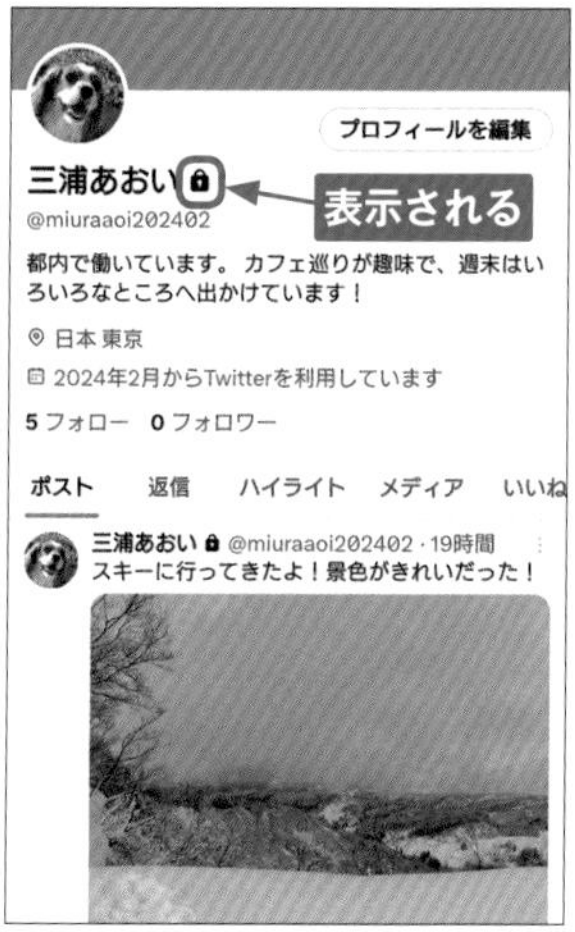

Memo フォロワー以外がプロフィールを見た場合

フォロワー以外がプロフィールを見ると「ポストは非公開です。」と表示され、ポストを見られなくなります。

Memo アカウントを非公開にすると？

アカウントを非公開に設定するとフォローに承認が必要になります。誰かが自分をフォローしようとすると、P.146手順②の画面に［フォローリクエスト］が表示されるのでタップします。アカウント名の右側にある✓をタップすると、フォローが承認されます。なお、非公開のアカウントのポストをリポストすることはできません。

Section 64

2要素認証を設定したい

Xプレミアムの加入者は2要素認証を利用できます。ログインする際に、パスワードだけでなく電話番号やコードの入力が必要になるため、アカウントのセキュリティを強化して、第三者の不正ログインを防ぐことができます。

2要素認証を有効にする

① P.146手順①～②を参考に、「設定」画面を表示し、［セキュリティとアカウントアクセス］をタップします。

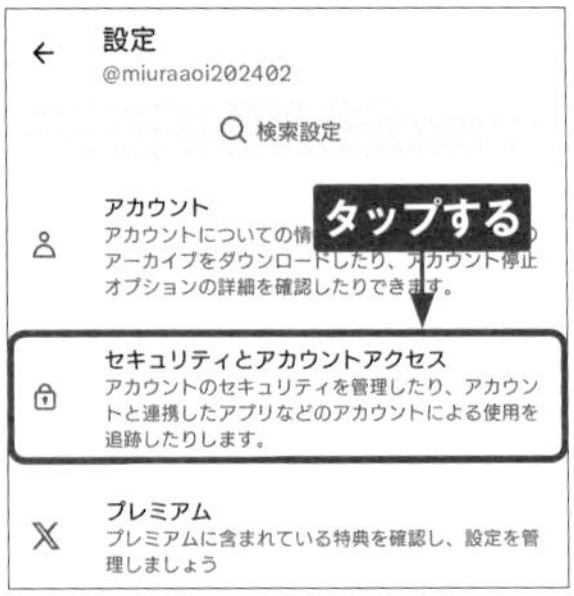

② ［セキュリティ］をタップします。

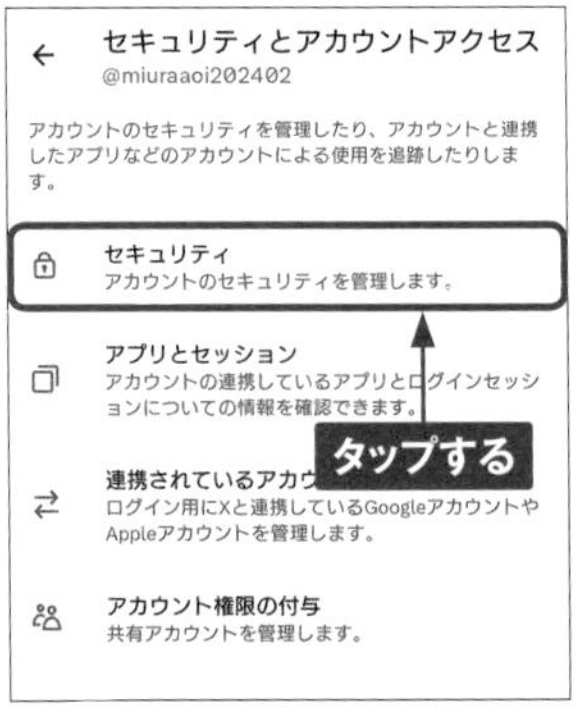

③ ［2要素認証］をタップします。

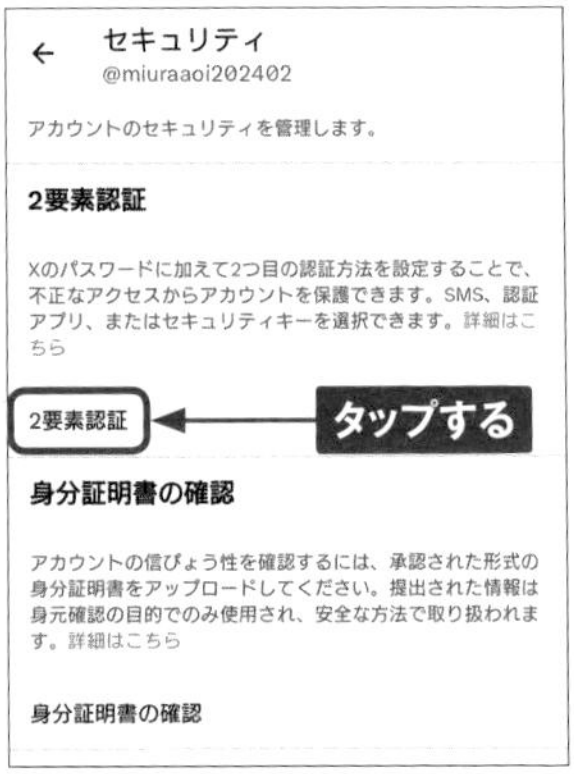

Memo メールアドレスや電話番号を登録しておこう

2要素認証を設定するには、メールアドレスや電話番号の登録が必須です。メールアドレスや電話番号を登録していない場合は、手順①の画面で［アカウント］→［アカウント情報］→［メールアドレス］または［電話番号］の順にタップして登録しましょう。

4 ［テキストメッセージ］をタップします。

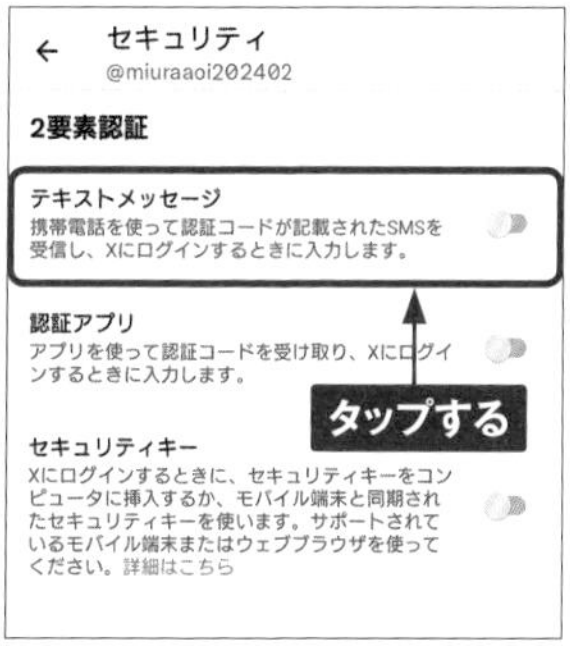

5 パスワードを入力して、［確認］をタップし、次の画面で［はじめる］をタップします。

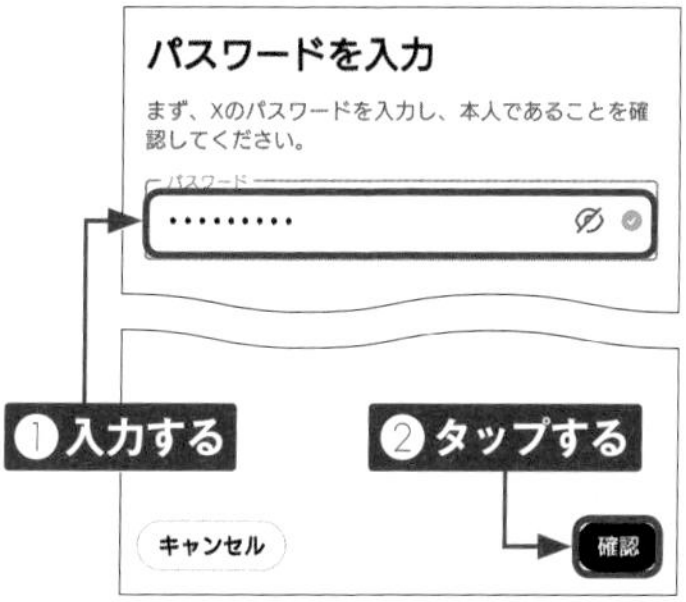

6 ［コードを送信］をタップします。

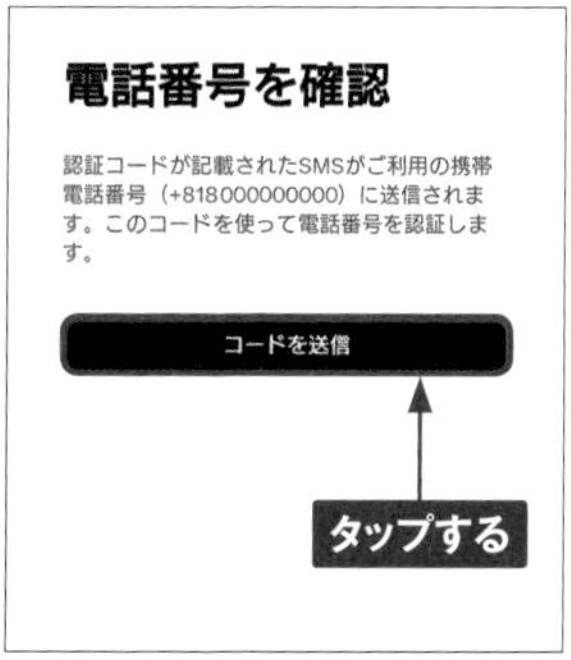

7 SMSに届いた認証コードを入力し、［確認］をタップします。

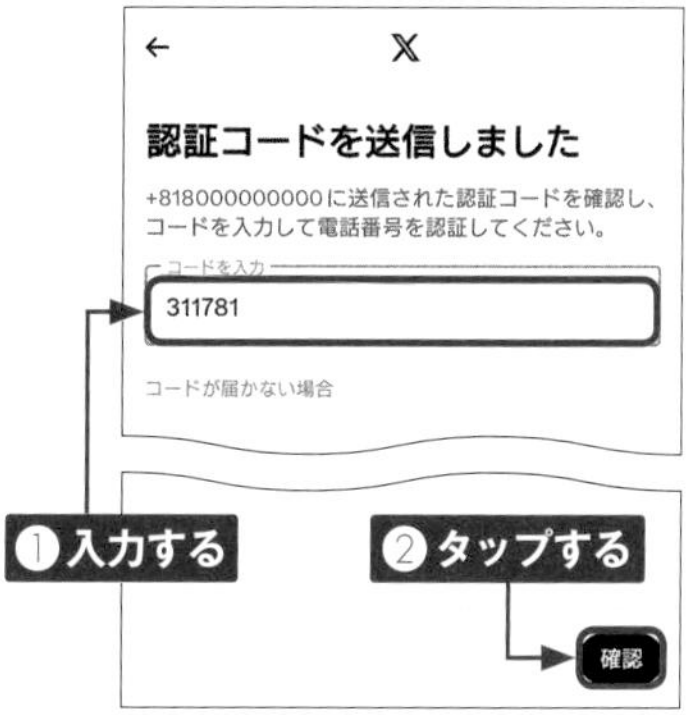

8 ［完了］をタップします。［バックアップコードを取得］をタップすると、バックアップコードが確認できます。

Memo バックアップコードとは？

バックアップコードを使うと、スマートフォン紛失時や、携帯電話番号を変更した場合でもXにログインできます。

Section 65

通知の設定を変更したい

リプライやダイレクトメッセージなどを受け取ると、通知でお知らせが届きます。通知の種類は、個別に変更することができます。不要な通知はオフにしておくとよいでしょう。

通知設定を変更する

1 P.146手順①〜②を参考に、「設定」画面を表示し、[通知] をタップします。

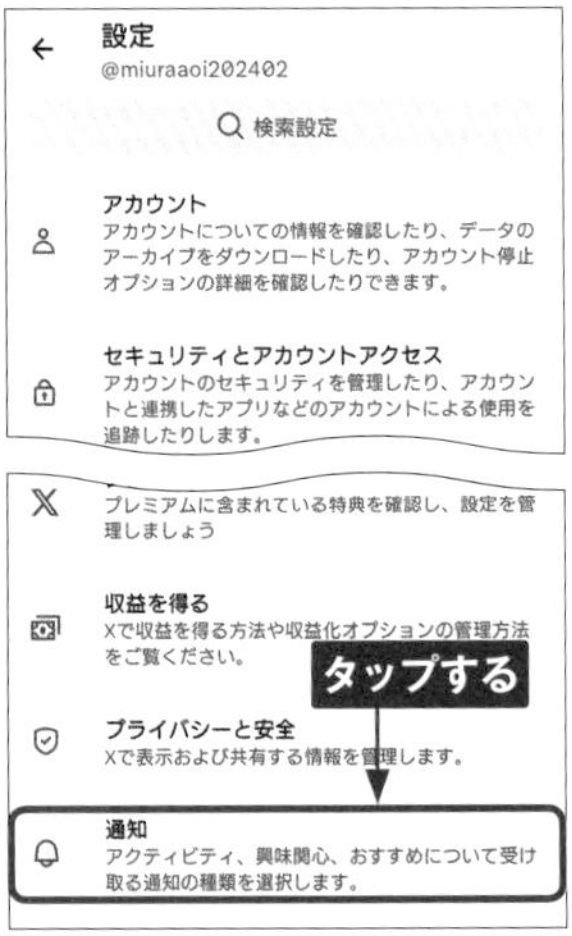

2 [設定] → [プッシュ通知] の順にタップします。

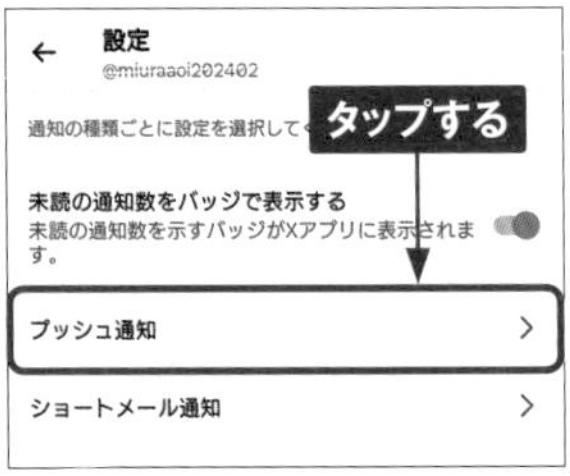

3 通知をオフにしたい項目の☑（iPhoneの場合は ）をタップして、オフにします。

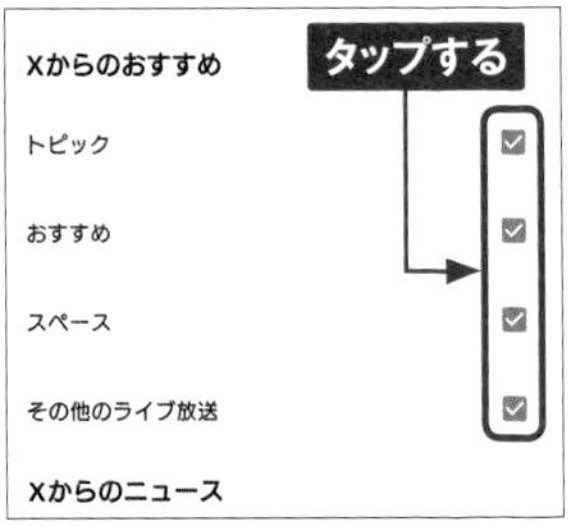

Memo **メール通知をオフにする**

スマートフォンへのプッシュ通知以外にも、メールでの通知も用意されています。不要な場合は、手順②の画面で［メール通知］をタップし、必要に応じて各通知項目をオフにしましょう。

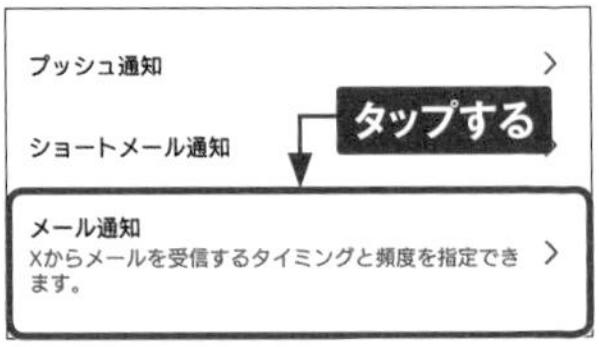

Section 66

「通知」画面に表示される情報を変更したい

Xでは、フォローしているアカウントがほかのアカウントのポストに「いいね」した、というような重要度の低い情報であっても通知されるため、フォロー数が増えてくるとわずらわしく感じることもあります。不要だと感じた通知はオフにしましょう。

フォロワーからの情報のみを通知する

1 「通知」画面は、画面下部にあるメニューバーの をタップすると表示される画面のことです。

2 P.146手順①～②を参考に、「設定」画面を表示し、[通知] をタップします。

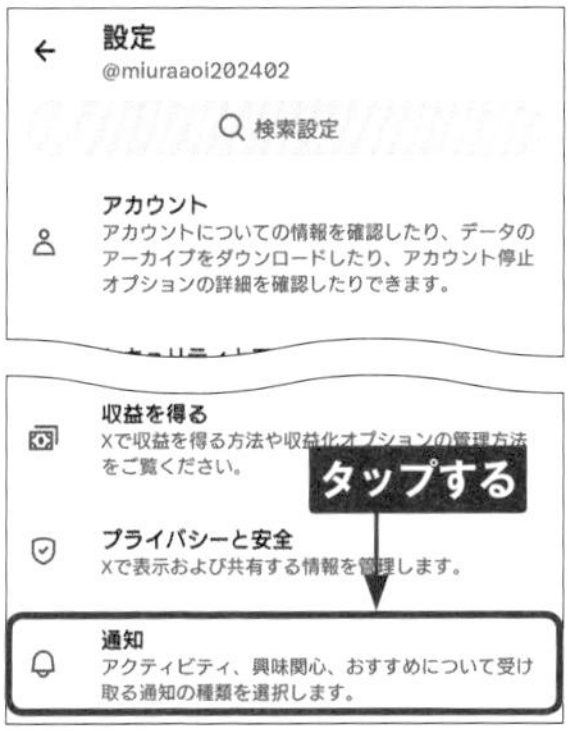

3 [フィルター] → [ミュートしている通知] の順にタップします。

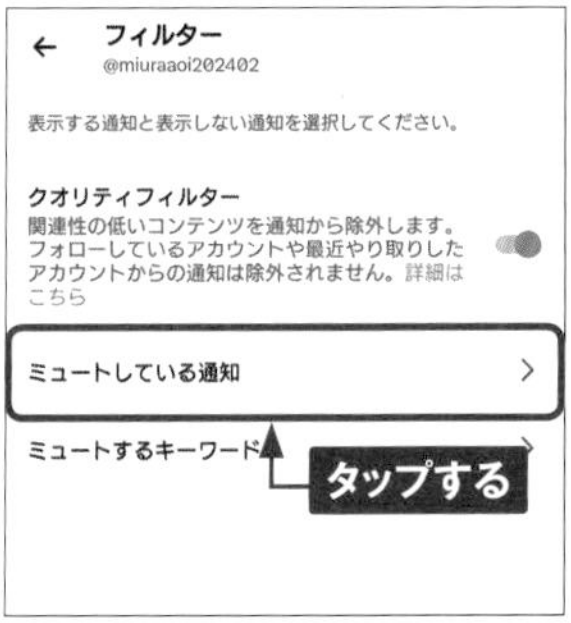

4 表示したくない通知の□（iPhoneの場合は ）をタップしてオンにすると、指定した条件のアカウントからの通知は表示されなくなります。

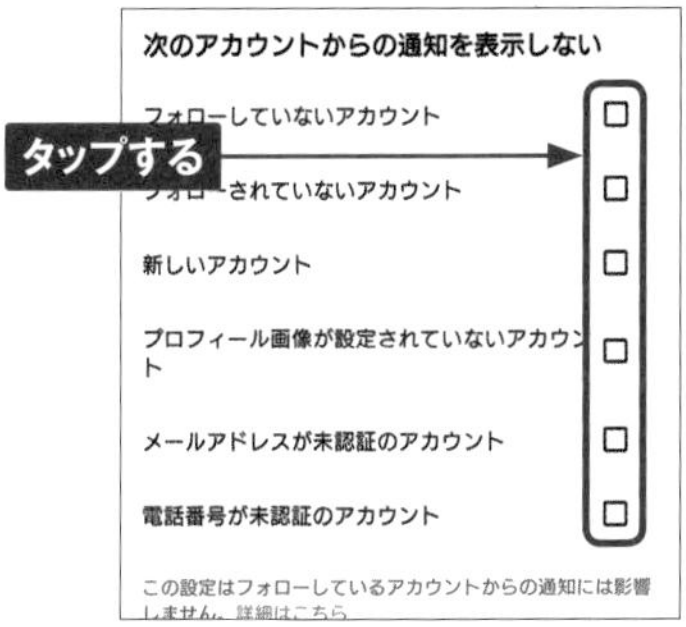

Section 67

DMを誰からでも受け取れるようにしたい

ダイレクトメッセージ（DM）は、互いにフォローしているアカウントどうしでメッセージをやりとりする機能です。フォローしていないアカウントからのメッセージも受け取れるように設定することができます。

すべてのアカウントからダイレクトメッセージを受信する

① P.146手順①～②を参考に、「設定」画面を表示し、［プライバシーと安全］をタップします。

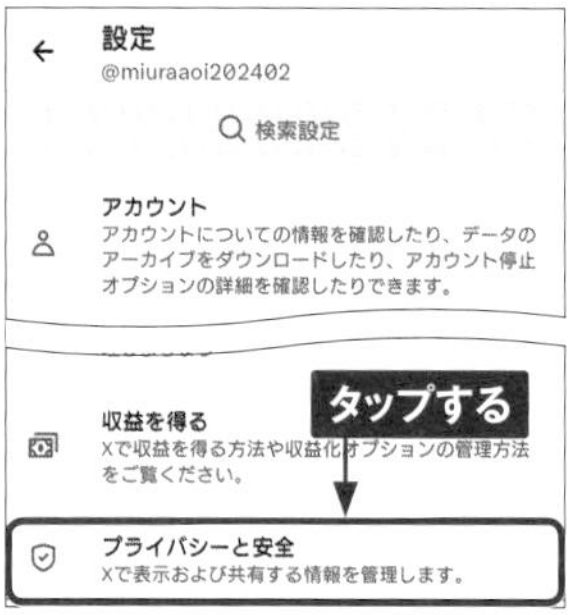

② ［ダイレクトメッセージ］をタップします。

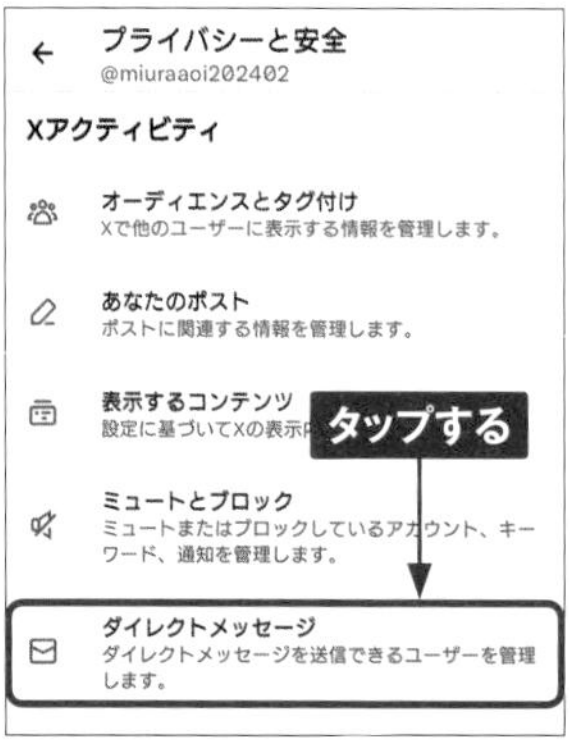

③ 「メッセージリクエストを許可するアカウント」の［全員］をタップします。

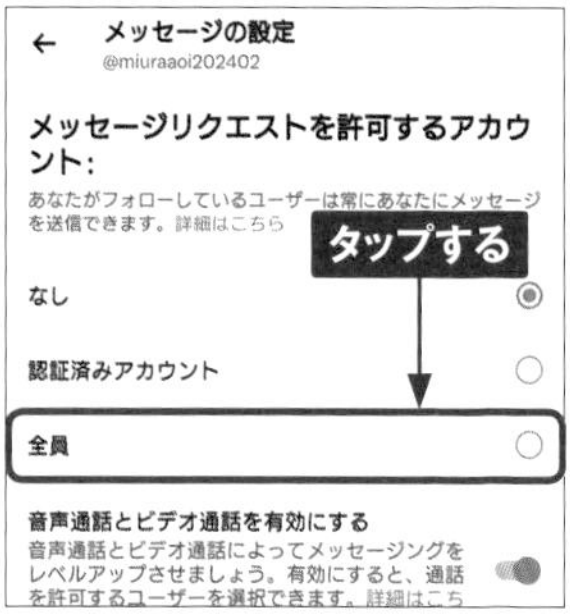

④ すべてのアカウントからのメッセージを受信できるようになります。

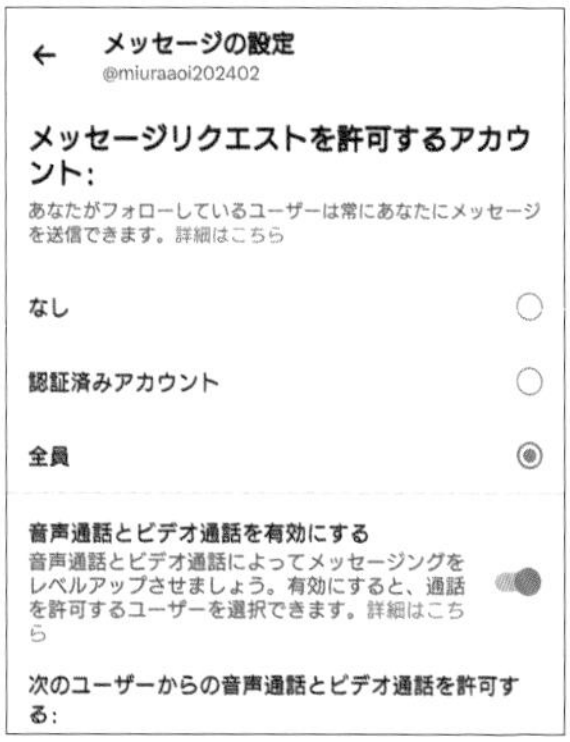

Section 68

Xの通信容量を節約したい

タイムラインで動画を添付したポストを表示して再生すると、そのたびに通信量が発生します。通信料金を節約したい場合は、「データ利用の設定」で動画の自動再生などをオフにしましょう。

データ利用の設定を変更する

●データセーバー機能をオンにする

1 P.146手順①〜②を参考に、「設定」画面を表示し、［アクセシビリティ、表示、言語］→［データ利用の設定］の順にタップします。

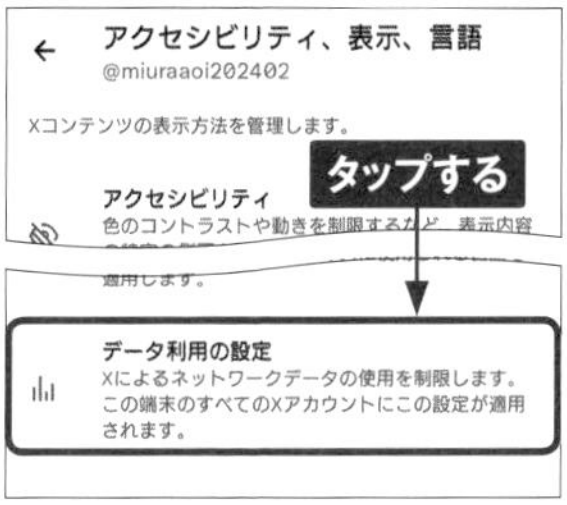

2 ［データセーバー］をタップすると、データセーバー機能がオンになります。

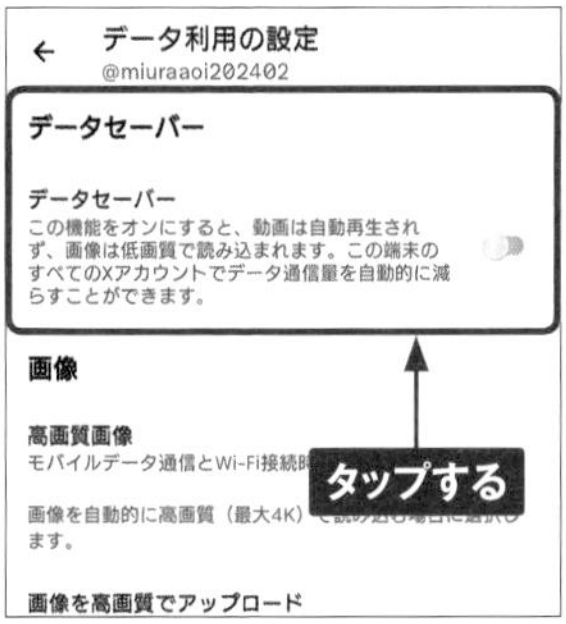

●動画の自動再生だけをオフにする

1 「データ利用の設定」画面を表示し、［動画の自動再生］をタップします。

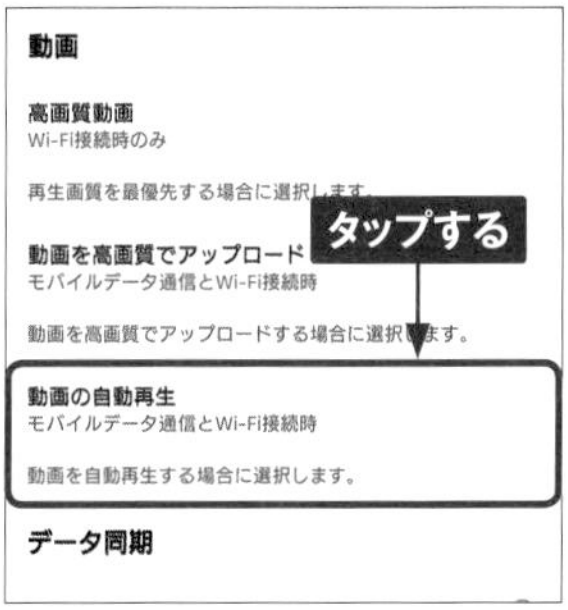

2 ［Wi-Fi接続時のみ］または［オフ］をタップすると、動画の自動再生設定が変更されます。

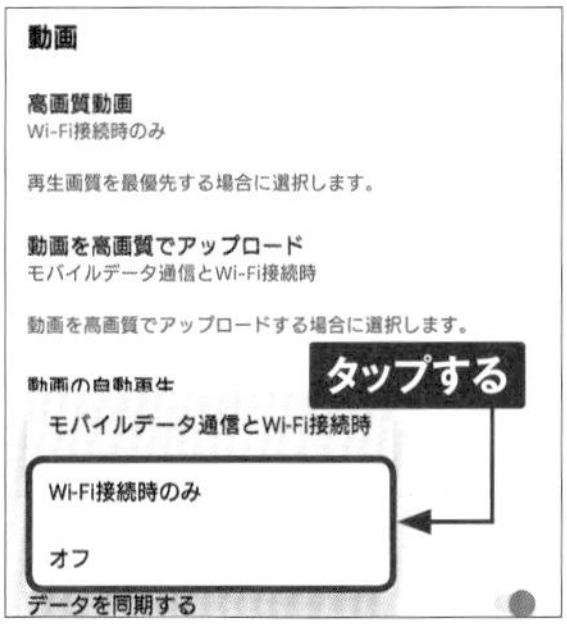

Section 69

メールアドレスを変更したい

アカウント作成時に登録したメールアドレスには、各種通知やX社からのお知らせがメールで届きます。新しいメールアドレスで通知をチェックしたい場合は、X側の設定を変更しましょう。

メールアドレスを変更する

1 P.146手順①〜②を参考に、「設定」画面を表示し、[アカウント]→[アカウント情報]の順にタップします。

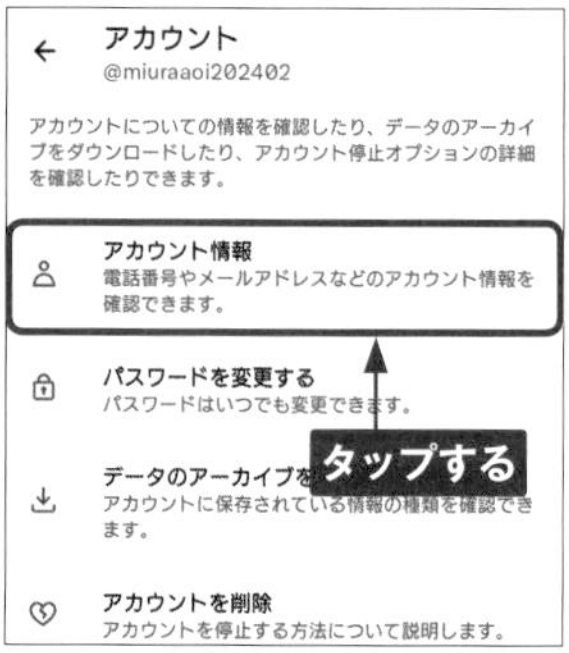

2 [メール](iPhoneの場合は[メールアドレス])をタップします。

3 パスワードを入力して[次へ]をタップします。

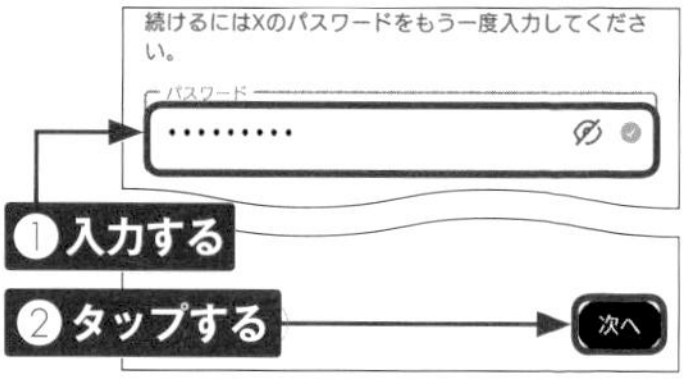

4 変更したいメールアドレスを入力し、[次へ](iPhoneの場合は[完了])をタップします。

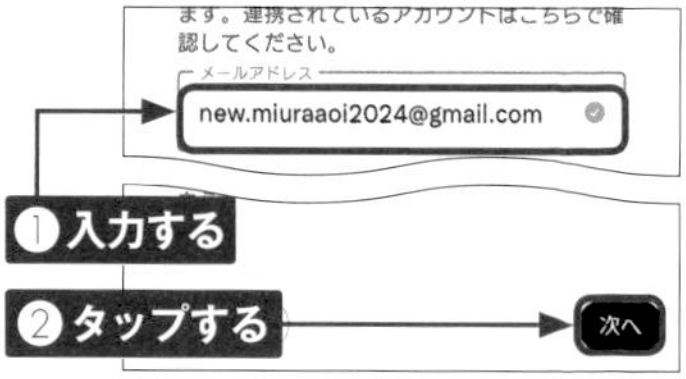

5 入力したメールアドレスに届いた認証コードを入力して、[認証]をタップします。

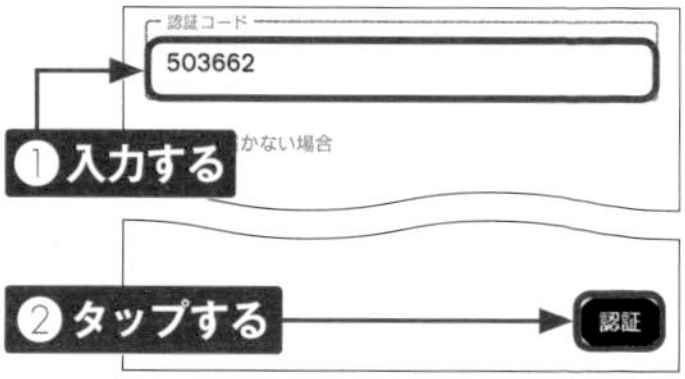

Section 70

パスワードを変更したい

アカウント作成時に設定したパスワードは、変更することできます。初期設定時に、安易なパスワードでアカウントを作成してしまったときなどは、より複雑なものに変更すると、セキュリティ上安心です。

パスワードを変更する

① P.146手順①～②を参考に、「設定」画面を表示し、[アカウント] をタップします。

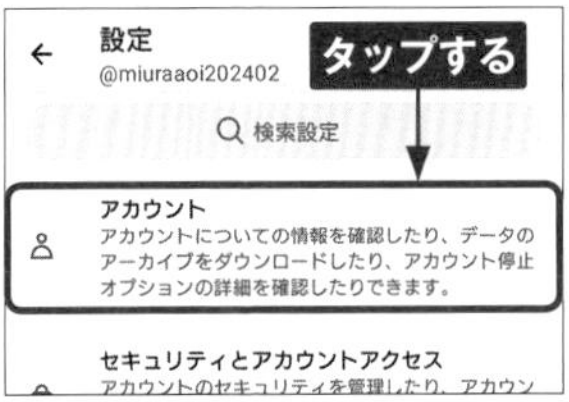

② [パスワードを変更する] をタップします。

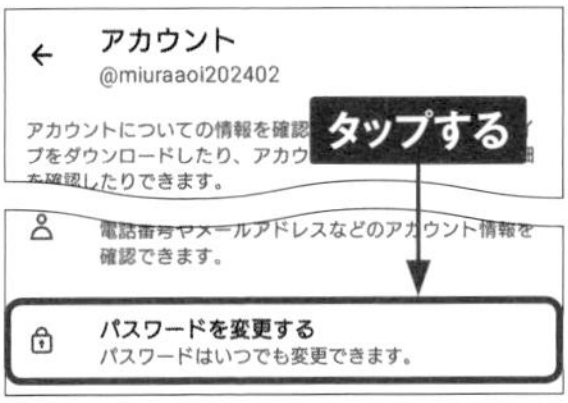

③ 現在のパスワードと新しいパスワードを2回入力して、[パスワードを更新] (iPhoneの場合は [完了]) をタップすると、Xのパスワードが変更されます。

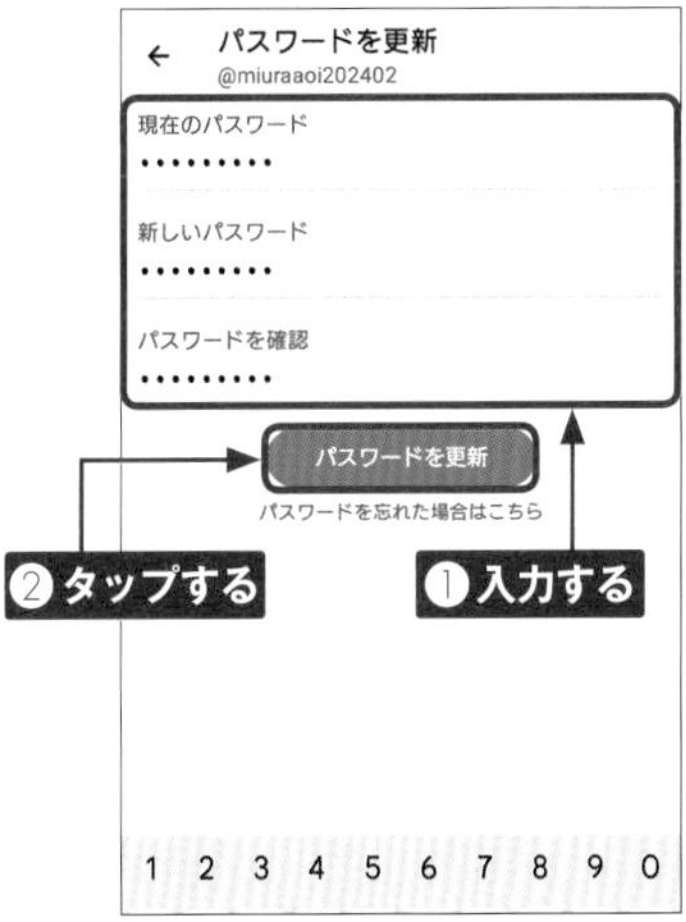

Memo パスワードを忘れたら?

パスワードを忘れてしまったら、手順③の画面で [パスワードを忘れた場合はこちら] をタップしてメールアドレスか電話番号かアカウント名を入力して [検索] → [次へ] の順にタップします。アカウントに登録されているメールアドレスに届いたメールのコードを入力し、[認証する] をタップして、次に新しいパスワードを2回入力し、[パスワードをリセット] をタップします。

Section 71

Xをやめたい

何らかの事情でXをやめたい場合は、「アカウント」設定から退会処理を行い、アカウントを削除します。削除したアカウントは30日が経過すると完全に消滅しますが、30日以内であれば復活させることができます。

アカウントを削除する

① P.146手順①～②を参考に、「設定」画面を表示し、[アカウント]をタップします。

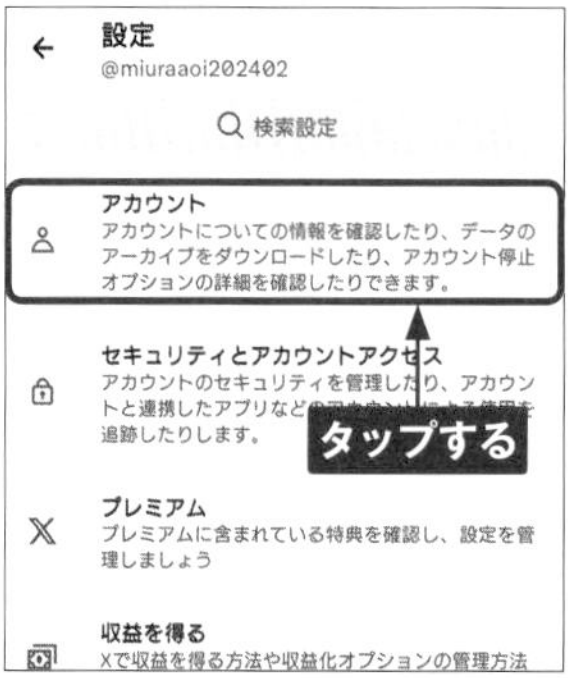

② [アカウントを削除] をタップします。

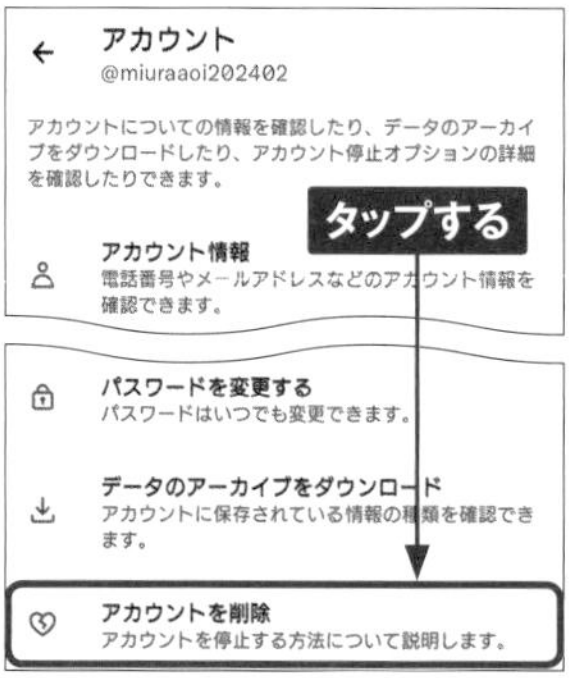

③ [アカウント削除] をタップします。

Memo 第三者に勝手に削除されてしまった場合は?

Xアカウントを削除した覚えがないのに削除されてしまった場合は、Xヘルプセンター（https://help.X.com/forms/restore）に問い合わせて対応してもらいましょう。

4 Xのパスワードを入力して、[アカウント削除]をタップします。

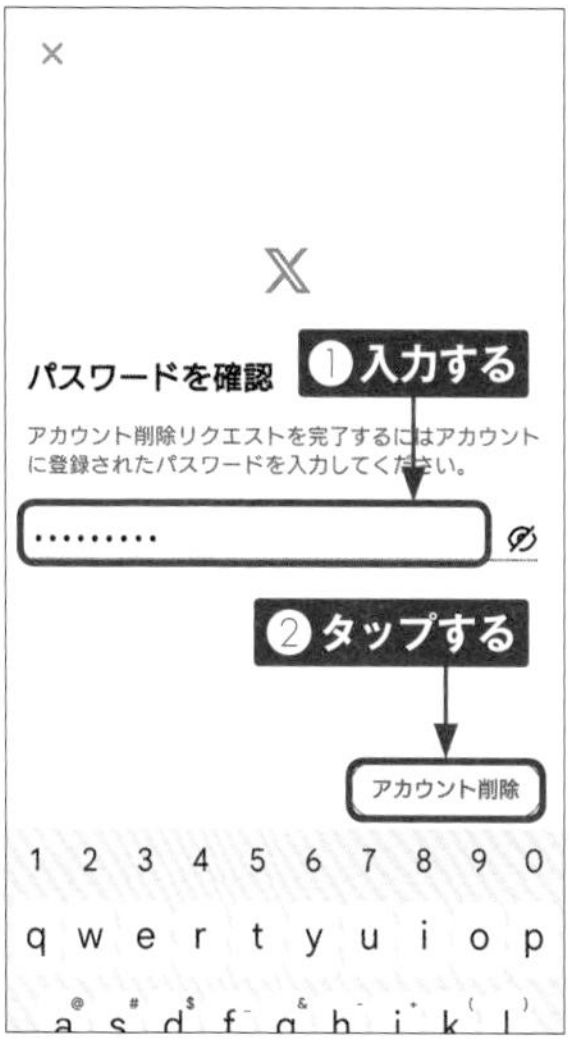

5 確認画面が表示されたら、[削除する]をタップします。

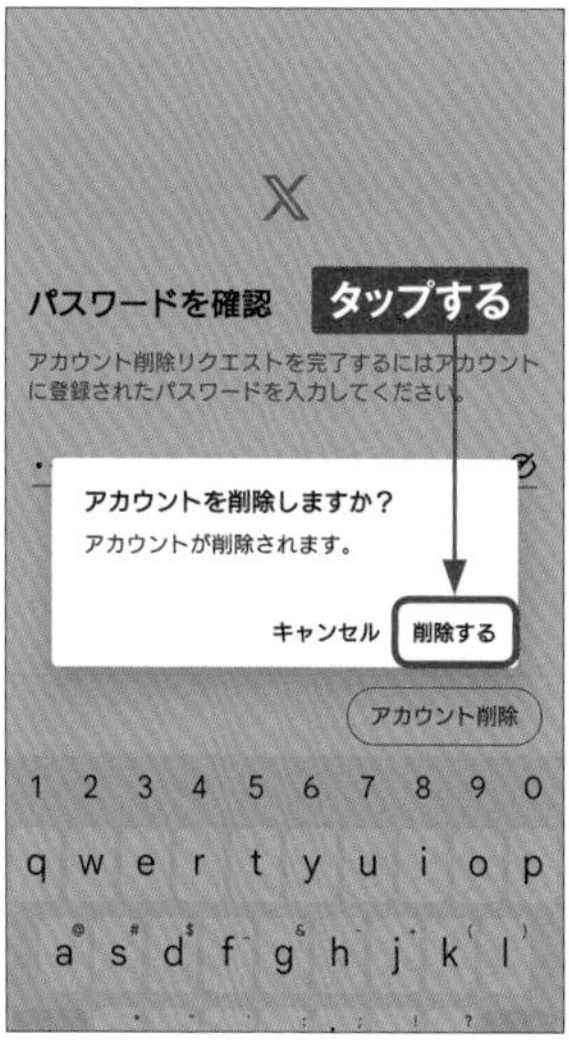

6 Xアカウントが削除されました。[OK]をタップして、画面を閉じます。

Memo **アカウントを復活させる場合**

X退会処理が完了しても、30日以内に同じアカウントでログインすれば、アカウントを復活させることができます。「X」アプリの起動後に[ログイン]をタップし、アカウント名、電話番号、メールアドレスのいずれかとパスワードを入力して[ログイン]→[復活させる]の順にタップすれば復活できます。ただし、復活して24時間以内はフォロー数やフォロワー数、ポスト数が正しく反映されない場合があります。

アカウントを復活させますか?
ご利用のアカウントは2024/02/22に停止されました。アカウントを間違って停止した場合、2024/03/23までであればXアカウントを復活させることができます。[復活させる]をクリックすると、アカウント停止プロセスが中止され、アカウントが復活します。
復活させる
キャンセル

索引

数字・アルファベット

あ行

か行

さ行

た行

お問い合わせについて

本書に関するご質問については、本書に記載されている内容に関するもののみとさせていただきます。本書の内容と関係のないご質問につきましては、一切お答えできませんので、あらかじめご了承ください。また、電話でのご質問は受け付けておりませんので、必ずFAX か書面にて下記までお送りください。

なお、ご質問の際には、必ず以下の項目を明記していただきますようお願いいたします。

1 お名前
2 返信先の住所または FAX 番号
3 書名
（ゼロからはじめる X（旧 Twitter）基本 & 便利技）
4 本書の該当ページ
5 ご使用の端末
6 ご質問内容

なお、お送りいただいたご質問には、できる限り迅速にお答えできるよう努力いたしておりますが、場合によってはお答えするまでに時間がかかることがあります。また、回答の期日をご指定なさっても、ご希望にお応えできるとは限りません。あらかじめご了承くださいますよう、お願いいたします。ご質問の際に記載いただきました個人情報は、回答後速やかに破棄させていただきます。

■ お問い合わせの例

FAX

1 お名前
技術　太郎

2 返信先の住所または FAX 番号
03-XXXX-XXXX

3 書名
ゼロからはじめる
X（旧 Twitter）
基本 & 便利技

4 本書の該当ページ
37 ページ

5 ご使用の端末
XPERIA 1 V

6 ご質問内容
手順 3 の画面が表示されない

お問い合わせ先

〒 162-0846
東京都新宿区市谷左内町 21-13
株式会社技術評論社　書籍編集部
「ゼロからはじめる X（旧 Twitter）基本 & 便利技」質問係
FAX 番号　03-3513-6167
URL：https://book.gihyo.jp/116

ゼロからはじめる X（旧 Twitter）基本 & 便利技

2024 年 5 月 11 日　初版　第 1 刷発行
2024 年 9 月 14 日　初版　第 2 刷発行

著者……リンクアップ
発行者……片岡　巌
発行所……株式会社　技術評論社
東京都新宿区市谷左内町 21-13
電話……03-3513-6150　販売促進部
03-3513-6160　書籍編集部
装丁……菊池　祐（ライラック）
本文デザイン・編集・DTP……リンクアップ
担当……荻原　祐二
製本／印刷……TOPPANクロレ株式会社

ISBN978-4-297-14142-4 C3055

Printed in Japan

第5章

パソコンでWebブラウザ版のXを使ってみよう

Section 51
パソコンでXを楽しもう

パソコンでWebブラウザを起動してXにアクセスすると、パソコンでXを楽しむことができます。画面が大きく、一度に多くの情報を見ることができ便利です。ここでは、Microsoft Edgeを使った操作方法を解説します。

Webブラウザからアクセスする

1. Webブラウザを起動し、アドレスバーに「https://twitter.com/」と入力し、Enter を押します。

2. ［ログイン］をクリックします。

③ 「電話番号／メールアドレス／ユーザー名」欄に電話番号、メールアドレス、ユーザー名のいずれかを入力し、［次へ］をクリックします。

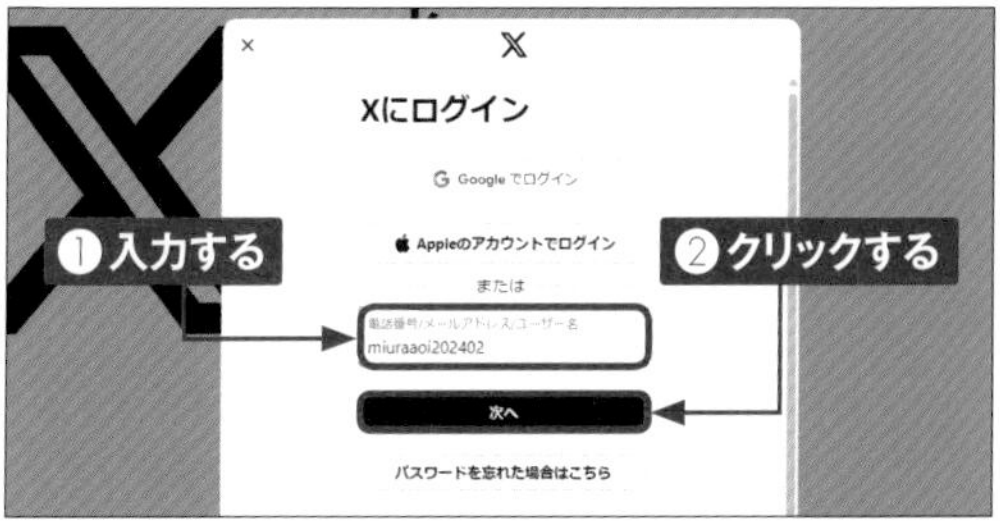

④ パスワードを入力し、［ログイン］をクリックします。

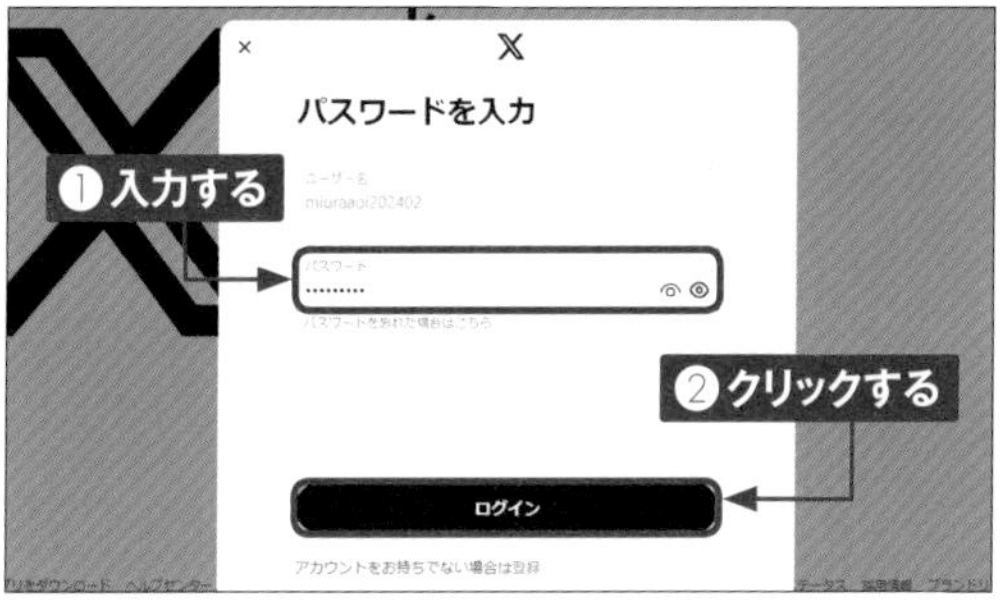

⑤ Xのホーム画面が表示されます。

Memo 複数のアカウントでログインできる

Webブラウザ版のXも複数のアカウントでログインできます。画面左下の自分のアカウント名をクリックし、［既存のアカウントを追加］をクリックすると、手順③の画面が表示されます。同様の手順でログインをしましょう。

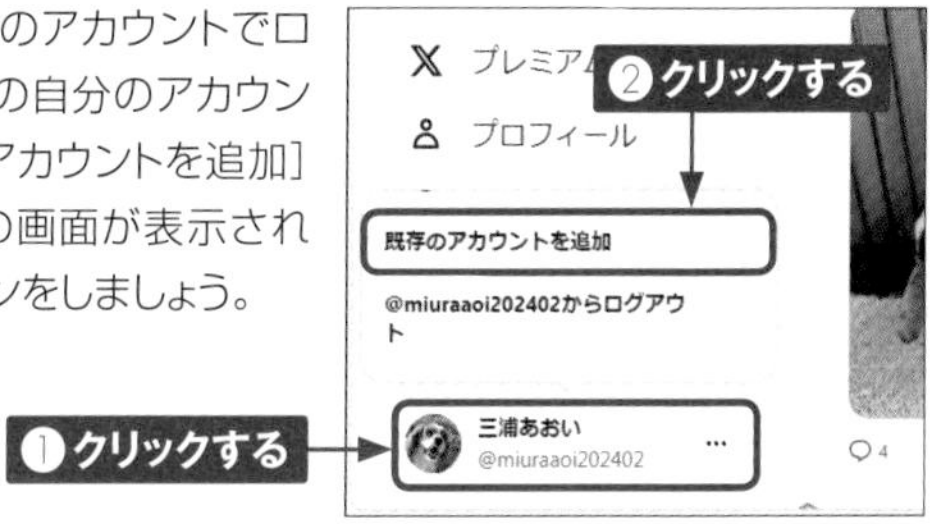

Section 52

Webブラウザ版の画面の見方を知ろう

パソコンでWebブラウザ版Xにログインすると、Xのホーム画面が表示されます。ホーム画面には、左側にナビゲーションバーが、中央にタイムラインが配置されています。一画面に表示される情報量が多いのが特徴です。

ホーム画面の画面構成

トレンドの確認や検索ができます。
いいね、リポスト、リプライ、フォローなどを通知します。
ダイレクトメッセージの確認・作成ができます。
作成したリストやおすすめのリストを確認できます。
ブックマークに追加したポストを確認できます。
コミュニティの確認、参加ができます。
Xプレミアム（Sec.50参照）に加入できます。
プロフィールの編集や投稿したポストの確認ができます。
Xプレミアムの確認、設定の変更ができます。
ホーム画面に戻ります。
アカウントの切り替え、ログアウトができます。
ホーム
話題を検索
通知
メッセージ
リスト
ブックマーク
コミュニティ
プレミアム
プロフィール
もっと見る
ポストする
三浦あおい
@miuraaoi202402
おすすめ
いまどうしてる？
スターバックス コーヒー
発売から7年目を迎えた今年、
sbux.jp/3unfExT

Memo Webブラウザ版Xからログアウトする

Webブラウザ版Xを使わないときは、安全を考慮してログアウトしましょう。画面左下に表示されている自分のアカウント名をクリックし、[@（アカウント名）からログアウト]→［ログアウト］の順にクリックします。

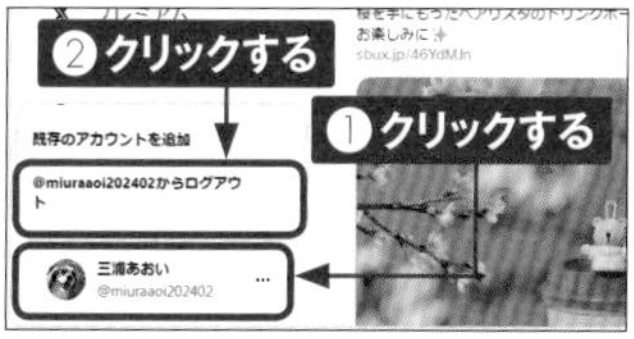

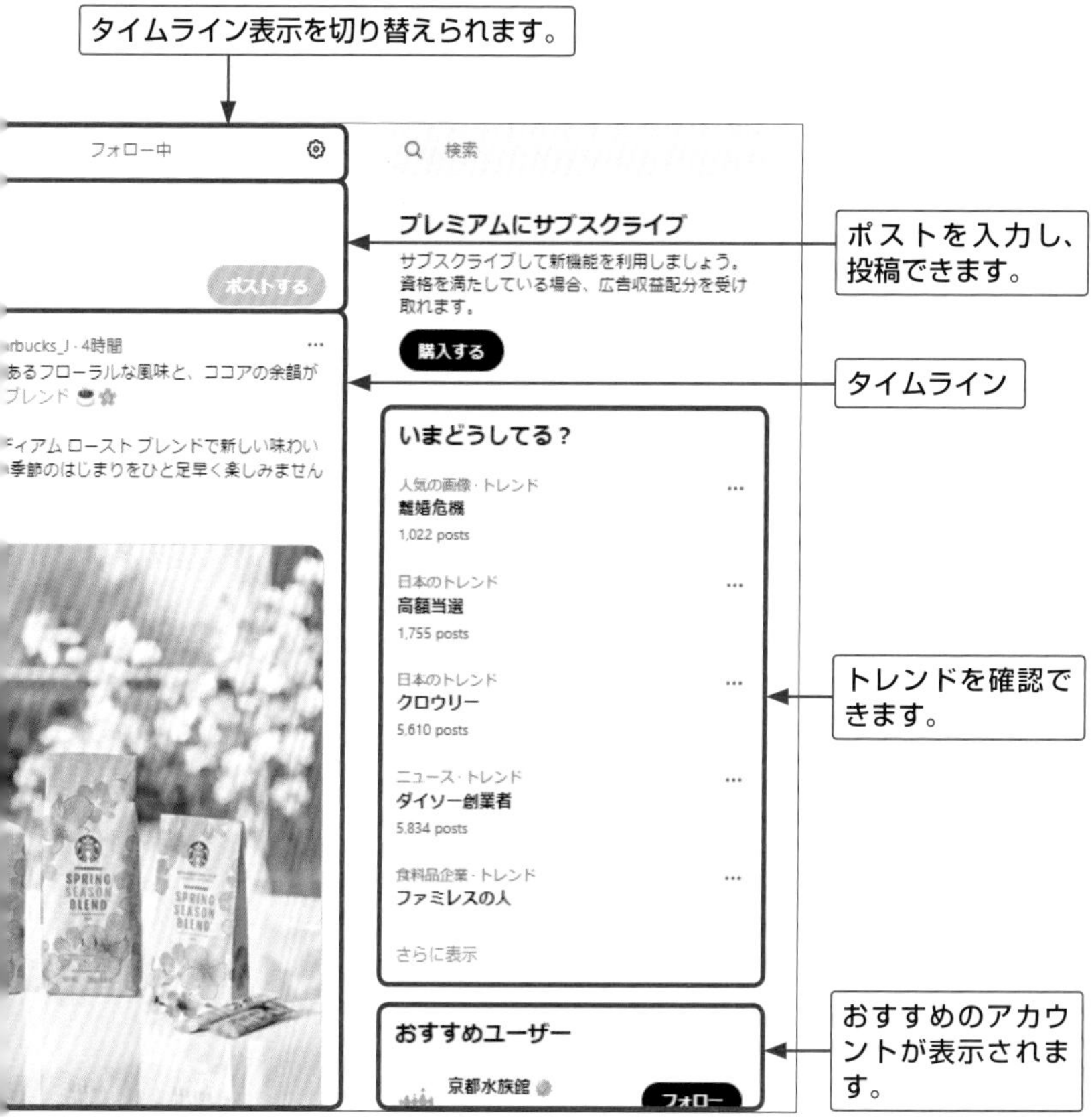

Section 53 パソコンからポストしよう

Webブラウザ版のXからポストを投稿してみましょう。ホーム画面の場合はポスト入力欄、別の画面を表示している場合はナビゲーションバーの［ポストする］をクリックすると、ポストを投稿できます。

ポストを投稿する

●ホーム画面から投稿する

1 Xのホーム画面を表示し、［いまどうしてる?］をクリックします。

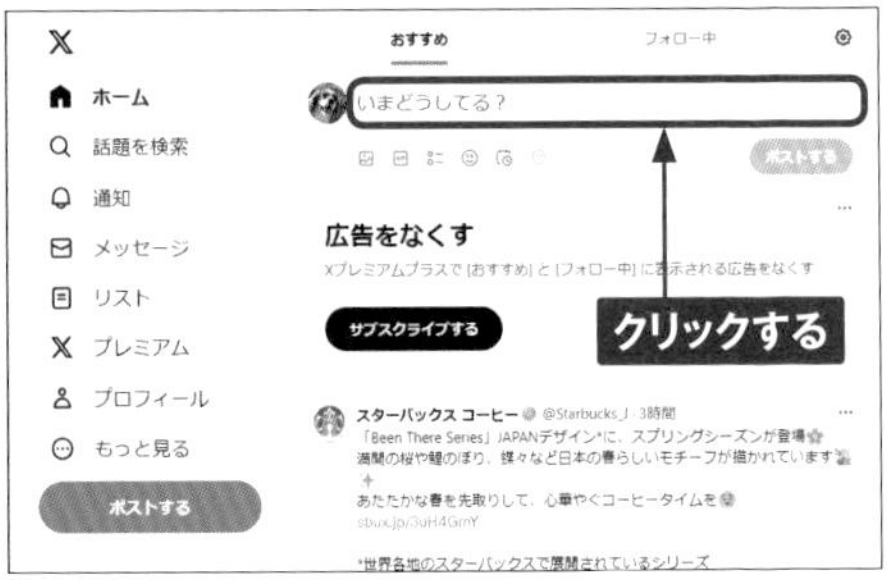

2 入力欄に投稿内容を入力し、［ポストする］をクリックします。

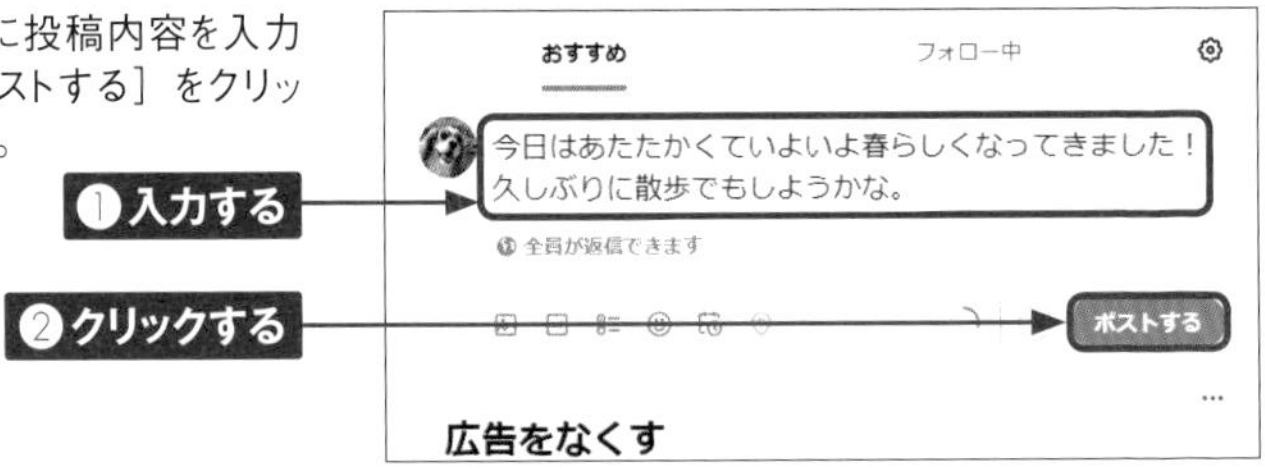

3 投稿が完了し、入力したポストがタイムラインに表示されます。

●ホーム画面以外から投稿する

① ホーム画面以外のページを表示しているときは、［ポストする］をクリックします。

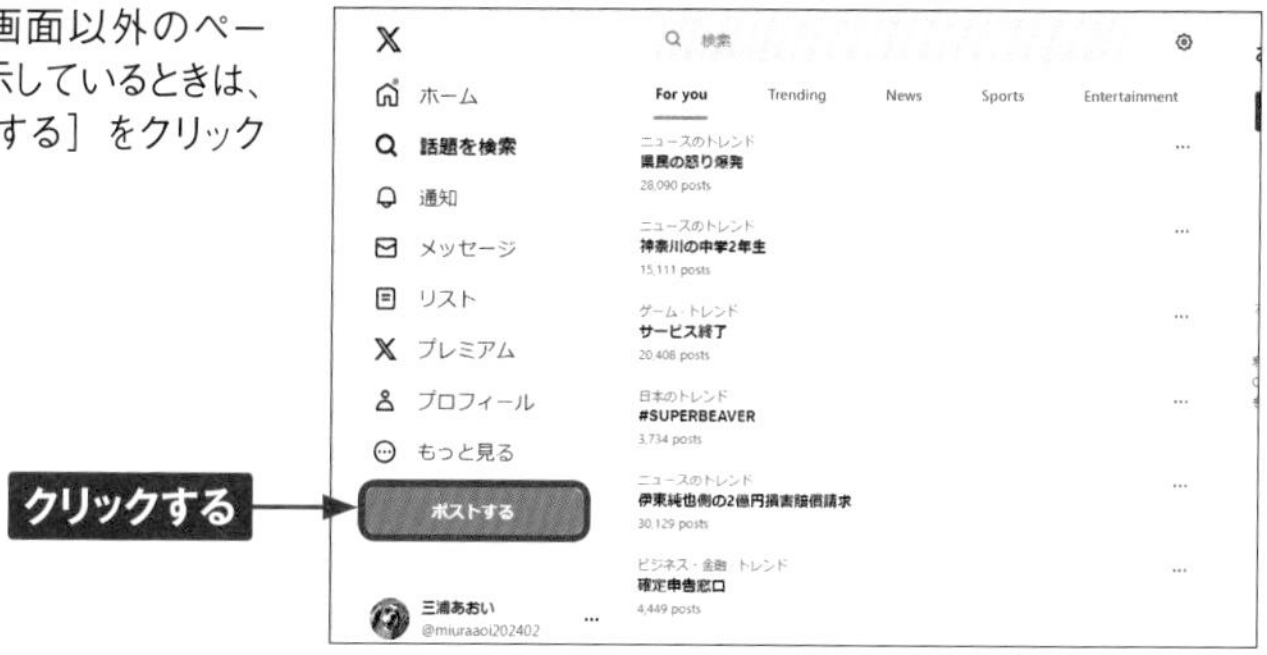

② 入力欄に投稿内容を入力し、［ポストする］をクリックします。

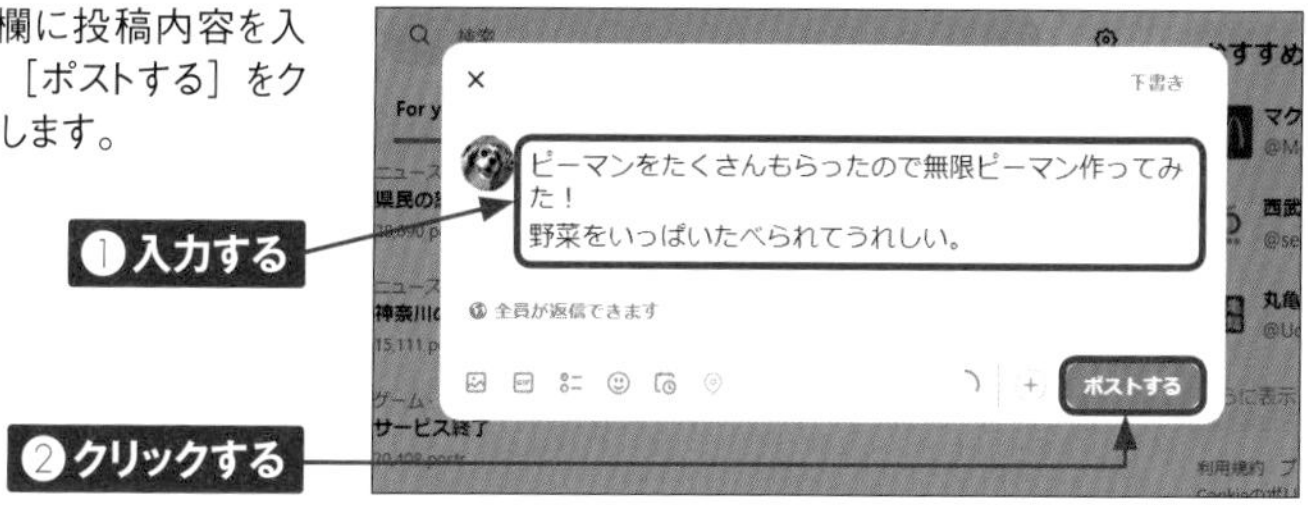

③ 投稿が完了し、画面下部に「ポストを送信しました。」と表示されます。［表示］をクリックすると、投稿したポストを確認できます。

Memo 文字数のカウント

パソコンのWebブラウザ版Xも、スマートフォン版Xと同様に、ポスト入力欄の右下に残りの文字数の割合を視覚的に表す円グラフが表示されます。入力する際の目安にしましょう。

Section 54

パソコンから写真付きでポストしよう

パソコンに保存されている写真を添付してポストすることができます。ポストに添付できる写真の枚数は、スマートフォン版と同じく、最大で4枚です。写真以外にも、動画を添付することが可能です。

写真付きのポストを投稿する

① Sec.53を参考にポスト入力欄を表示し、🖼をクリックします。

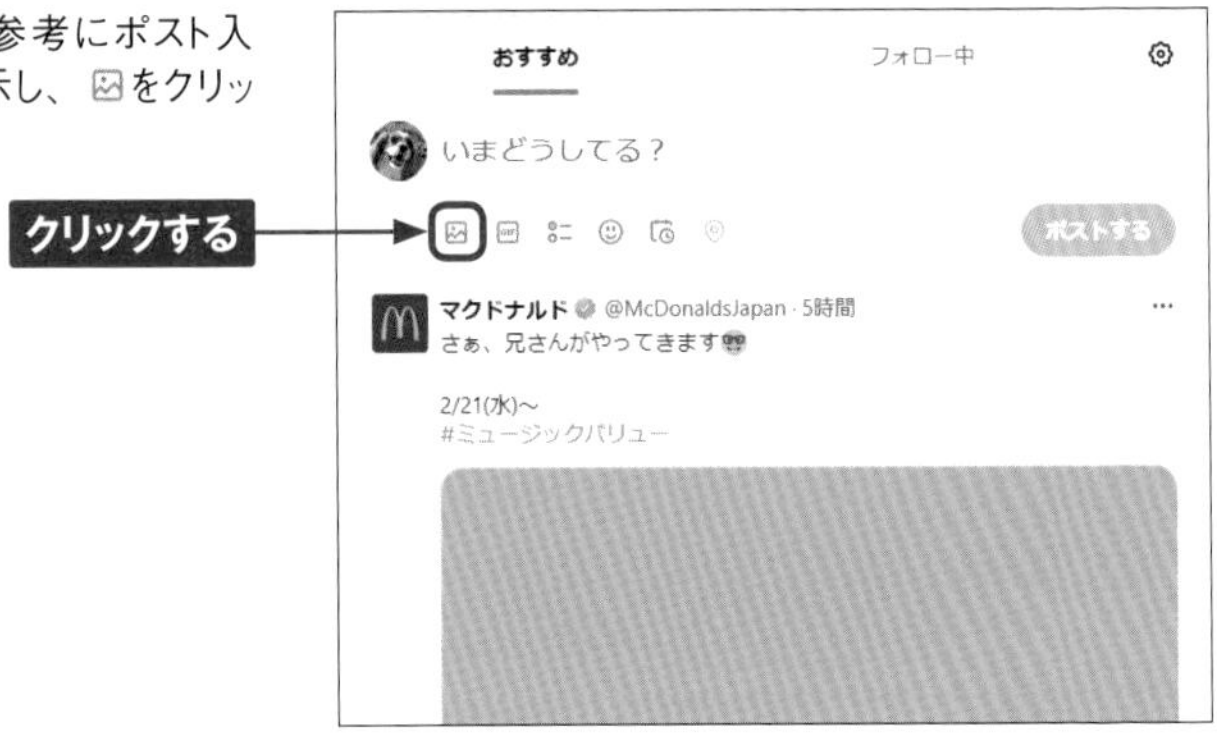

② 投稿したい写真をクリックして選択し、[開く] をクリックします。

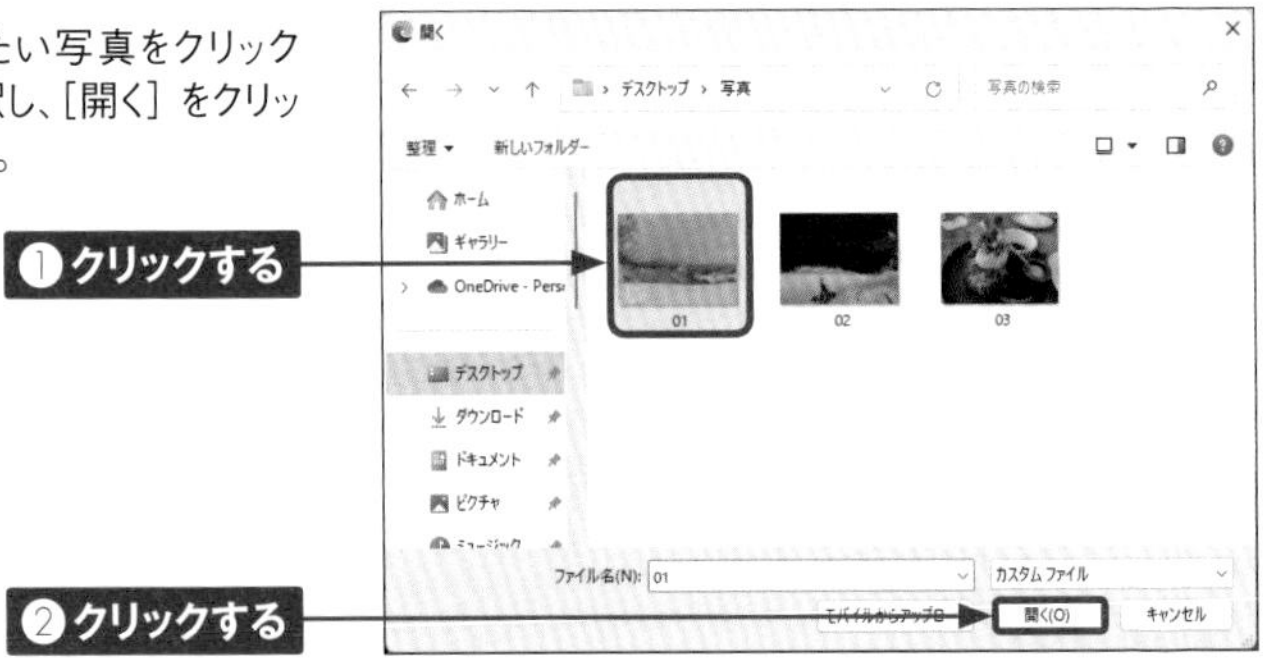

Memo 複数の写真を投稿したい

手順②の画面でCtrlキーを押しながら写真を選択し、［開く］をクリックすると、ポスト入力画面に複数の写真を添付できます。

3 入力欄にポストを入力して、［ポストする］をクリックします。

4 写真付きのポストがタイムライン上に表示されます。写真のサムネイルをクリックします。

5 写真を拡大表示することができます。

Memo 写真を削除したい

写真だけを削除することはできません。あとから別の写真に差し替えたいときなどは、ポスト自体を削除する必要があります。ポストを削除するには、ポスト右上の…→［削除］→［削除］の順にクリックします。

Section

55 パソコンからリプライ／リポストしよう

ホーム画面で該当のアイコンをクリックすることで、ポストへのリプライやリポストができます。アイコンだけで判断できない場合は、マウスカーソルを合わせましょう。「返信」や「リポスト」といった説明が表示されます。

誰かのポストにリプライする

1 ホーム画面を表示し、返信したいポストの💬をクリックします。

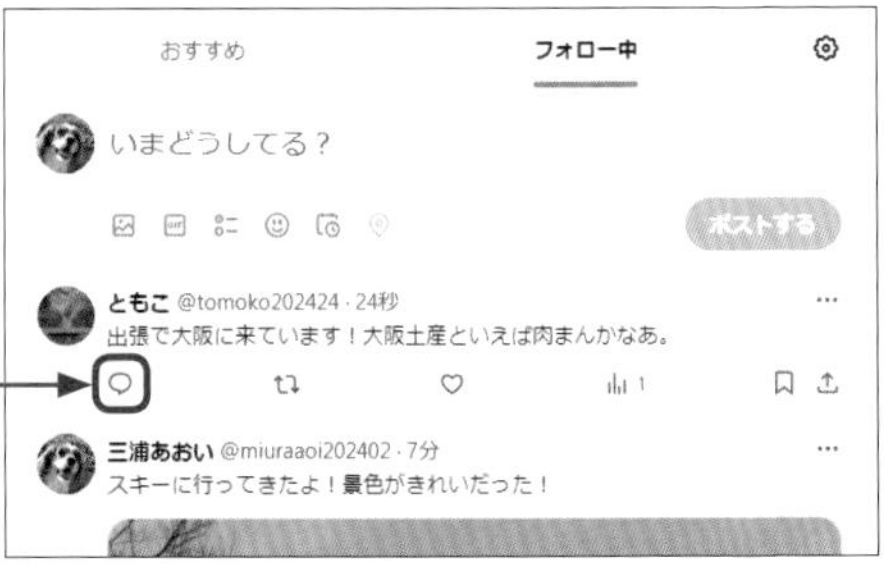

2 返信先のユーザー名を確認し、ポスト内容を入力して、［返信］をクリックします。

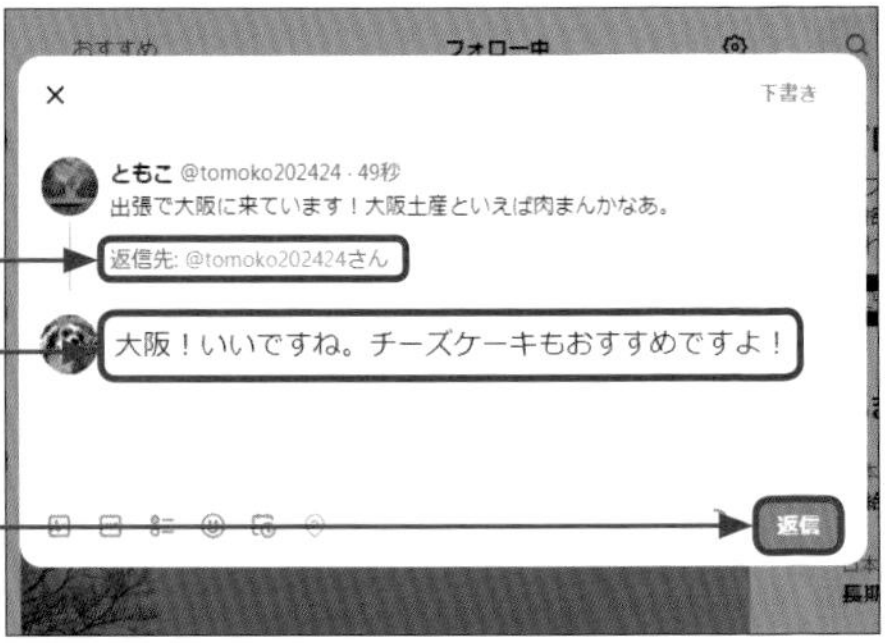

3 返信したリプライがタイムライン上に表示されます。

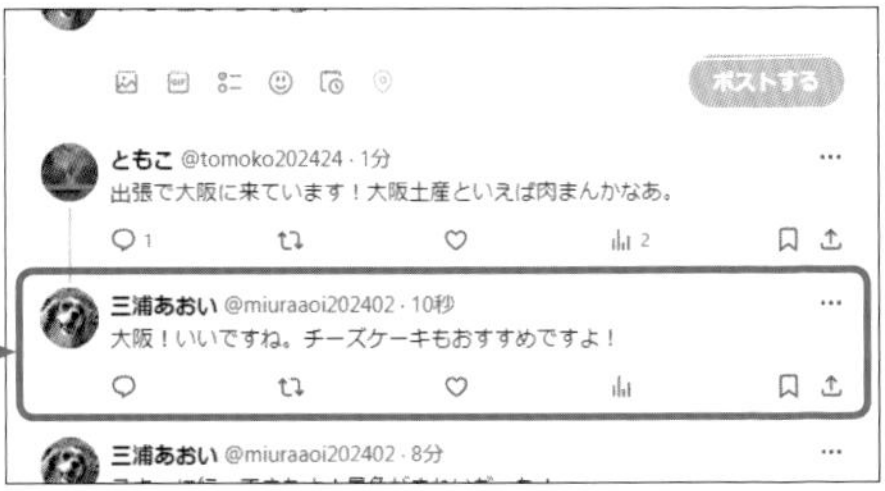

ほかの人のポストをリポストする

① ホーム画面を表示し、気になるポストの⟲をクリックします。

クリックする

② ［リポスト］をクリックします。

クリックする

③ リポストが完了すると、リポストされている数が増えます。

Memo コメント付きのリポストを行う場合

手順②の画面で［引用］をクリックすると、コメントを付けてリポストすることができます。

Section 56

パソコンから「いいね」しよう

Webブラウザ版Xでも、ポストに「いいね」を付けたり、「いいね」したポストを確認したりできます。スマートフォン版と同じアカウントを使用している場合は、スマートフォン版で「いいね」したポストも表示されます。

☑ ポストに「いいね」を付ける

1 ホーム画面を表示し、「いいね」に登録したいポストの♡をクリックします。

2 ポストが「いいね」され、「いいね」されている数が増えます。

「いいね」を確認する

① ナビゲーションバーの［プロフィール］をクリックします。

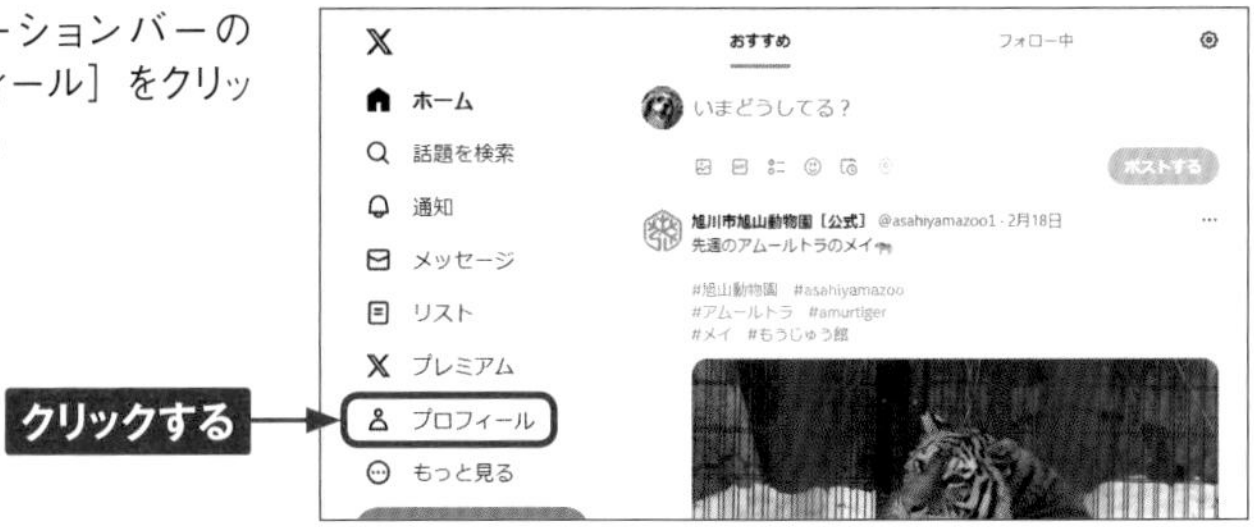

② プロフィール画面が表示されるので、［いいね］をクリックします。

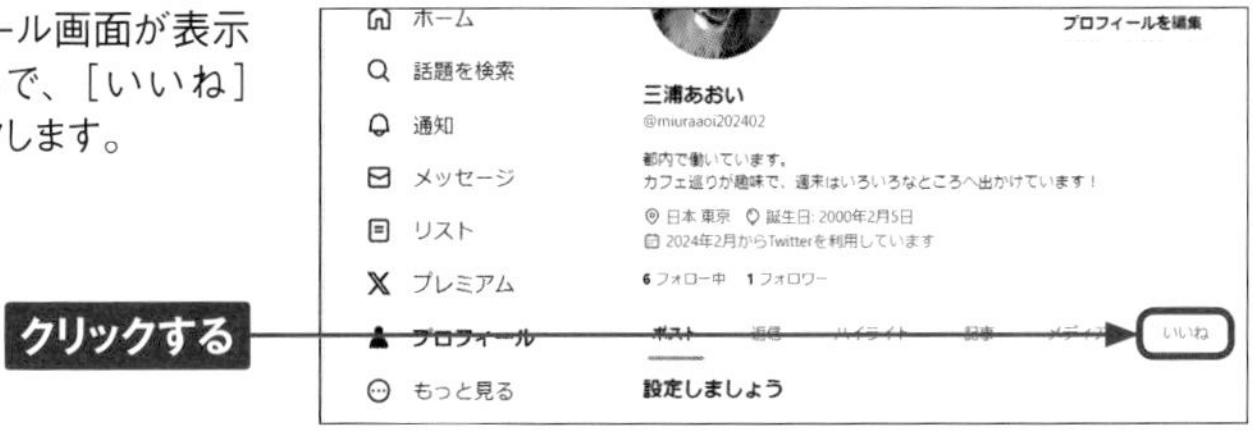

③ 「いいね」が付けられたポストが、時系列順に表示されます。

Memo 「いいね」を解除する

付けた「いいね」は、手順③の画面の♥をクリックして、解除することができます。「いいね」の件数が増えてきたら、不要な「いいね」は解除して整理するとよいでしょう。なお、一度解除すると「いいね」のページからは完全に消えてしまうので、間違えて解除しないように注意しましょう。

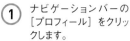

Section 57

パソコンからブックマークに追加しよう

あとで読み返したいポストは、ブックマークを利用して保存しましょう。「いいね」と異なり、ブックマークに追加しても相手には通知されません。プロフィール画面にも表示されないので、安心して利用することができます。

気になるポストをブックマークする

① ブックマークに追加したいポストの 🔖 をクリックします。

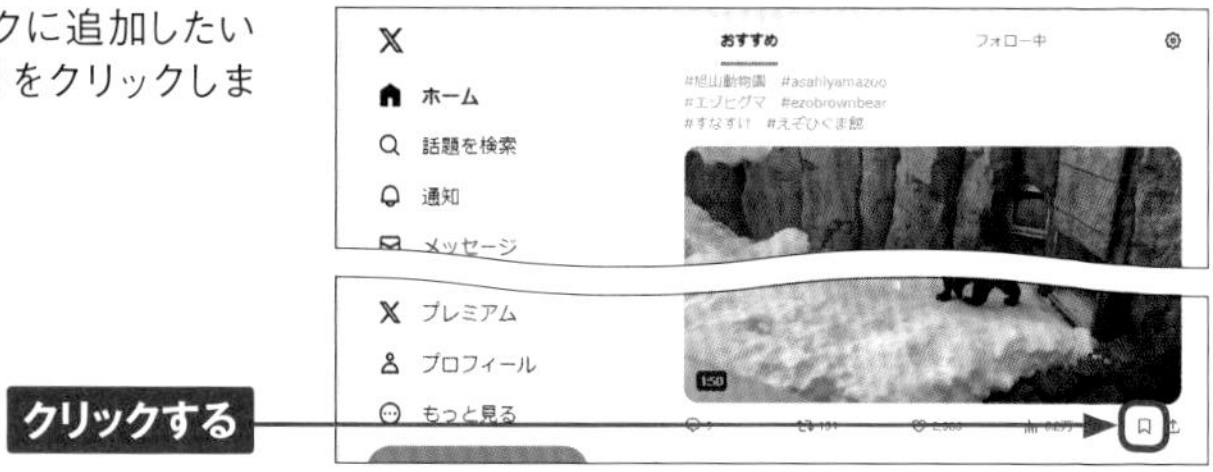

② ブックマークが完了し、画面下部に「ブックマークに追加しました」と表示されます。

③ ナビゲーションバーの［もっと見る］→［ブックマーク］の順にクリックすると、ブックマークしたポストを確認できます。

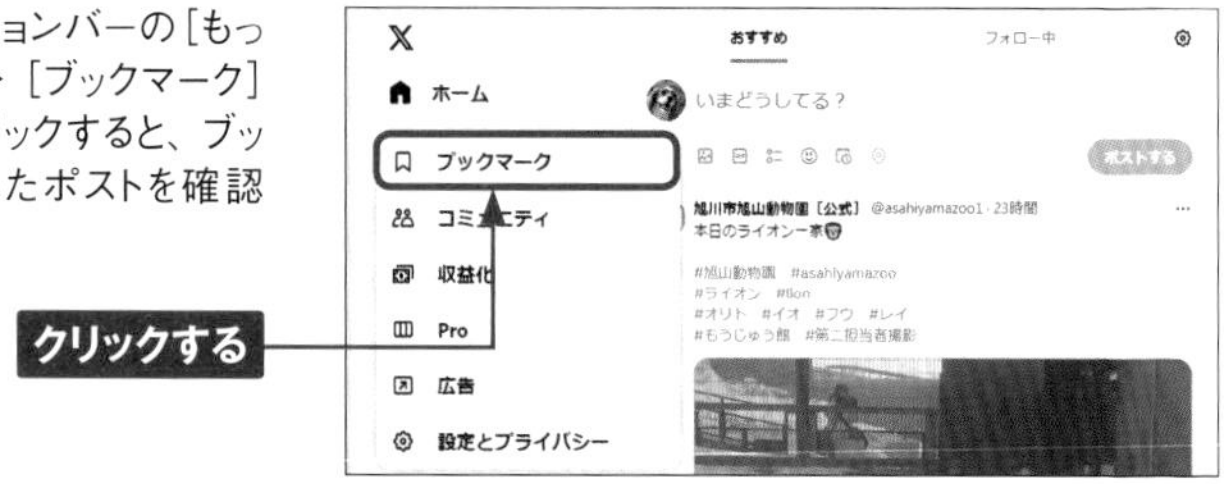

Memo ブックマークを解除

手順③の画面で、ブックマークから解除したいポストの 🔖 をクリックすると、ブックマークを解除することができます。

Section 58 パソコンからポストを検索しよう

画面右上の検索欄にキーワードを入力すると、キーワードに関連するポストやアカウントなどを検索することができます。気になる話題を検索して、ほかのアカウントの反応を見てみましょう。

ポストを検索する

① 画面右上の検索欄に調べたいキーワードを入力し、Enter キーを押します。

② 検索結果が表示されます。「話題のツイート」「最新」「アカウント」「メディア」「リスト」をクリックすると、それぞれの検索結果を表示することができます。

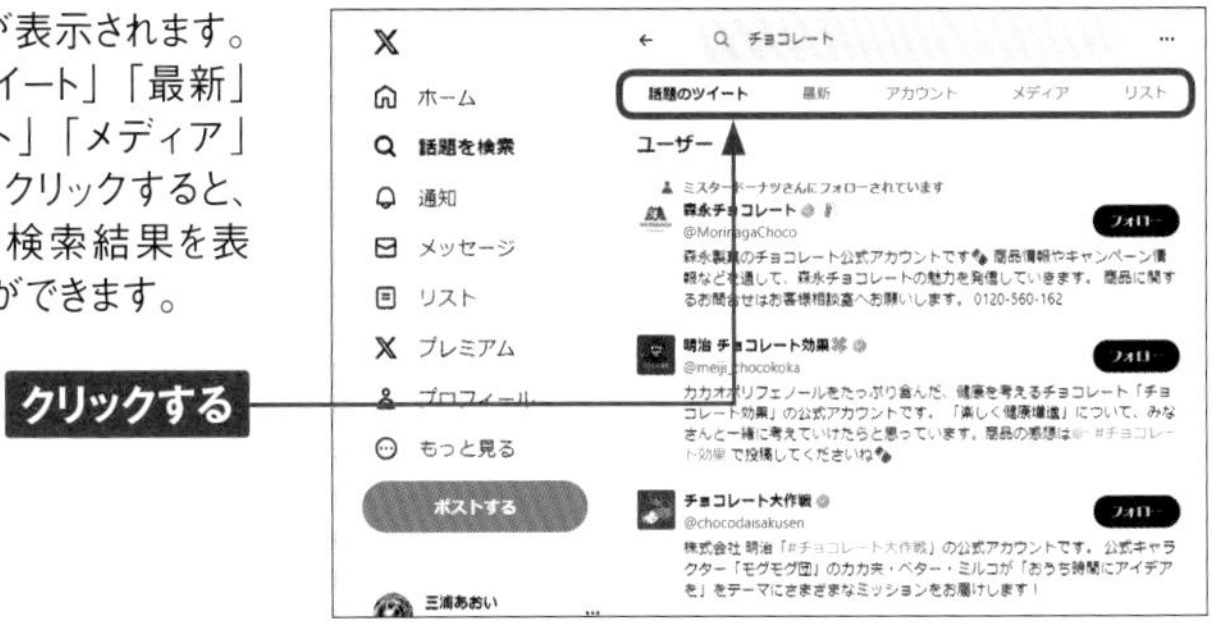

Memo 検索フィルターで絞り込む

手順②の画面右上に表示されている「検索フィルター」から、検索結果を絞り込むことができます。アカウントや場所を絞り込めるほか、［高度な検索］をクリックすると、さらに詳細な項目を指定して絞り込むことができます。

Memo iPadでXを使ってみよう

iPadでもXを利用することができます。画面はパソコンのWebブラウザ版に近く、多くの情報を一度に見ることができ、ポストやリポスト、「いいね」などの機能を同じように使えます。インストールやアカウントの作成はiPhone（Sec.07参照）と同じ操作です。インストールにはApple IDが必要のため、持っていない場合は事前に作成しておきましょう。同じアカウントで、スマートフォン版の「X」アプリ、パソコンのWebブラウザ版のXに、同時にログインすることも可能です。

画面にはナビゲーションバーとタイムライン、検索、トレンドが表示されていて、パソコンのWebブラウザ版Xに近い構成になっています。 をタップすると、ポスト入力画面が表示されます。